U0061443

# 窮巷

侶倫——著

左 ── 1952 年《窮巷》初版正續兩冊書影
中 ──《窮巷》另一版本・易名《都市曲》
右 ── 1958 年 1 月出版的《窮巷》（合訂本）書影

1 2

3

1 —— 作者照片（約 1987 年）
2 —— 作者照片（1948 年春）
3 —— 作者自畫像（1934 年）

過；不過現在已經從那種惡劣環境裏掙脫出來
了。他們相信每一個不健康的都市社會的情形
那是一式的，因此相信北寺的真實。他們繪北
寫信，是不起一個敬望，期待北为寫信、寫
著。那振方痛苦的人们申诉的作品。……

北不知道這友平凡的小書怎友會出現在那

当这部小说出版以後，我读到过几篇批评

文章，也直接从好些人的口头上听到过一些意

见；这些珍贵的表示，都同样给了这部小说一

种十字在我看来是——纷纷的奖饰。这使我一

方面感觉到这本小书出现得还不算太寂寞，一

方面感觉到十分惭愧；因为我所写的，是些不

上他们用那种样的眼光来看我的东西。

此外，还有好些值得我去珍重的接受的陌

生来信。在那裏面，我高兴在这裏提起的是

一封寄自北美洲、而在不久之前才辗转到达我

手上的信。那封信是四个华洛青年朋友（我记

不起他们的朋友）联名写给我的。它告诉我

作者在寫作中

作者手跡

在這個新版本上如果還需要寫些什麼的話，首先應該提起蕭滋先生；由於他的好意關懷，使這本舊作品有機會在三聯書店重印。其次要提起杜漸先生；在他屢次敦促下，使我有勇氣把這本舊作品重翻一次，並且約略加以修改。

《窮巷》由初版至現在，轉眼間已超過三十年。在這悠長期間內，基於種種原因和需要，出版人曾經按海外不同地區的具體情況，分別用兩個書名發行；曾經由原來的上下兩卷改為合訂一冊的形式；甚至根本換上新的書名出版。在某種意義上說，這種有所為而為的做法，多少也反映了時代變遷的跡象。沒有什麼值得奇怪之處。但是不管怎樣，這本書的本身始終還是《窮巷》。

《窮巷》是一九四八年夏季着手寫的，脫稿於一九五二年春季。時間經過五個年頭。五年中時作時輟。在全書完成之前，準備印這部小說的出版機構輾轉變換了三次，最後才由文淵書店出版。這些經過情形，我在〈說說《窮巷》〉那篇文章裏面有着較為詳細的憶述（該文已收入《向水屋筆語》一書中），這裏不再重複。

一部平凡的作品竟然花了五年的寫作時間，這完全是因為個人的生活不安定，無法一口氣把它寫成。大戰後整整十年，我在無可奈何中純粹是靠一枝筆桿來支持生活；而《窮巷》寫作的期間，正是我的生活最艱難的日子。為了讓我能夠順利地完成這部小說，熱誠的出版人在精神上和物質上都給了我不少珍貴的幫助；這裏面包括了新民主出版社的吳仲先生、初步書店的胡鐵鳴先

生和文淵書店的沈本瑛先生。他們的名字是同這部小說的記憶連在一起的。

這個新版本付排之前，曾在個別地方修改了一些字句，也改動了一處小小的故事環節。書裏的插圖由李向陽按照舊版本原圖重新繪畫，還另外增加了十幅插圖。此外，新版本與過去版本不同的地方是，小說前頭加進一篇〈序曲〉。這篇〈序曲〉是《窮巷》初版時就抽出了的。

——一九八六年三月

文——侶倫

　　這部小說由最初的分卷出版，以至轉為現在的合訂形式發行，中間已經過去了五個年頭。在這一段時間中，人事和世事都有了不少變化，個人方面也不會例外。因此，要在這個合訂本上寫點什麼，實在不知道如何着筆才好。

　　一個作者對自己的過去作品是不會滿意的，而我對這部小說的不滿意卻更有理由。因為不須等待時間的隔濾，我就有着那種感覺了。在初版時的〈後記〉裏，我這樣敘述過這部小說寫作的經過情形：

　　　　一部二十萬字的作品要一口氣的寫成，在我的生活狀態下是沒有可能的事。有許多為着生活而必須應付的事情，不斷地分去我的精力和時間；因此這部小說的寫作進行便時作時輟，甚至往往在長時期擱置之中。

　　這一段自白，正好說明了作品本身的先天不健全；再加上時間關係，我對它的不滿意可以說是雙重的了。也許，這是由於我對自己的工作比別人對我更苛求些。這也是個理由。可是正因為別人對我寬容，我對自己才應該嚴格。這是我對工作應有的態度。我這個思想是根源於下面的一種情況而來的。

　　當這部小說出版以後，我讀到過幾篇批評文章，也直接從好些人的口頭上聽到過一些意見；這些珍貴的表示，都同樣給了這部小說一種 —— 在我看來是 —— 非分的獎飾。這使我一方面感覺到這部書出現得還不算太

寂寞，一方面感覺到十分慚愧：因為我所寫的，是夠不上他們用那麼樣的眼光來看的東西。

此外，還有好些值得我去珍重地接受的陌生來信。在那裏面，我高興在這裏提起的，是一封寄自北美洲，而在不久之前才輾轉達到我手上的信。那封信是四個華僑青年朋友（我願意稱他們朋友）聯名寫給我的。它告訴我：他們讀到了《窮巷》，感到共鳴的喜愛，為的是他們曾經有過同那幾個小說人物相似的際遇；不過現在已經從那種惡劣環境裏掙脫出來了。他們相信每一個不健康都市的情形都是一式的，因此相信我寫的真實。他們給我寫信，是為了表示一個願望：期待我多寫像《窮巷》那樣為痛苦的人們申訴的作品。……

這一份從萬里外來的熱情，卻不由我不加倍地感動！像別的陌生來信所喚起的感念一樣，它使我意識到我的工作意義，意識到我化在工作上的精力不曾虛耗。我知道該怎樣去珍重這種熱情。可是我仍舊有着不安的一面：我拿出的少，得到的卻太多。

我真的寫出了一些人的痛苦嗎？我真的寫出了我需要寫出的痛苦嗎？我不敢回答自己，正如我不敢把這部小說從頭讀一遍。我想，即使我的筆傳達了一點點，也只是狹小範圍內的一種痛苦形式，——僅是形式，並不普遍，更不深入；雖然我已經盡了執筆時的能力。然而這正好證明了我所體驗的不夠。許多年前，我就有過這樣的慨嘆：「寫到人間的疾苦，才知道我的筆之無用！」因此我所寫出來的，實質上是距離很遠。不過，不管怎

樣，能夠去寫，總比較根本不去寫要好些。我是這樣自解着。而且，我也是在這樣自解之下寫成《窮巷》的。

在這個合訂本上再來說到小說主題，我想是不必要的；尤其是題材所表現的已不是「眼前」的故事。只是，作為一個「作品」來獨立地看，我還得檢討和承認作品本身所存在着的缺點。寫得失敗的痕跡，常常使我生起了希望能夠把它們重寫一遍的念頭；同時也使我確切地體會到創作是多麼艱難的工作！

但是我也不願意否認，這部小說有着我自己喜愛的特殊意義。這些年來，在生活的前提下，我所出版了的作品，差不多全是為適應客觀條件（市場）的需要而寫的東西；只有這部《窮巷》是不受任何條件拘束，純粹依循個人的意志寫下來的。我承認這是一部我高興寫的作品。

——一九五七年十月·香港

# 目次

O

序
曲

香港，一九四六年春天。

戰爭過去了，但是戰爭把人打老了，也把世界打老
了。然而，在這個經歷了血腥浩劫的南方小島，卻依然是
青春的，──一樣是藍天碧海，一樣是風光明媚。

隨着米字旗代替了太陽旗重再在歌賦山頂升起，百
萬的人口從四方八面像潮水一樣湧到這裏來，像無數的螞
蟻黏附着蜂窩。

這裏面有着忍受了八年的辛酸歲月之後，跑來換一
口空氣的特殊身份的人物；有着揹了殘破行囊回來找尋家
的溫暖的流亡者；有着在暴行與飢餓威脅下窒息了三年零
八個月，而終於活下來了的人們；有着……

吉普車、軍旗、戰艦、美式裝備的中國兵，戴綠色
帽子的英國「金冕多」部隊，在陸上、海上熙來攘往。
這一切都在喚起百萬以上的人們一個虛榮觀念：我們勝
利了！

告羅士打行、香港大酒店的下午茶廳，為勝利國民打開了歡迎的大門。巴士的售票員向着爭先恐後擠進車廂的乘客們大聲呼叫：「一等國民請守秩序！」

——我們終於勝利了，好日子接着會來了！不是嗎？

到處是興奮的情緒，到處是光明的幻景。

有辦法的人都盡可能用種種方式的享受去娛樂自己。儘管「戰犯法庭」在進行着清算戰爭罪犯的任務；天星碼頭在陳列着戰犯們的照片，上頭是幾個大字：「君認識彼否？」這些只是一種政治上的手續。誰願意再去關心那些猙獰面目？誰願意再去回味那些可詛咒的日子？……

在下午茶廳裏，勝利國民的紳士淑女們，以消閒的態度交談着：「你說，徐國楨會判死刑嗎？野間什麼時候開審呢？」而眼睛卻落在報紙的戰後新事物的廣告上面：尼龍絲襪、尼龍內褲、玻璃雨衣、玻璃褲帶、嚤唎、沙士堅、原子筆、亞斯匹靈、DDT。……

戰爭嗎？那已經是一場遙遠的噩夢！

香港，迅速地復員了繁榮，也迅速地復員了醜惡！

穿着綴上徽號的美式黃色襯衫的人，驕傲地說：我們是從內地抗戰回來的呢。身上因為落過水還濕淋淋的，也穿上同樣服飾驕傲地說：我們是曾經作地下活動的呵！

在抗戰中獻出良心也獻出一切卻光着身子復員的人，一直是光着身子。曾經出賣民族利益的販子，搖身一變之後卻重新有了後台，招搖過市；把日子打發得舒舒服服。

「國際女郎」們依舊在夜街裏活動着，送了舊客又迎新客；昨天才是靜子或菊子，今天卻是瑪莉或露絲。

　　這是無恥嗎？這是對社會現實的諷刺！是一個時代的面影！

　　這裏有絕對，也有相對；有憎恨，也有寬容。

　　然而有歡笑的地方同樣有血淚，有卑鄙的地方同樣有崇高。

　　真理在哪裏呢？它是燃燒在黑暗的角落裏，燃燒在不肯失望不肯妥協的人們的心中！


　　　　　　　　　　　　　　　　一九四八年七月

# 1

難
關

　　初春的薄暮，天氣還拖着殘冬的寒冷。浮雲混合了
灰霧像一塊濃濁的漿糊，把天空膠黏得沒有一線縫隙；陰
暗暗地壓下來，一直壓到人的心上；叫人感到心也給黏住
了似的喘不過氣。

　　在香港對面的九龍半島，一個靠近船廠的偏僻區域
裏，在一條名叫木杉街的殘舊樓房的一間第四層樓上，這
種感覺更顯得濃厚。

　　屋裏的暮色比外面更加陰暗，可是沒有誰想起去點
亮一盞燈；雖然這裏有着四個人。他們都在一種緊張的情
緒中沉默着。他們遭遇了沒法應付卻又不能不應付的困
難……

　　這四個人的身份都不相同，但是有着相同的命
運 —— 窮困。由於人事上機緣的湊合，和相互間利害關
係的密切，便使他們消除了一切界限很自然地生活在一
起，而且也不能不生活在一起。日子是過得很艱苦的：因

為四個人之中只有兩個算是有正式職業，而收入卻又那麼微薄和不可靠。

現在，連那麼艱苦的共同生活也臨到危險地步了。問題是在於欠上三個月的屋租。在五分鐘之前，住在二樓的包租婆，一向被叫作「雌老虎」的周三姑，給了他們一個毫不留情的最後通告：假如明天還不能付清欠租，他們全體都得搬走！

這時候，他們正在為了要度過這難關焦躁着。

「莫輪，你再去跟雌老虎講幾句好話不行嗎？」說這話的是個身材壯健的漢子，名叫杜全。有一張圓而大的臉，厚唇皮的大嘴巴，一隻「雪茄」鼻；襯上兩道濃黑的眉毛，和一對有幾分兇光的眼睛，顯出他是個粗豪人物。他在抗戰時期曾經當過兵，也戴過花，臂膀現在還留有一塊疤痕。但是復員以後，生活卻沒有着落，便憑着同莫輪是多年老友的關係，由內地跑到香港來碰運氣。雖然天天穿起非常配合他身材的「工人裝」，卻一直不曾找到事做；生活全是揩朋友的油。如果沒有住處便是失去了倚靠，什麼都跟着成問題了。他按捺不住突破了沉悶空氣，緊抓住站在身旁的莫輪的臂膀。

「我還敢去！難道你不曾看見那副面孔！」莫輪的聲音有點沙啞，這是由於他的行業是每天上街叫喊收買的結果。他拒絕杜全的提議：因為這是吃力不討好的任務。他本能地搖着短小的身子掙脫了杜全的手；人就像一隻崩了底角的酒瓶似的偏側一邊。原來他的右腳是跛的，不時得豎直左腳來支持身子的重心，站起來便顯得有點吃力。

「不要緊罷？莫老哥。」這個是羅建，當教師的；四十歲左右，身體已因為每天擔任四五個鐘頭的功課弄得極度衰弱；加上一對深近視眼鏡，一件在裏面多套了幾件單衣因而顯得臃腫的灰斜夾袍，更把他的老態增加了十年。他用他永遠抖顫的手推着莫輪，「你是這房子的老住客啦，看在你的份上，我想總會通融一下的罷？」

「老住客有什麼用！最糟的是你們三個未住進來之前，我也老是欠着屋租。」莫輪抓着頸項說，這是他在無法可想時的一種手勢。因為誰都把難題放在他面前使他感到委屈。他四處看一下，彷彿要找尋什麼援助。末了，眼光落在另一個同伴的身上；急忙叫道：「高懷，你以為怎麼辦好？」

被叫作高懷的那個，正從窗口那邊轉過身來。他的年紀和杜全差不多，人卻比較清瘦而帶有文質的儀表；在額上習慣地垂着的一撮髮梢下面，是兩隻深沉得近於憂鬱的眼睛，配合了筆直的鼻子，和微微翹起的緊閉的嘴唇，顯出沉着和意志堅強的表徵。他把手指關節揑得的的地響，用一種新聞記者研究一樁消息底真實性時的神情在沉思。── 他的確是新聞記者，不過這是抗戰時期的事。現在呢，他是個職業文人，靠投稿維持生活。

由於為人冷靜和機智，以及擅長分析事理和出主意，使高懷在四個人之中居於大哥地位。尤其是在莫輪的心目中，高懷是了不起的。但是此刻除了聽到他手指關節的響聲，卻不見他有什麼反應，莫輪感到了失望。

羅建慫恿莫輪落了空，便拱起那給課卷壓彎了的背

脊在踱步，彷彿希望從地面能夠尋出什麼法寶；結果尋不到，腦子裏卻湧起一個僥倖的想頭：「老高，姑且研究一下，你以為雌老虎真會趕走我們不會？」

高懷把垂在額頭的髮梢向後一擺，冷笑一下應道：「我想不會的，如果我們都是她的女婿的話。」

羅建知道高懷在譏笑他的想法，只好住嘴；背手踱了開去。但是杜全從高懷也看不出希望，更感到惶急，仍舊固執着向高懷說：

「那麼，你以為由莫輪再去跟她說情會有些用處嗎？」

莫輪又氣又急，伸手在頸項上亂抓。他擔心高懷會贊成，他便推辭不得，活受罪。但又不方便向杜全發作什麼；只是睞着眼睛注意高懷的表示。

「怎麼會沒有用處呢？至少就更徹底露出我們的弱點給雌老虎看：我們實在是沒有辦法的！好叫她迫得我們更加緊些。」高懷用冷嘲的語氣說着，隨即轉過頭來朝着大家：「我們別太糊塗，事實擺在眼前，雌老虎要想從莫輪手上收回這間屋子，已不是今日的事，她轉租給別人可以賺一大筆錢。只因為我們住進來了，而且由我保證不欠租，她才無可奈何。但是事實上，我們沒法不欠，現在三個月租滿了期，還不是她要抓住的好機會！在這情形下，不但向她說情是不濟事，就是向她叩頭也動不了她。」

莫輪點頭點腦的承認高懷說的對。急的是杜全，他扯起一張苦臉看看高懷，忘形的叫着：「那麼，怎麼辦？怎麼辦？」

「怎麼辦？目前最實際的事還是大家商量一下，該怎

樣設法去應付這難關！」

「一個月五十塊，三個月一百五十塊，一夜之間要弄到這筆數目，唔，除非我們是魔術家。」羅建沉吟自語。

「不過，」抓着頸項的莫輪終於抓出一個意思來了：「如果我們有辦法先付一個月的租錢，聲明其餘數目隨後再付。我想總可以和緩一下。我們並不是有意拖欠，只為了目前只能夠付一個月。難道她有理由不接受麼？」

「不接受我們就交到警署去！」杜全揮起手來截住說，好像雌老虎已經拒絕接受的樣子。

羅建從眼鏡邊睨着杜全：「說的響亮，一個月的租錢又從哪裏去弄法呵？老兄！」

杜全和莫輪都因羅建那一問呆了一下。桌上轟的給打了一拳，三個人一齊轉過視線。只見高懷的拳頭放在桌上，一副嚴肅的神氣說道：

「我有個意見，大家看對不對。我覺得，目前說什麼都是廢話，我們先得認定，無論如何必須保留這個住居。在香港社會，我們寧可沒有飯吃，決不能沒有地方棲身，否則萬一被當作無業遊民遞解出境，簡直不堪設想的。我想，度過目前這關頭的唯一辦法，只有如莫輪說的，付一個月的租錢。首先使雌老虎沒有趕走我們的藉口，然後再想辦法。」

「說得對，只是，一個月的租錢又從哪裏去找呢？問題還不是在這裏！」羅建仍舊是這一句。

「這事一個人當然辦不來，」高懷接住說：「只有大家合作才有希望。我主張我們今晚分頭進行，用一夜的時

間，各人盡自己所能的方法籌一點錢；怎樣籌法不必管，向人家借也好，或者幸運地在街上拾到鈔票也好，總之籌得多少就多少，明朝把各人所得的數目湊夠一個月租錢交給雌老虎。她不肯收再說，我們的計劃卻是這樣進行。莫輪不妨去嚤囉街找找平日的主顧商商量。羅建不是說過蘭桂坊有個親戚嗎？……」

羅建和莫輪沒有異議，只是杜全感到為難：他沒有職業，沒有半點人事關係，叫他從哪裏去籌到錢呢？他的嘴臉扯得更難看，自語地沉吟着：

「我得聲明沒有辦法，如果你們今晚不回來，我只好在街頭過一夜了。」

「怎麼會睡街頭呢？」羅建從眼睛邊向杜全射出一道揶揄的眼光，「你大可以到樓下跟你的香煙皇后去睡呀！」

杜全滿胸惡劣的情緒正沒處宣洩，驀然給開了個玩笑，忍不住光火起來；一拳朝羅建的臉上揮去，卻給高懷手急眼快的格開：「幹嗎？杜全！」

「整天香煙皇后香煙皇后的取笑，我受不了！」

「受不了是另一回事，拳頭是向自己人打的麼？」

杜全垂下了手，狠然的向羅建白一眼，便向靠壁的床位走去。羅建聳一聳肩膊同時走開。他心裏在懊悔：並非為了這玩笑開錯了時辰，而是為了自己的疏忽，忘記了這「軍佬」脾氣的傢伙是不好惹的。

高懷明白杜全的心事，立即走前去低聲說：

「別那麼傻，我剛才說的只是一個計劃，並不是強迫你也去弄一份租錢。只要我有辦法，你的一份當然算在我

的範圍內。不過你最好也出去，免得雌老虎來麻煩你。」

杜全不說什麼，只吐一口氣；隨即把壁上掛着的一件「工人裝」抓下穿起來。

高懷回到他的書桌前面匆匆疊好在寫作中的文稿，隨手拿了丟在床頭的一頂已經變了樣的舊氈帽，向腦門一壓，便向門口走出去。

杜全坐在床沿上發愁，他不知道該到哪裏打發時間的好。在和他的床位並排的另外兩張床子前面，兩個人在那裏嘆氣。莫輪對住他的收買籮呆看，他今天收買了好些不值錢卻很零碎的東西，可是今晚沒有機會去清理了。羅建對住堆在衣箱上面的課卷在抓腦袋：今天的卷子特別多，今晚又沒法改了。下次校務會議時，準有希望再聽到校長先生對於他的「工作效率太差」的檢討，加薪的希望更渺茫！他搖頭嘆息着：

「唉，真想不到，來到香港也一樣倒霉！」

# 海邊奇遇

　　高懷過海去的目的是到《大中日報》找外勤記者老李。他是高懷在香港唯一的老友。也是通過了他的關係，高懷才能在二三家報紙的副刊上賣點翻譯稿子，勉強和朋友們合夥維持生活。由於經常在《大中日報》發表文章的緣故，老李便常常做了他的短期債主。到了報館結算稿費時償還欠債。這樣的救急方法在高懷是多半有把握的。可是今晚卻很不巧：當他跑到報館的時候，市面正發生了一樁嚴重事件：中國兵因事搗亂一家洋人商店。老李訪查新聞去了，半夜還不曾回來。高懷因為要趕尾班的船過海，不能再等下去。沒有辦法，只好留下字條就走。

　　因為霧大的關係，船泊岸時已經超過正常時間。高懷在一羣寥落的乘客裏匆匆的跑上碼頭。

　　海濱到處瀰漫着濃霧，街燈好像一簇發光的棉絮，光暈和霧氣混合一起，映照出一片淡淡的迷濛。靠近碼頭的地方，一個巡警恍如幽靈一般在迷濛中踱步。

為着要抄捷徑，高懷出了碼頭就獨自沿住海邊向前走。迎着潮濕的寒氣，他把衣領翻起來，帽子拉得低低的。

這是用石堤鑲了邊的一塊荒地，到處叢生着野草。地面凌亂地堆着許多石塊和磚頭；還有三兩輛破舊的運輸貨車，或縱或橫的丟在那裏。這些都是他平日所熟悉的；即使在霧裏，他也能夠走得很輕快。現在，卻由於進行的事情沒有結果，他的心是重沉沉的，腳步不期然地慢下來了。

就這樣惘然走着的時候，突然有一陣哭泣聲傳進耳鼓。高懷停下來注意地聽，發覺那哭聲是在堤邊傳來的。他帶着好奇心摸索着走前去。在靠近堤邊的一堆磚頭中間，有一團黑影在那裏蠕動着。他站下來喝問一聲：

「誰在那裏？」

沒有反應。高懷走前一步，看出那是一個人；低了頭，兩手掩住面孔在抽咽。在驚異中，他伸手把那人的肩膊搖一搖：

「哭什麼呵，朋友？」

對方不回答。高懷從衣袋裏掏出一隻袖珍手電筒捻亮，另一隻手扳起那人的頭。在火光裏，他看出這是一張女人的臉，臉上閃着淚光。她穿的是黑衫，頭髮披在肩上。不提防給火一照，她便掙扎着低下頭去。高懷捻熄了電筒，有點意外的感覺：

「究竟為了什麼事情，這麼夜的時分，你一個人坐在這裏哭呢？」

反應依然是沉默。高懷耐不住，重再把她搖着問。這女人才不耐煩地答出一句話來：

「和你沒有關係，不要管我罷！」一面反抗地推開他的手。

與其說要滿足好奇心，倒不如說是給那一種近於倔強的態度攝住了；高懷追問她：

「惟其和我沒有關係，你才不妨讓我知道。究竟什麼事情使你這麼傷心，可不可以告訴我嗎？」

「尊重我好嗎？先生，我請你不要管我呀！」抬起頭來，仍舊是不耐煩的樣子回答。

「但我問你是出於好意的哩！」

「我請你不要管我，難道又是惡意的麼？」

這回答使高懷困窘，可是事實使他不能不管。堤岸下面是海，他意識到一個哭着的女人留在這裏可能有怎樣可怕的下文。但是從這女人的倔強態度看來，要想問出一些什麼，或是要為她做些什麼，都是困難的事。他只好說：「姑娘，這海邊太冷，我勸你還是早些離開的好。我這勸告又是出於好意的哩！」

可是這女人不理會他的話，只顧自己哭。沒有辦法，高懷便踏響腳步向前走；一面若無其事地吹着口哨。

就在這時候，那女人迅速站起身子，向堤邊踱出去，顯然她已不容許自己再猶豫。她向滿了濃霧的天空望了一下，又垂頭注視下面的海，隨即堅決地把身子向前面一衝。

電筒的光一閃，一隻手飛快的從後面抓住她的臂

一隻手飛快的從後面抓住她的臂膀，同時一
個聲音喝出來：「你要怎樣？」

膀，同時一個聲音喝出來：

「你要怎樣？」

高懷實在並未離去。他只是故意走開，卻悄悄的繞
到那一堆磚頭後面，躲在角落裏注意着那女人的動靜。果
然不出所料，他擔心的事情真的發生了。幸而還來得及用
兩隻手抓緊了她。

「告訴我，為什麼你要這樣做？」高懷把她按倒在原
來的那個地方坐下去。

女人不回答，卻哭得更淒切。也許覺得連死的自由
都沒有，而求死的勇氣又遭着打擊，一時感到茫然起來。

「告訴我，你有什麼苦衷呢？」高懷重複地問她。「你這樣做之前已經想透了嗎？」

「想透了。」語氣是很堅決的，不過態度卻和緩了一點。

「為什麼要想出這件事來？」高懷不放鬆這個轉機。

「為着戀愛嗎？」

女人不答。

「為着生活問題嗎？」

也不答。高懷不得要領，可是哽住喉頭的話總得吐出來：

「不管你為的什麼，你也得聽我說，姑娘，死決不是困難問題的解決辦法。世界上也許有很多人比你更不幸，比你更需要去死；但是他們不去死，為了什麼？便是因為對前途還有信心。他們都相信，一個人只要向前奮鬥，到底會在絕路上尋到出路的！」

女人在漸漸微弱下去的抽咽中，忽然從鼻子哼出一聲輕微的冷笑。「先生，你的道理講得真好！」這樣譏諷地插一句話。

這反應出乎意料，使高懷感到一點興奮，急忙說：

「這是事實呀！一個人既然生存到世界上來，就應該生存下去，這是人的權利。對於一切阻礙我們生存的東西，我們都應該把它一腳踢開去。」

「你說得很動聽，但是先生，你不是我，你不會知道我的痛苦。」

「痛苦？」高懷接上去說，同時故意笑一聲：「哈哈，

我相信我的痛苦不比你輕。同樣的，你不是我，你也不會知道。如果我要自殺，容易得很，我的住處並不遠，不消十分鐘，便可以跑到這裏 —— 撲通！這就完事。可是我不這樣做，而且決不肯這樣做。我希望你學我的樣！」

女人靜下去了。與其說是給高懷的率直的態度和演說似的動作引起興味，使她暫時忘掉一切；不如說是他的耐人玩味的議論把她引進了沉思。

「算了罷，姑娘，」高懷趁這機會加緊他的勸告：「你不願把你本身的事情告訴我，沒有關係。不過我希望你接受我一個要求：馬上離開這裏。」

「離開不離開是我的事，我有我的自由。你走你的罷，先生。」

這反應使高懷困窘。他也套了她的口吻說道：

「走不走是我的事，難道我又沒有我的自由麼？不過，爭執這個問題是無謂的，與其大家都不肯離開，不如索性大家都離開罷，好嗎？我同你一齊走，怎樣？」

女人不回答，卻依然動也不動。正在這沒法轉圜的時刻，堤岸的盡頭處傳來沉重的皮靴聲，同時有一道強烈的電筒的光線在濃霧裏閃動。高懷趁勢催促道：

「趕快決定，如果你不聽我勸告，我便把你交給警察。這對於你沒有好處。你不知道自殺在香港是犯法的麼？你打你的算罷，我不管。」

女人向電筒的光那邊望，來的果然是警察。她有些惶惑，立即站立起來。

「還是走罷！如果你不介意，不妨裝出情人的模樣，

省得給他查問的麻煩。」

女人沒有了主意，挾住手袋把身子挨住高懷。警察已來到跟前了。她不能不同高懷一齊走了。

穿過草坪，走到柏油路邊的時候，高懷才開口問她：「你的家在哪裏？我送你回去。」

「我沒有家。」

「怎麼？你沒有家？」高懷楞住了，「那麼，你從哪裏出來的？」

「從一個出來了就不能夠再回去的地方。」

話說得奇特！高懷不由得停下步來。困難的是她不肯道出自己的事，他沒法了解她這句話的內容，只好問她：

「那麼，你此刻打算到哪裏去呢？」

女人搖搖頭：「我不知道，是你叫我走的。」

這可把高懷窘住了。滿以為說動了她離開海邊，他的義務便算完結，誰知竟然是問題的開始。而她卻表示過沒有去處的。高懷思索了一下，忽然有了一個主意：

「你出來了，有人會找尋你嗎？」

「鬼才會找尋我呢！」

「沒有親戚嗎？」

「沒有。」

「朋友呢？」

「也沒有。」

高懷的主意於是決定了：「那麼，你跟我走好了。」

「跟你走？」女人閃開身子，問道：「到哪裏去？」

高懷恐怕她懷疑他的用心，加重了語氣說：「如果你

信任我，你便跟我回我的住處去。」

　　可是女人站住不動，遲疑着：「方便嗎？」

　　這一問喚起高懷一個醒覺：沒有解決的屋租問題，雌老虎的一副可怕的面孔，明天的難關……他的心不期然沉了一下。但是仍舊硬着頭皮應道：

　　「不要緊，住一晚再說。走罷！」

# 3

陌生的來客

濃霧籠罩着夜街，到處是迷迷濛濛。兩個人沉默地走着，彼此懷着互不了解的心事。從馬路轉進了木杉街，沿住「騎樓」底走到將近盡頭的一個門口停下來。

「到了嗎？」女人這才開口。

「是的，有勇氣便跟我來。」

高懷回答了便領着她踏進門口。裏面一團漆黑，女人不熟悉情形，才踏着第一級樓梯就捽了一下。高懷急忙伸手扶住她，低聲說：「小心一點。」可是一個人給驚醒了：

「誰呀？」

聲音從樓梯底裏發出來。那是白天在門口擺「旺記」香煙檔的陳五姑。—— 大家都叫她「旺記婆」的。雌老虎准許她在門口擺檔子，條件便是旺記婆得睡在樓梯底的三角形隙地裏，替她關照門戶。

「是我，阿高。」高懷停一停腳步回答：「對不起，五姑，吵醒你了。」

「怎麼這個時候才回來呀，高先生？三姑整夜找你們啦！」

高懷怕她嘮叨下去，胡亂應了一句話，便繼續領了女人踏上樓梯，這才放心捻亮了他的電筒。

在電光映照下轉了三個彎，才上到第四層樓。高懷摸出門匙開了門。屋裏是黑茫茫一片。

「沒有電燈的嗎？」女人詫異地問着。

「唔，沒有。不過，總有一天會有的。進來吧，不要怕！」

高懷掏出火柴劃着，點亮桌上的一盞火油燈。燈光立刻把兩人之間的一層屏障撕開了。在街外時是沉默地走路，大家都有些矜持。現在，兩人面對面地站住，不由得彼此互相注意了起來。也是這個時候，高懷才看清楚了她。她很年輕，約莫二十出頭；身體很瘦弱；一頭長髮鬈曲地披在肩上；一張蛋型的臉；面色似乎因營養不足而顯得蒼白；好像因為哭過，兩頰才有一點給手帕擦出來的紅暈；一隻端正的鼻子鑲在小巧的嘴唇上頭，配合了兩隻不很大卻非常渾圓的眼睛，構成一種和諧的美，而形成一副相當動人的面貌。在燈光裏，倔強的態度沒有了，只是稍微低下頭去，用防備的眼色偷看高懷。發覺他也在看她的時候，她便避開了視線。

「這就是我的家，請坐罷！」高懷爽快地說，一面走到書桌那邊去拿熱水瓶。

女人在高懷示意的一把椅子坐下，卻用了陌生的眼光四處張望。她看見這屋子連房間都沒有，只是沿住牆壁

相對地擺了幾張床，兩張掛有布帳。除了屋子中心有一張圓桌，幾把椅子，便找不出什麼正式的家具；就是堆在床底或床頭的衣箱和用具，也是非常簡單。她愈看愈是流露疑惑的神情。

「不必奇怪，你慢慢會明白我的，喝杯水定定心罷！」高懷遞給她一杯開水，他看出了她的不安的心情。

女人接過開水，說一聲「謝謝」；喝了一口，便問了起來：「你一個人住嗎，先生？還是……你的太太呢？」

「我的太太？唔，還未出生哩！」高懷打趣地答，也喝着開水。

女人矜持地笑一笑，接着問道：「那麼，你是開小客棧的？」

「你擔心我今晚要收你的住宿費麼？」

「如果你要收，我也可以付給你。我奇怪有這許多床。」

高懷解釋着說：那些床是朋友們睡的。隨即掏出香煙來，給她遞了一支。

「你的朋友哪裏去了？」女人接了香煙，有點不相信的樣子。

高懷趁她點火的時候，胡亂想到一個理由：「有朋友請客，他們全都吃喜酒去了。」

「為什麼你沒有去？」女人用一種待答的神氣噴一口煙。她的態度漸漸顯得隨便。

高懷感到這女人似乎總要問出一個底細才放心，他只好打趣地回答：「我沒有去，是因為我知道今晚會有個

奇遇。」

女人從鼻子裏冷笑一下：「哼，奇遇！真有趣，我想你是教書的，是嗎，先生？」

「你怎麼會想到這個？你是看見我的樣子太寒酸嗎？」

女人搖頭：「不，我覺得你的話總是說得有趣，所以 ── 」

「我不是教書的。」

「那麼，你是幹什麼的？」這回是女人奇怪了。

「我嗎？唔，我什麼都幹。」高懷微笑着答。

「不，我是請問你：你實在是幹什麼的？」

「謝謝你關心，我實在什麼都沒有得幹。」

女人忍不住「嗤」的笑出來，說道：「你真奇怪，先生。」

「怎樣？這樣一個奇怪的人，你今晚還信不信任他呢？」高懷看出了她對他已經發生了興味，趁勢問她。

女人沉下視線噴一口煙，低聲說：「明朝才知道。」

高懷聳聳肩膊，走到自己床鋪前面，拉開了布帳，把被褥整理了一下，轉回來說：

「我想你已經疲倦，需要休息了。如果你不介意，請你就睡我的床罷！」

「為什麼一定要我睡你的床呢？」女人的眼色裏露出幾分惶惑。

「不是一定。不過，你睡我的床比較好些。」

「為什麼？」

「理由很簡單 —— 只有我的床少些臭蟲。」

女人「嗤」的笑一笑，問道：「那麼，你到哪裏去睡？」

「我可以睡朋友的床。你看，到處都是，你怕我沒有地方睡麼？」說了，高懷便走向對面羅建的床鋪去安排被褥。

「這便太感謝你了。但是，如果你的朋友回來了怎麼辦？」

「他們嗎？」高懷想一想：「他們今晚是痛飲狂歡，大概不會回來的了。」

「……如果發覺我有什麼不對的時候，你不要客氣，把警笛一吹，我便逃不了的……」

女人已經站立起來，正要向高懷指定的床鋪走去，忽然又給高懷叫住。他從衣袋裏掏出一件東西遞給她。

「這是一隻警笛，我交給你保管。」

女人接過了，感到莫名其妙：「怎麼？這裏有很多賊，是嗎？」

「不，」高懷解釋着，「我恐怕你不放心我呀！」

女人明白了他的意思，又偷偷笑一笑。「也好！」這樣應了一句，便把那隻警笛捏在手裏。高懷隨手把圓桌上的火油燈拿到床頭的書桌上面放下，叮囑地說：

「燈給你。一切請你自便。如果發覺我有什麼不對的時候，你不要客氣，把警笛一吹，我便逃不了的。明朝再見罷，晚安！」

女人笑着也回答一句「晚安」。高懷走過羅建那張床去的時候，她已經把布帳拉攏起來。

# 4

緩兵有計

　第二天，高懷醒來已經比平日遲得多。他一夜來簡直沒有好睡。他的心和腦子同樣的紛亂。他想起三個朋友這一晚不知道怎樣過夜；想起屋租的難關；想起這個晚上的奇遇，想起那個奇遇中的女人……這一切都混成了很複雜的心事困擾着他。

　睜着眼睛，望住那因為潮濕而到處顯出疤痕的屋頂，高懷的思想還是停滯在那女人身上。—— 從她的儀表，她的談吐和她所表現的自尊心，都看得出來她是受過好好教養的。這樣一個人為什麼要走上自殺的路去？他不明白。但目前纏住他腦子的是另一件事情：他昨晚帶這女人回來的原意，只是打算給她一夜的安頓，讓她有個機會平靜她激動的情緒。誰知道她竟聲明她已沒有去處。—— 也許正因為這樣她才自殺的罷？那麼，要她不自殺，就得讓她有個去處。她接受了他的勸說，又跟他回來；在道義上，他不是對她有一份責任了麼？他並不懊悔

曾經為這女人所做了的一切，但倒霉的卻是自己也一身問題。他們窮得連屋子也住不下去了，怎樣去為她想辦法呢？

高懷暫時丟開那傷腦筋的問題，轉過來打聽一下屋裏的動靜。他想那女人應該起來了。他穿好衣服，故意做作一點響聲，才拉開床帳跳出來。果然，她的床帳已拉開了，但床是空的。他走出那迴廊式的「走馬騎樓」去看了一遍，一個影子都沒有。

回進屋裏，他才注意到他的棉被摺疊得好好的放在那裏；同時發現床頭一張方櫈上面放着盥洗盆，毛巾摺成方塊浸在水裏；旁邊是他的漱口盅、牙刷、和肥皂。這些都看得出來是有人替他安排好的。在一條為懸掛床帳而設的鐵絲上面，凌空晾着一塊小手帕，這是那女人昨夜揩眼淚用過的。人卻失蹤了。

對着這一切，高懷有幾分滑稽的感覺。他知道那女人是在他醒來之前就離開這屋子。如果就這樣走了倒也好，但是她似乎又會回來的；那塊手帕彷彿在告示着她的存在。

可是她到哪裏去了呢？

一陣敲門聲打斷了高懷的迷惑。他急忙跑到門邊，帶着奇趣的心情打開門來。

站在門口的竟是雌老虎。她兩手叉腰，睜着發光的眼等在那裏。高懷急忙鎮定下來打個招呼。雌老虎不讓他開口，就擺出一副拷問的神氣點頭點腦的問：

「究竟怎樣呢，高先生？我昨晚已經說過，你們不付

清屋租今天就得搬走；你們卻死蛇爛鱔的，把我的話當作耳邊風，昨晚鎖上門就成班鬼子不知跑到哪裏去。這還不算⋯⋯」

「三姑，你聽我說，你聽我說，」高懷截住想來一個說明，可是雌老虎卻一手擋住了搶白下去：

「⋯⋯還要把我的地方弄得污煙瘴氣，帶些不三不四的東西回來過夜。老實對你說，我包了十多年的租，我的屋子從來是乾淨的。住不住下去是你們的事，你可不能在我的地方胡天胡帝！」

「你說什麼呀，三姑？」

「你別裝模作樣了，旺記婆一早就告訴了我，說你半夜裏帶了一個女人回來，鬼鬼祟祟的。今早天剛亮，阿貞又看見一個陌生女人悄悄的溜出去。這是什麼回事？難道她們是活見鬼嗎？」

高懷知道否認不來，馬上想到了對策，「哈哈」地笑了一聲：「不錯，的確是有這麼回事；不過，你們全都誤會了。那女人並非別人，三姑，她是我的妹妹呵！我的天，你不講清楚，我也給你弄糊塗。」

「什麼？你的妹妹？」雌老虎不相信的樣子，「我從來未見她來過！」

「不但你未見她來過，我也差不多十年沒有見到她了。一打仗我們便各散東西。現在仗打完了，她由上海跑到廣州找我；知道我在香港，便又跑到香港來。昨晚我出去了，便是接她的船啦！」

高懷說得似模似樣，雌老虎半疑半信；但是她的興

趣不在這個，她得利用機會顧全她的目的：

「那麼，高先生，你以為仗着有便宜屋子住，便放心招呼你自己的人到這裏來了嗎？你夠闊氣！但是我告訴你，我不跟你闊氣的呀！」

「唉，三姑，並不是我招呼她來的，她要來有什麼辦法？」

「那麼，你的欠租又有什麼辦法？」

高懷一下子找不到口實，趁勢順水推船：「呃，就是因為我妹妹來了，欠租有希望付了，我妹妹帶了錢來。」

雌老虎立刻攤出一隻手：「現在給我好啦！」

高懷硬着頭皮瞎扯下去：

「唉，三姑，你也糊塗；現在出門人的錢還是帶在身上的麼？當然是匯寄的。我的妹妹一早跑出去便是去錢莊提款啦。我要給你租錢，也得等她回來呀！」

一套瞎扯的理由居然有了效果。雌老虎的面容放寬了些，說道：

「好啦，姑且相信你，等一會我再來便是；你拖不下去的。」

正當雌老虎轉過身要出去的時候，一個人迎面闖進來；她不期然頓住了腳。高懷卻楞住了。

多麼不巧！那女人竟在這個時候轉回來。

# 5

意外的早餐

「先生，早！」女人兩手捧了大包裹，微笑着打個招呼。高懷急忙裝出一副熱烈的態度來轉移局面。

「讓我介紹 ——」對雌老虎做個手勢：「這是我們包租的周三姑。」

女人客氣地點頭招呼。轉過來介紹那女人的時候，高懷卻囁嚅着不知道怎樣說話才好。樓梯下面忽然有人大聲叫道：

「三姑呀！有人找你交租呵！」那是旺記婆的女兒阿貞的聲音。

雌老虎應了一聲，回頭向女人盯了一眼才走出去。高懷鬆一口氣，關上了門，跟住那女人後面走。

「你這麼早就出去了。」高懷搭訕地說。

「我出去買點東西。」女人答着，在圓桌上放下了包裹。

「那是什麼東西？」

「吃的。──我請你們吃早餐。」

女人微笑回答，一面把包裹撕開來：都是點心；有大的雞包，小的叉燒包，蛋糕和蝦餃子，還有水果。點心還熱烘烘的，放滿了一桌。高懷驚異的叫起來：

「你請我吃也用不着買這許多呀！你當作我有一個牛肚麼？」

女人笑起來：「你不是說有幾位朋友的？還未回來嗎？」

「我想他們快要回來了。不過，你太客氣了，姑娘！」

「不見得，我應該這樣做的。」

「為什麼呢？」高懷好奇地問她。

女人避開了她的臉，答道：「今天，我有了一個新的生命了呢。──」

高懷明白她的意思，便說：「這樣說來，應該由我來慶祝你才對呵！」

「不，我應該向你表示感謝。要是我不碰到你，我還能夠看見今天的太陽嗎？」

「我真歡喜聽到你這句話。」

但是女人好像要想避開這個話題，她只注意安排食物：向高懷要幾隻碟子和刀子。

「對不起，我們自己沒有燒飯，所以什麼器具都用不到。刀子倒有一把。」高懷說着跑開去，從他的書桌抽斗裏拿了一把刀子遞給她。

「那麼，該不致連茶都沒有罷？有點心沒有茶怎麼行

呢？」

「我們是喝開水的；每天拿熱水瓶去茶樓沖水，一角錢一瓶，方便得很。——你說現在嗎？不成問題，我們昨天沖的還有一瓶不曾喝過。」

高懷又走過去把羅建書桌上的一隻熱水瓶拿出來。看見床頭的一面盆水，才醒覺到自己還未洗漱。但是覺得不方便當着這女人的面前做，便把盥漱用具端進廚房去。

女人聳一聳肩，似乎想起這屋裏連一隻碟子都沒有感到滑稽。對着一堆的食物不知道怎樣處置的好。末了，她從高懷書桌下面抓了幾張舊報紙，鋪在桌上當作枱布；把撕開的紙袋當作碟子，讓點心放在上面。水果也切開了，一樣一樣的安放得整齊。最後找到了幾隻杯子，依次排列起來，儼然是一席茶餐的模樣。隨後，她用了審查的姿勢對這一席茶餐的安排端詳一遍。外面忽然有輕輕的敲門聲。她躊躇了一下，便跑過去開門。

進來的是羅建和莫輪。驀然看到開門的是陌生女人，兩個人不由得驚愕的倒退一步。

「先生，你們找誰？」女人迎頭問着。

羅建提一提眼鏡向女人看一下，在莫名其妙的神情上表現了驚慌；連忙拉一拉莫輪的袖子低聲說：

「喂，如果不是我們上錯了樓，便是凶多吉少了，新住客已經進伙啦！」

莫輪抓着頸項向屋裏看，自信地答道：「不會罷，我們的東西還照舊在那裏。」

女人沒有聽懂兩個人的對話，卻恍然醒悟了一個記

憶，便推測地問道：

「我想，兩位先生便是昨晚去吃喜酒回來的嗎？」

這一問把兩個人弄得更糊塗了。羅建皺皺眉頭，研究地反問她：

「姑娘，你是哪裏來的？」

女人有點難為情，不知怎樣回答。就在這個尷尬時刻，一個叫聲轉移了局面：

「老友，回來得好，這裏有一頓豐富的早餐！」

這是高懷。他剛盥漱完畢從廚房出來了。在門口的兩個人這才放了心。可是他們又懷了鬼胎地互相看一眼，站在那裏遲疑着。

「有點古怪了。」羅建低聲說。

莫輪點點頭。女人知道他們就是高懷同夥的朋友，已經高興地跑回屋裏去安排椅子。高懷也去幫助她。看見兩個人還站着不動，便向他們大叫：

「來罷，坐攏了來再說。」

「你先過來！」羅建向他招招手。

高懷走前去，還沒有開口，羅建便低聲怨道：

「你做的好事呀，老高；你沒有錢去旅店開房間，只要說一聲，我們自然會識趣的；卻無謂假借理由，叫我們出去做一夜無主孤魂的呀！」

高懷不說什麼，拉住兩個人的手走出騎樓去，用最簡單的敘述把那女人的來歷說一遍。

兩個人對於這件太突兀的事還在半信半疑之間，那女人的清脆聲音卻在屋裏叫起來了：

「請進來吃點心呀，幾位先生！」

高懷不管他們相信不相信，一手又把他們拖進屋裏，推到女人面前。她微笑地迎在那裏。

「姑娘，我給你介紹兩個朋友。這是羅建，—— 四維羅，建國的建。」

羅建客氣地鞠個躬。

「這是莫輪，—— 莫須有的莫，三輪車的輪。」

莫輪也學羅建那樣鞠個躬。一陣歌聲從天台上面沿樓梯傳下來：

　　呵，姑 …… 娘，

　　只有你 …… 的眼 ……

　　能看破我的生 …… 平 ……


高懷立刻向女人說：「還有一個。」接着，門口便跳進了杜全。一眼看見屋裏這麼一個情景，杜全不期然大感驚愕。高懷向他招手叫道：

「來吧，我介紹你認識我們的新朋友。」

杜全莫名其妙的走前去。高懷便向女人介紹說：

「這是杜全，—— 杜魯門的杜，全家福的全。」

杜全還是呆在那裏，羅建用了贊禮似的口吻提醒地說：「一鞠躬。」杜全好像受了催眠似的照他的話做。

輪到了高懷自己。他先來一個鞠躬，然後說：「我是高懷，—— 至高無上的高，懷才不遇的懷。」同時配合着誇張的形容手勢，使得女人忍不住笑出來。

「現在輪到我了。」女人也先向眾人鞠個躬，指住自己：「我叫白玫，—— 清白的白，玫瑰的玫。」

於是大家都一齊回個禮，稱呼一聲「白姑娘」。高懷接着就號召地叫道：

「現在大家都認識了，我們一齊吃點心再說罷！」

# 6

合作應敵

　　梗在彼此之間的一種陌生感覺，經過一番介紹手續
之後自然地消除了；空氣便也輕鬆了起來。實在大家都感
到了飢餓；尤其是羅建和莫輪，這時候經不住滿桌子點心
的誘惑，對於高懷和那女人的事也懶得去理會。杜全卻始
終在糊裏糊塗之中，一切只好跟着別人那麼樣做。當白玫
拿了熱水瓶替大家斟開水的時候，他向身旁的莫輪拉一拉
袖子，低聲的問：

　　「喂，這究竟是什麼回事？」

　　「你不必問，總之不須你付賬，肚子餓就放心吃好
了，等一會你自然知道的。」

　　杜全不得要領，又向另一邊的羅建碰一碰；但是看
見高懷站立起來說話，他便住了嘴。

　　「我要向大家宣佈，」高懷帶着興奮的神情說：「這
一餐是白玫姑娘請客的，讓我們以水當酒，致謝白玫姑娘
的盛意。」

白玫急急說着「不敢當，不敢當」。幾個人已經舉杯附和，紛紛向她勸飲。白玫難為情地應酬着，好像大家喝的真是酒的一樣。在喧鬧聲混成一片的時候，有人在砰砰的打門。

四個人不期然地互相看一眼；大家都共同警覺到一件心事。高懷悄悄地問羅建：

「昨晚進行的結果怎樣？」

羅建低聲回答：「我正想問你。」

「莫輪呢？」

「同樣失敗！」

高懷的心向下一沉：這怎麼辦！最急切的問題還是目前怎樣應付雌老虎。一個女客同在一起是最尷尬的事！但是打門聲愈來愈緊，不能再猶豫了。高懷在惶急中，只好向三個夥伴示意一下，說一聲「大家來！」便跑去開門。

打門的果然是雌老虎！不讓她開口，一連串的招呼便迎了上去：

「赫，巧極了，三姑，請進來吃些點心呀！」……「真是相請不如偶遇呵！來罷，三姑！」……「我們正要派個人去請你上來的啦！」……「現在用不着去請了，三姑，大家都是自己人，就坐攏了來好啦！」……

在一陣熱烈的空氣裏，幾個人你一嘴我一嘴「三姑三姑」的亂嚷，弄得事前全未防備的雌老虎感到狼狽；很困難才從那一串擾攘的包圍中爭到一個開口機會：

「我沒有空同你們吃什麼點心，我上來是為了……」

一片喧聲又蓋過去，把雌老虎的話擾亂得沒法子繼

續。可是她仍舊掙扎地搖手。高懷急起來，回頭從桌上抓了兩隻叉燒包，轉過去一把塞上她的手：「你沒有空就送給你帶回去吃！」說着，推推擁擁的把雌老虎拉了出去。杜全趁勢掩上了門。

白玫呆呆的站在那裏，她對於這一幕情景很感到些迷惑。到了三個人回來桌邊的時候，羅建覺得需要造個理由來解釋一下，便說：

「這位周三姑是我們的包租婆，是個很有風趣的人；她慣常上來和我們開玩笑的。剛才也許看見白姑娘，有點陌生，便客氣不敢進來了。」

「這便對不起了，羅先生，我趕走了你們的朋友。」白玫難為情地道歉。

「不要緊，她不來我們不是多吃一點嗎？」羅建笑着，自己就伸手去抓雞包。

杜全和莫輪早已忍耐不住，落得羅建作了開路先鋒，便也不客氣的動起手來。但是白玫還矜持着；她關心高懷不曾回來。

「我們吃着等他好了，反正這許多東西也吃不完的。他碰到包租婆總得應酬一番，怪孩子氣！」

「對了，高先生是很有趣的人。」白玫想起一夜來的事，半點也不疑惑。「但是你們有了這麼好的包租婆也實在難得，很少見到過包租婆肯同住客打成一片的哩！」

「而且，」杜全也幫忙着撐撐場面，「她開的玩笑常常開得似模似樣的啦！」

「在我們幾個人中，高懷和她是最合得來的了。」莫

輪也加上一句。

　　白玫對於這事似乎很發生興味：「我想，這都是你們對她好，所以她也對你們好哩！」

　　「也許是這樣罷。你看，高懷又和她纏得沒法脫身了。」

　　羅建這樣一說，杜全和莫輪都忍不住笑出來。白玫也湊趣地笑了。


　　高懷應付了雌老虎回進屋裏的時候，幾個夥伴已經在那裏吃得很高興。他回到原位坐下，立即向白玫道歉。

　　「我才對不起，比你先吃了。—— 怎樣？那位周三姑不肯來吃點東西嗎？」

　　「她不肯來，她太客氣了。」

　　羅建的腿子碰碰高懷：「我們剛剛和白姑娘說着包租婆同我們多麼好，常常上來同我們開玩笑。」

　　「真的，」高懷會意地笑着，「她每天總要來兩三次；白姑娘，你早上不是和她碰過頭了嗎？」

　　「所以我剛才對羅先生他們說：我非常羨慕你們的生活；大家住得這麼融和，又有這麼好的包租婆。」

　　白玫的臉上的確顯出羨慕的神色。高懷覺得很有些滑稽，不由得這樣應出來：

　　「羨慕嗎？如果你和我們接近得長久一些，也許還有許多東西叫你羨慕的哩！」

　　白玫沒有領悟高懷這句話的意思，卻誤會他所指的是他們生活上的事，便得意地應道：

「我知道了，剛才你出去的時候，羅先生已經告訴了我。」

「什麼呢？」高懷倒奇怪起來。

「羅先生說，高先生是個新聞記者，作家……」

高懷禮貌地點點頭：「不敢當。」

「羅先生是個 —— 萬世師表。」

「唉，你嚇怕我了。」羅建叫出來，「白姑娘，我只說我是教書匠罷了。」

白玫望着杜全：「杜先生是個神聖勞工。」

杜全的表情顯得有點尷尬：「認真不敢當。」

「莫先生是……」白玫頓住了在思索。羅建接住替她說：

「收買古董專家。」

莫輪難為情地笑着。於是全體都放聲笑起來了。

一個茶會便在輕鬆的空氣下度過。大家都吃得飽飽的。果皮、包子皮和別的殘餘東西，丟滿了一桌。在這個場合裏，白玫雖然是陌生的，關於她的一切，大家都不清楚 —— 尤其是杜全；可是這並未成為彼此之間的隔膜。他們只覺到她的態度，她的談吐，和她的儀表，都似乎有一種引力，使他們自然地對她發生了感情。

另一方面，白玫也有同樣的感覺。她並未了解這幾個男人的生活；但是似乎捉摸到一些什麼，使她意識到她和他們之間的距離不會很遠，至少，她可以認定他們都是誠實可靠的人。在這樣的想像下，當他們都離開桌子的時候，她便把收拾食桌當作她本分的事情。

一籌莫展

　　就在白玫收拾桌子的時候，高懷暗裏拉了三個夥伴走出騎樓外面去開緊急會議。他們碰頭以後還沒有機會談到昨晚分頭籌錢的經過。現在是再也不能躭擱了。

　　「我們沒有一個人找到辦法麼？」高懷焦急地低聲問着。

　　「我走了兩個地方，一塊錢都借不到。」莫輪歪着唇皮報告，「本來雜架攤那個老麥是最知己的朋友，我以為總有點把握，誰知錢借不到，反而給他罵了一頓，說上次向我買入的一隻電熨斗給警探查出是贓物，幾乎連累他坐監房。好在事情沒有弄大，要是追究起來，連我也不得了。一個人倒霉起來真沒辦法！」

　　「我還不是一樣糟！」羅建搖搖頭說，蘭桂坊的親戚比他還艱難。那親戚在淪陷時期，因為沒有飯吃，把「花生麩」當作食糧，現在毒發病倒，混身腫脹，無錢醫理。他哪裏好意思開口！「還有更糟的是，從親戚家裏出來，

在街上竟碰到南叔 —— 你知道南叔是誰嗎？就是前次到這裏來的那個水客呀！他正打算找我，說是我老婆又託他來向我要錢醫病。真叫我不知道如何應付的好。不過也好在碰到他，否則昨晚連過夜的地方都沒有；我到他所住的客棧去揩油住了一晚。」

「夠了，夠了，別囉嘛了，」高懷聽得不耐煩：「總之一句話說，就是全都絕望。」

「你呢，老高，你也沒有結果嗎？」杜全急急問着。他的焦躁是雙重的；因為高懷昨晚說過替他解決他的一份。

高懷搖一搖頭；隨即把昨晚到報館找老李撲了空的事說一遍。「這結果不知是幸還是不幸。如果昨晚順利找着老李，我不會等下去，就決不會碰到這個女人，她一定完了。絕路的人碰到絕路的人，世界上竟有這樣湊巧的事。」

羅建苦笑着插上嘴：「這叫做物以類聚呀。」

「老高，這女人究竟是怎樣碰來的？」杜全總想把自己的困惑弄個明白。莫輪做個阻擋的手勢上住他：

「此刻不是說這件事的時候，我們要解決的是屋租問題！」

杜全狠然地看莫輪一眼。他直覺到莫輪的語氣傷害了他：好像說他不須為屋租問題擔心就去管閒事。但是他不方便發作，只好忍住那一口氣。

「現在僅有的一線希望，仍舊在老李方面。」高懷說：「我曾經留下字條叫他替我想辦法。如果他今天下午不來，我只好再去走一次。假如這一線希望都斷絕，那就注定完蛋了！」

「你剛才怎樣應付雌老虎的？老高。」羅建問道。

「滑稽得很，我承認那位白姑娘是我的妹妹，說她是由內地來的，而且帶了錢來，今天準可以交出屋租。」

「雌老虎肯相信嗎？」莫輪截住問道。

「起先不相信，原因是她早上碰見白姑娘的時候，聽到她稱呼我先生。我只好硬着頭皮說，我鄉下的風俗是妹妹稱哥哥先生的。她才沒有話說。但是目前要緊的是錢。你們知道，我說謊的目的，不外是藉此拖延時間，滿以為等你們回來會有些結果，誰知全部落空！在這情形下，今天如果沒有一點錢應付，事情拆穿不在話下，最悲慘的是大家都得滾蛋。面子給她丟盡了。你們看怎麼辦？」

大家都說不出話來，誰也不能夠給這「怎麼辦？」一個回答。就在這個時候，一個清脆的聲音在屋裏叫出來：

「高先生，我走了！」

高懷急忙走進屋裏。白玫已經挾住手提包，站在桌邊摺着她的小手帕，準備離開的樣子。他急切地問她：

「你走？你到哪裏去？」

白玫搖頭：「我自己也不知道。出去再算。」

「那麼，你就留在這裏不好嗎？」高懷不由自主地問出這句話來。

白玫沒有回答。三個夥伴也跟着回進屋裏來，大家都關切地望着她。

「是的，白姑娘，你說過羨慕我們的生活，如果你喜歡，就同我們在一起不好嗎？」羅建完全在同情心的主使下提出挽留。他從高懷口中知道她是沒有去處的。

「我感謝你們的好意，」白玫臉上帶點悵惘的神色，「但是我有什麼理由留在這裏呢？」

幾個人不期然地互相看一眼在徵求答案。是呵，憑什麼理由她和他們生活在一起？她不是他們什麼親屬，也沒有什麼朋友關係；即使不為着他們窮，也找不到可以讓她留下來的憑藉。他們不知道怎樣表示的好。白玫已經伸出手來，依次遞過去和他們握別，最後才去握高懷的手。

「請了，高先生，我更要感謝你……」她還想說些什麼，可是遲疑了一下，只說了一句「再會罷！」便掉轉了臉，急急地走開了。

四個人呆然地站在那裏，望着白玫走出門口。她飄忽地出現，又飄忽地離去；在這麼短促的時間，她已經在他們的觀念中投下了似是模糊又似是明顯的印象；這時候那種驟然湧上心頭的惜別情緒是有點難受的。尤其是高懷，他對她的一切並不比別人知道得更多，可是由於一夜來的經過，他對她卻有着比較特殊的感情。早上，他還覺得這女人對於他是一個心理上的負累，現在，她的離去卻使他感到一種良心上的歉意了：他竟不能徹底地幫助她。

「老高，為什麼你不想法子留住她呢？」杜全在沉默中衝出這句話來了。他是四個人中對白玫的來歷最含糊的一個，可是他察覺到高懷的一副焦躁的神色。

「就是因為沒有一個理由！」高懷痛苦地捏着手指。

「唔，我有個意思，」羅建忽然抓住了什麼似的，提一提滑下鼻樑中間的眼鏡，來一個建議：「我想，如果她願意的話，我們不妨請她料理家務呀！」

「我們有什麼家務？連飯鍋也沒有一隻。」高懷苦笑一下。

「呃，這就對了，便是因為連飯鍋也沒有，我們就應該有；有了個主持家務的人，我們便可以自己燒飯；其餘像洗衣服啦，撿拾床鋪啦，幫忙些瑣瑣碎碎的事情啦；—— 即如替你去寄稿子，買郵票，領稿費，之類之類，這一切不是都需要有個人嗎？而且，我看這個人實在也不錯！」

高懷仍舊捏着手指，焦躁地考慮着。

「但是她肯替我們做這些事情嗎？那樣一個摩登女人！」莫輪也加進了議論。在他的觀念上，所謂「摩登女人」簡直是另一個世界的人，同他們是有距離的。

「這一點沒有關係，我相信她肯做的。我比較知道她。不過問題是在我們方面：事實上我們現在屋租也沒法解決，生活又隨時發生恐慌，有什麼辦法容納她？就算她了解我們的生活情形，不要工錢，飯總要吃的呀！」

「唉，如果我有職業就好了！」杜全嘆息地搖搖頭。

羅建沉思了一會，突然抬起頭來：「老高，我以為不妨先留住她再說，辦法隨後再想。反正我們的生活都是搞不通，多一個人和少一個人相差不了多少，極其量大家吃少一點，有什麼關係！」

「也是道理！也是道理！」莫輪點頭點腦的表示贊同。

羅建趁勢推推高懷的臂膀，慫恿着說：「不必考慮了，老高，爭取時間要緊，趕快追上去罷！」

# 8

高懷跑到街上，四處張望，看不見白玫的蹤跡，只好向前直走，一面注意每一道轉折的橫街，一面跑出馬路去。

這是兩條馬路交叉的十字路口，高懷在猜想着白玫可能走的方向。視線落在對面街口轉角處的一間小禮拜堂；在一枝豎在人行路邊的街燈下面，正有一個穿黑衫的人坐在那裏。高懷急步橫過馬路走過去。看清楚了：果然是她！

白玫兩手捧住額頭，肘子支住膝蓋；眼睛盯着地面凝神。高懷在旁邊叫一聲，她才驚覺地抬起頭來。難為情地站起身子。

「我到底尋到你！」高懷興奮地說，隨即問道：「白姑娘，你忠實的告訴我，你有地方去嗎？」

白玫應道：「我隨時都是忠實的。我不是對你說過了嗎？」

「那麼，你願不願意找一點工作做呢？」

「只要有飯吃，有個地方安置我自己，我什麼都願意做。」白玫低下頭去，用指頭纏住她的小手帕。

「這就好極了！」高懷爽快地說：「我希望你轉回去。我們非常喜歡你同我們一起生活，如果你不介意的話。」

白玫掉過頭來：「謝謝你，高先生，但是我可以替你們做些什麼呢？」

「你已經知道我們幾個人的生活是多麼簡單的。不過，如果你一定要有些工作才覺得舒服，那麼，我們總有些需要你幫忙的事情 —— 」於是他舉出一串生活瑣事。「這樣，你不是有理由留下來了麼？」

「高先生，你的好意我非常明白。但是你們為着挽留我而製造一個理由，這是太不自然的事；我不願你們做得太勉強。」

「一點也不，我們的確有這個需要。只是平日事情並不多，要正式去找一個人幫忙又用不着。現在，你既然需要有點工夫打發日子，如果又願意義務幫忙的話，我們便認為你和我們合作是非常理想的。」高懷委婉地說着這一番話，希望能夠打動她的心。

但是白玫不作表示。自尊心和生活慾在心裏交戰，不知道怎樣決定才好。高懷看出了這一點，為了使她對他們的情形更明白些，他繼續說：

「白姑娘，我不想瞞你，我忠實的告訴你也不妨，我們幾個人都是窮的，但我們都是正經的；日子久了你會知道。我們沒有錢，飯總還有得吃。如果你不嫌棄我們，

同時信任我們沒有惡意的話，我請你就接受我的提議好了。」

高懷的誠懇態度和坦白的語氣發生了力量。他感動了她。白玫的眼裏露出喜悅的光，望着他說：

「不要對我太客氣了，高先生；我完全清楚了你的為人，我實在高興有了像你這樣的朋友。雖然我和你們相見只有很短的時間，但是我已經有了一個很清楚的印象。我知道，假如你們是有錢人的話，決不會同情我，不是嗎？不過，我恐怕你們的生活多了我一個人之後，你們會更苦。」

「但是我們會更快樂，你信不信？」

白玫給高懷那麼輕鬆的語氣引出了微笑。高懷趁勢牽一牽她的袖子就舉起步說：

「不必討論了，白姑娘，一齊走罷！」

在屋裏，三個夥伴分頭在搬動床鋪，一片忙亂的景象。高懷領着白玫踏進門口，禁不住吃了一驚，急忙走前去悄悄的向羅建問道：

「怎樣？真的下逐客令了？」

「別太神經過敏。」羅建解釋着說：「我們知道你一定有方法勸白姑娘回來，既然回來，她總得有個安頓的地方；她暫時什麼東西都沒有，我們議決了每人拿出一點東西來給她使用，目前最先得解決的是床鋪。」

高懷這才恍然明白，高興地向白玫說道：

「白姑娘，我的話有錯嗎？你看大家多麼歡迎你，他們已經替你安排床鋪了。」

白玫轉回來已覺得很難為情，看到這個情景，又高興又難過，不禁叫出口來：

　　「哎吔，你們真太好了，我怎麼當得起呵！」

　　「不要緊，我們每個人用少一點東西一樣可以過下去的。」莫輪一面搬出一塊床板一面應道。

　　「我也是一塊床板，加一張被單。」羅建也搬出他的兩件東西。

　　「我是一塊床板，連兩張條橙。」杜全把條橙舉得高高的，好像他的貢獻是最特色的。

　　「這怎麼行呢？杜先生，你連條橙也給了我，你自己睡什麼？」

　　「不要緊，抗戰的時候，我當兵是睡慣地面的；現在留下兩塊床板貼着地面睡，舒服得多了！」

　　「唉，你們真太好了！」白玫好像除了這一句就說不出別的話。只覺得有許多東西四方八面的向她堆過來，使她應接不暇。她想去幫他們一些忙，又不好意思；只是侷促地站在一邊。

　　這時候，高懷已經拆下他床前的一張布帳，同時抽出一張作褥子用的毛毯，一齊拿出來：

　　「我想，一張床鋪的東西總算齊備了罷？」

　　白玫不安地說：「你們連自己用的被褥也分出來，你們會冷的呵！」

　　「不，多了一個同伴，我們會感覺溫暖的。」高懷這麼應着。莫輪也加上一句：「當然的，因為人氣也多一點呀！」大家都給引得笑起來。

把搬出來的東西集中在一起之後，接着是床鋪位置的重新安排。結果是白玫的床位和高懷的排在一邊，中間隔着通出「騎樓」的門口。羅建，莫輪，杜全的三張床位排在另一邊；雖然銜接得密攏一點，可是杜全既然睡地面，而且在兩張床的中間，便也調和了局勢。

　　白玫看着他們忙作一團，全是為了她；情緒非常激動。她有生以來不曾碰到過這樣的朋友，而且是陌生的；更不曾遭遇過相似的境界；這裏面充滿了熱情，充滿了親切。她懷疑自己是不是做夢。

　　「白姑娘，以後更像客棧了！」高懷看見她那種感動的樣子，打趣地指住那些床鋪說。

　　「是的，這客棧在世界上只有一家：供給一切，卻不收住宿費。」白玫會心地笑，眼眶滿了淚水。

　　「你又怎樣了？」

　　白玫微笑着搖頭：「沒有怎樣，我太高興了！」

　　「我知道你會高興，所以你不轉回來，你會後悔的。」

　　「現在我也後悔呢！」

　　高懷有點迷惑：「後悔什麼？」

　　「因為我不回來，就不致這樣麻煩你們了。」

　　「老實說，你不回來才麻煩我們啦！」說的是羅建。他正在和同伴們各自擺佈床鋪，「你想，誰替我們把拆開了的床鋪再擺回去呢？」

　　大家都笑起來。遠處忽然傳來了一陣「嗚 —— 」的汽笛聲。那是船廠的上班訊號。這汽笛對於杜全發生着強烈的刺激作用：每次響起來的時候，他就得出去走動一

次。現在又是時候了。他一手抓了他的一件工人裝，急忙穿起來就跑出門去。一面低低的哼着：

「呵，姑……娘呀！……」

# 9

香煙皇后

在樓下大門口左邊的牆壁上，掛着一塊用紅紙裱糊的木板招牌，大約二尺寬，三尺長左右。上面寫着這樣的幾個毛筆大字：

旺記

各種香煙發售

名貴雀牌出租

招牌下面便是香煙檔。一隻階梯形的木架擱在一張小書桌上，架子的階梯上面排列着五光十色的香煙和火柴。

阿貞坐在香煙檔後面，做着她的抽紗手工。被叫作「旺記婆」的陳五姑，靠近香煙檔坐在門口的石階上面，

拿着一條濕布在揩擦麻雀牌。從門口走進幾步便是樓梯口。樓梯旁邊是一條狹窄的通道；樓下住客便是由這裏進出的。旺記婆是住客中的一夥。

旺記婆是個寡婦，丈夫已經在十年前當她四十歲近邊的時候就死去；除了遺下一個二十歲的兒子和那時候才九歲的女兒阿貞，就什麼都沒有。旺記婆只好領個牌照做檔賣水果的小生意，勉強支持生活。本來有了那麼大年紀的一個兒子，下半生的日子按理是不須過於擔憂的；無奈這兒子偏是個不長進的傢伙，好吃懶做，不務正業，還不時攤開手掌向母親要錢。旺記婆應付不了，有一次因為拒絕他的苛索，兒子老羞成怒，竟然抓了生果刀向母親腦袋一砍，把旺記婆砍得頭破血流。兒子給抓到警署去，控告的時候卻同時查出他平日有過幾次犯法的案底，結果判了半年的監禁，還要遞解出境。旺記婆便一直沒有見過他，也從來沒有獲得過他的消息。

旺記婆是個性相當強的人，對於那壞兒子根本沒有感情。她老早就看清楚兒子不會給她什麼好處，便把全部希望寄託在阿貞身上。事實上，阿貞也的確有使旺記婆安慰的地方。她體態長得很不錯，人很伶俐，面貌更是越大越顯得標緻。由於自幼縱容的關係 —— 旺記婆犧牲自己的一切去培育她，寧願自己吃苦也要讓她舒服。因此養成一種與出身不調和的冷僻的性格，和近於高傲的氣質。旺記婆相信這便是占卦先生替阿貞「排八字」時所說的「高貴氣」，也就是將來「旺夫」的根基。

只是，正如許多女孩子長於外貌卻不長於智慧一樣，

阿貞也有她的缺點，便是資質不很聰明。一半是由於入學太遲 —— 失望於兒子之後，旺記婆才決心盡力去培植她；她已過了對書本發生興趣的年齡。一半是在嬌養的環境下拘束了她思維的發展，自然而然地承受了母親腦子裏最陳腐的東西 —— 功利的思想，封建的頭腦，虛榮的意識。

然而阿貞聰明不聰明，在旺記婆看來沒有什麼關係，「只要她漂亮就夠了！」她這麼對人說。事實也給了旺記婆證明：在日本佔領了香港的一年，阿貞已經十八歲，才升到五年級，卻又因戰爭而輟了學；但居然憑了漂亮的面貌，在「報導部」考取了一份電話接線生的工作；不但賺到軍票，更賺到在那時候比什麼還珍貴的米。旺記婆的水果檔因戰事而收了盤，卻半點也不影響生活。阿貞賺到的米不但夠吃，還有多餘的出賣。在所有的人都陷於飢餓的日子，旺記婆反而享受得比平時更好。阿貞命帶高貴氣，母親也開始沾光了，不是看出來了麼？

「好日子」跟着戰事結束而告一段落；阿貞回到了家，卻帶着一點心靈上的創傷。原來阿貞當「接線生」得到比別人更多的好處，完全是由於「報導部」裏一個地位不高卻頗有權力的台灣人的另眼相看。不消說，他是追求阿貞的。

阿貞是無可無不可，只要有好處，能滿足她的需要，台灣人又有什麼關係？但這事阿貞一向沒有讓母親知道，為的是怕羞。到了日寇宣告投降，那個台灣人站不住腳，要到廣州去躲一個時期。他要求阿貞，等待他度過這

關頭之後跟他一齊跑回台灣去，阿貞這才不得已對母親公開出來。這件來得太突兀的事使旺記婆楞住了。她提出異議：口頭說對方是成問題的人物，不妥當；私心裏卻是不捨得阿貞離開她。她僅有這個女兒，而這女兒所賦有的「高貴氣」將來會帶給她許多好處；她不能讓那台灣人把阿貞帶走。「天下太平了，還愁找不到好人家？命定是旺夫的人，嫁什麼人還不是一樣有好日子過？」旺記婆這不留餘地的話，把阿貞說得臉也紅了。她從來不曾反抗過母親，同時覺得母親的話也有道理；便只好忍住痛苦把自己的心平靜下去。

因為領取小販牌照的困難，同時也因為兩口子的生活很簡單，旺記婆不打算再做什麼小販生意了。她在和平剛剛恢復的時候就看準了一種「生意經」，用很低的代價收買了幾副麻雀牌。到了社會秩序恢復以後，她便領了一個香煙牌照，在門口開個檔子，一面賣香煙，一面出租麻雀牌。阿貞又向顧繡店領些手工回來做；每天賺七八角錢，加上別的收入，母女兩人的生活也算打發過去。旺記婆擔任交收麻雀牌，有空便到對面的大興「紙紮」店去和老闆婆羅二娘聊天，聽她的媳婦講報紙上的社會新聞。阿貞擔任看香煙檔。日子過得相當安定。因為她的面貌漂亮，男人買煙的總高興光顧她的檔子，她的生意便比別人的好；並且，在街坊上博得一個「香煙皇后」的銜頭。

阿貞已經二十一歲，雖說「天下太平」，切身問題用不着擔心，但是她仍舊有她自己的苦悶的。她的生活圈子那麼狹窄，天天接觸的不外是買香煙的人；其中有三兩個

男人似乎為着一種企圖經常到來光顧，也不過是眉來眼去，不會有什麼結果。其次，母親方面也得顧慮。對於一個男人的選擇，母親比她還要嚴格。她服從母親的意志，比服從自己的意志似乎更重要些。在這樣的情形下，有什麼機會碰上自己喜歡同時母親也喜歡的男子呢？這是很成問題的事。

就在這苦悶的境界中，一個人在阿貞的生活圈子裏出現了 —— 杜全。

起先，阿貞對於杜全沒有什麼特殊觀念，她只知道四樓「收買佬」的屋裏多了三個新住客，聽說由內地來的。漸漸地她才發覺其中一個使她發生興趣；他的身材高大，儀表也不俗氣，態度很豪放；上落樓梯常常拖着一串歌聲；進出門口的時候高興大聲的和她打招呼；而且常常高興停下來逗她們講閒話，帶着嬉皮笑臉的神情。她知道了他的名字，知道了他當過軍人，打過日本……

漸漸的，阿貞對他發生了好感，同時察覺他高興停下來談話的對象，主要的不是她的母親；漸漸的又察覺他和她談話愈來愈是低聲，並且帶着親切的意味。在一次他背了她的母親對她說，他有個重要的消息告訴她，隨後在她耳邊說了一句「我愛你」就飛步跑上樓梯之後，她感覺到心跳，她發覺自己也愛上他了。

旺記婆是看出兩個人的不尋常的形跡的；難得的是她沒有什麼反對的表示。阿貞放了心。在旺記婆的直覺下，杜全這人也不錯，雖然他的為人似乎有些浮薄，說話不顧分寸，但是這一點不算得什麼壞處。最使她滿意的

是，杜全當過軍人；他對她們說過不少打日本的故事；這個身份上的優點，正好抹去阿貞和台灣人有過關係的污跡（因為這事街坊許多人都知道了）。其次是杜全有職業；由於壞兒子留給她的惡印象，旺記婆一個根深蒂固的思想，是最憎恨遊手好閒的人。這方面的顧慮已不須有。杜全自己說是有職業的，她不是每天看見他依照工廠的汽笛上班下班，在門口經過幾次的麼？

可是今天沒有看見杜全經過，旺記婆便有點奇怪。

一個座鐘

「阿貞，今天好像沒有看見杜全去上班哩，不知道是不是沒有工做了。」旺記婆揩抹着麻雀牌，和阿貞搭訕地說。

「媽，你說得真好笑，好像一個人不去上班就一定是失業。」阿貞一面低頭抽紗，一面在笑着母親想法的簡單。

「這很出奇麼？難道他沒有工做會告訴你？杜全這個人！」

「怎麼說的，媽？」阿貞感到母親的話說得奇怪，停下手來望住母親。

「沒有什麼。我只覺得杜全這個人說話很誇大，誇大的人總愛顧全面子的。你看是不是？」

「但是你怎麼會想到他沒有工做？他告訴過我：他懂得機械工程，懂得修理機器，他不愁沒有工做的。」阿貞替杜全辯護，她不願母親對他的觀念那麼壞。

「阿貞，我看你也不要相信得太過分，杜全那張嘴，

就是『蓮子彈』也說會造的。」

旺記婆一知半解，從來把「原子彈」說成「蓮子彈」，阿貞忍不住嗤的笑出來。樓梯裏有一陣口哨聲。

阿貞掉頭一望，立即忍住笑，對母親說：「媽，你想錯了。」

杜全已經跨出門口，照例打個招呼：

「五姑，今天好生意嗎？ —— 阿貞，你這工夫還未趕完，是不是昨天那一幅？」

阿貞只是隨便應了一下。在母親面前，她照例是矜持的；她也知道杜全向她問這問那，不過是裝模作樣罷了。

「我們剛剛談起你：今天沒有看見你上班。」旺記婆一邊說一邊工作。

「早上頭痛，偷懶了半天；此刻才去哩！」杜全胡亂撒個謊，趁勢挨近香煙檔站住。

「對了，」旺記婆突然想起一件事：「昨晚同高先生一起回來的那個女人，是什麼人？」

「媽，你管人家這個幹麼？」阿貞阻止母親管閒事。

杜全信口應道：「我們請了一個女用人，你不知道？」

「講鬼話，你們請用人幹嗎？」

「幹嗎？燒飯啦，洗衣服啦，不是都得有個人麼？」杜全大模大樣的說。

「我不相信！」

「你問問高懷，是他去找來的。」

提起是高懷找來的，旺記婆居然相信了：

「怪不得，高先生是斯文人，連用人也請的那麼標緻，早上她上樓時我看到她。」

「阿貞比她更標緻哩！」杜全半取笑半討好的說，向阿貞裝個鬼眼。阿貞空下一隻手，捏起拳頭向他揮去。杜全閃開了，正要走出門口，卻給旺記婆叫住。

「杜全，我從來沒有問過你，你究竟在哪裏做工？」

「我不是說過，我在船廠做工嗎？你忘記了？五姑。」杜全爽快地回答。

「可是你在船廠做哪一門呀？」

杜全不假思索地答道：「失禮得很，我是做打磨的。」

「做打磨算失禮麼？一個人沒有事做才失禮哩！」

「媽，想不到打了一場仗你居然有了新頭腦！」阿貞故意湊上一句。

「不是嗎？你看你的哥哥失禮不失禮！呃，你別打岔我罷，—— 那麼，杜全，你做打磨一定曉得許多修理機器的事情啦！」

杜全沒有弄清楚旺記婆的用意，阿貞就搶先回答：

「媽，我剛才不是告訴你，杜全懂得機械工程的？」

「我不懂得什麼機械工程！我問的是杜全會不會修理機器！」

聽口氣知道她的脾氣來了，杜全急忙順承着說：他會。

「那麼，修理座鐘你一定也會的啦！」旺記婆好像作文章一樣的點出了題。

杜全呆了一下。他會修理座鐘嗎？天曉得！他只能

夠含糊的說：也許他會，可是沒有修理過。

「沒有修理過也總該曉得的呀？」旺記婆不留餘地的說：「阿貞爸爸從前不是也做過打磨嗎？嗯，他不知道替人家修理過多少東西：鐘啦，留聲機啦，電燈啦⋯⋯全都會。你不會才奇怪！」

杜全尷尬了，他不知道怎樣說話的好。阿貞暗地裏卻向他使眼色，他明白了她的意思，於是硬着頭皮說：

「會的，會的。」

「這就好極了！」旺記婆高興起來，「我有個座鐘出了毛病，停了半年多。沒有鐘看真不方便。拿到鐘錶舖去，開口就十塊八塊，其實轉下眼就弄好的，也得開個大價錢。他懂，你不懂，有什麼辦法！但是，幾塊錢給他們賺，太不值得。如果你能替我修好，真是最好不過。我拿出來給你看看好嗎？」

杜全嘴頭應着「好的好的」，心卻茫然起來。旺記婆問來問去，目的原來如此！這件事的確把他難倒了。他懂得什麼修理機器？說做打磨是說謊，說在船廠做工也是說謊。他根本就沒有職業。為着要博得旺記婆一個好印象，使他和阿貞的戀愛能夠順利進行，他才在兩母女之前瞎說一通，不但騙住旺記婆，連阿貞也給騙住了。這「手段」的運用在杜全是痛苦的事，然而卻沒有辦法。現在旺記婆竟拜託他修理座鐘了，這真是自食其報。可是事情已到了騎上虎背，有什麼法子轉圜呢？而且，他隨時得討好她，他不能拂逆她的意思。自己承認了懂得修理機器，更沒有理由推搪這個義務；一切只好硬着頭皮答應了再說。

旺記婆已經放下她的工夫走進屋裏去了。這是杜全平日最難得的機會，他立即丟開那一筆沉重的心事，挨近阿貞低聲問道：

「今晚有沒有空，阿貞？」

「什麼事？」

杜全倒豎兩隻手指，在桌面上揮動着，做出一雙腿子散步的姿勢向阿貞示意。阿貞偷笑一下，應道：

「我沒有空。」

「你永遠也沒有空！」杜全有點氣了。

「我的工夫還不曾趕好，你看，還有這許多等着做的。」阿貞把書桌的抽斗拉開來，裏面還塞着一堆等着抽紗的絲手帕。

「工夫是永遠做不完的，趕好這一批還不是有第二批？」

「但是我不加緊做，媽會罵死我了！」

「我真不明白你為什麼這樣怕你的媽媽，她會吃了你麼？」杜全最不高興的，是阿貞這個態度，它把兩人之間的一切進行都妨礙了。

阿貞好像自尊心遭到損害似地，呶着嘴，應道：「她不會吃了我，但是我怕，有什麼辦法？」

杜全從阿貞的神氣上，知道這話題是不能再纏下去的了，只好轉過方向，稍為柔情地問：「那麼，阿貞，我們就永遠找不到機會談一談心了麼？」

「你替我媽修理好那個座鐘再說罷！」阿貞擺出一副無可商量的神氣。

「那麼，阿貞，我們就永遠找不到機會談一談心了麼？」

「這和修理座鐘有什麼關係呢？」杜全不以為然地反問。他實在怕提起那個座鐘，更不願把兩件事聯在一起。

「我這麼說便自然有關係。」阿貞解釋着說：「我告訴你罷，你把那個鐘修好了，我媽自然會很高興，你乘機邀我出去，媽不會拒絕你，當然也不會阻止我了。明白了沒有？」

這個說明對於杜全是迎頭澆下一盆冷水。他和阿貞的戀愛只能說是默契的，不但在形跡上不曾有過一種起碼的表示愛情的接觸，就是口頭上的「情話」也不曾談過一句。原因是得不到一個適當機會。阿貞一天到晚坐在香煙檔裏做手工，旺記婆整天出出進進，不容許他們談得上什麼私話。而且，在她們的心目中，他是有職業的，他得顧全自己的破綻：不能在「上班」的時間裏出現。這一切的障礙都使杜全感到苦惱。但是他不願放下那個希望。他知道只有晚上才有機會，可是阿貞往往把工夫忙來推辭了他。現在他才明白主要的理由還是在旺記婆方面：阿貞的行動和一切都得受她支配。如果他不能改變阿貞這種懦弱態度，不能使她換上反抗的意志，那麼，他要和阿貞親近，唯一的希望是維繫在那個座鐘了。這希望多麼渺茫！

不過，真的不能勸說得阿貞勇敢一點嗎？杜全想再對她說些什麼話，旺記婆卻出來了。

# 失業漢的活劇

「你看，杜全，這個鐘是很不錯的，可惜壞了！」旺記婆把座鐘小心地交給杜全，好像傳遞一件名貴的寶物一樣。

杜全接過手，把它研究地看一下。這個鐘已非常古老，鐘殼生滿了鏽，鐘面轉了黃色，印在上面的廠家牌子也和周圓裏的羅馬字一樣，因為褪色看不出來；鐘頂一隻鐵環已經脫落。看樣子至少是三十年前的出品了，古董舖也不容易尋出一個來。可是旺記婆卻把它看成一件寶貝。她告訴杜全：這個鐘還是阿貞爸爸的遺物，是有紀念意義的。在香港淪陷的初期，她們仍然不願把它賣去，一直保存下來。從前當阿貞爸爸還在世的時候，每次壞了都是由他自己修理好的。現在卻沒有這個方便了。看見這個鐘就彷彿看見人一樣……旺記婆說得有幾分感傷的樣子。她愈是表示看重這個座鐘，杜全愈是感着他的責任的沉重。但是已經沒有辦法，他只好裝作謙遜地說：

「好罷，讓我試一試看。」

「怎麼說試一試？你既然做打磨一定會修理的！」旺記婆肯定地說，意思便是要他非把鐘修好不可。

「媽，你又不夠開明了，」阿貞對於母親的蠻勁有點兒反感，插上嘴說：「你以為杜全真的不會修理麼？他不過講客氣話罷了！」

阿貞的話是含有矯正母親對杜全的錯誤觀念的用心 —— 她剛才批評過杜全愛好誇大；可是這樣一來，倒使杜全更陷於窘境；他不知道該怎樣表示才好。旺記婆卻開口了：

「其實大家是熟人，何須客氣！我知道杜全一定會修理得好的。」

「好啦，五姑，我把這個座鐘修理到能夠走動為止。」除了這句話沒有第二句話容許他說，杜全只好以一切置諸度外的心情暫時應付過去。

「還有一件，」旺記婆還有吩咐：「船廠裏不是有許多碎銅碎鐵的嗎？你順便替我配好那隻鐵環，那就整個鐘都完全了。」

杜全自然也得答應：即使旺記婆要他造個「蓮子彈」，他也沒法推辭的了。

「那麼，幾時可以修理好呢？」旺記婆滿懷高興的問。

「盡快便是。」杜全答得好像很有把握似地。

「媽，你的急法就像照相一樣可笑；寧可十年不照一次相，但是一照了相就巴不得馬上看到。」阿貞打趣地說。

「當然啦，沒有鐘看多不方便！不是要它能夠走動，

我還修理它幹嗎？」

杜全向阿貞要了一張舊報紙，把座鐘包裹起來，挾在腋下。接受了旺記婆幾句關於那個鐘的重複的叮囑；和阿貞交換了一個秘密眼色，便離開了香煙檔「上班」去。

「好，試試杜全的工夫。如果他把鐘修理好了，我又省下幾塊錢啦！」旺記婆自語地說着，重再在石階坐下，又拿了麻雀牌揩擦起來。

在另一頭，杜全已經走到街尾。照例他是轉個角落，便由那開在第一間樓房側面的門口閃進去，一直由樓梯跑上四樓的天台。這一排樓房的天台木門，在淪陷時期給歹徒們撬去作燃料賣錢，所以每一張樓梯都可以由街上直通天台的。杜全為着避開旺記婆和阿貞的視線，便選擇了有轉角掩護的第一間樓房的側門，作為演他「上班」把戲的孔道。跑上天台便可以跨過一列樓房的天台，回到自己的住處。

到了下午五點鐘，船廠下班的汽笛響起來時，他便由屋裏跑上天台，又沿住同樣的路線跑出街外。然後由街尾向住處的門口走回來。在阿貞母女的心目中，他是「下班」了。這是杜全每天得表演幾次的活劇。

# 12

他們的來歷

　　當羅建和莫輪都為着各自的生活先後出門之後，留在屋裏等待老李的高懷，正在向坐在圓桌旁邊的白玫，說着自己的和夥伴們的故事。

　　他告訴她：在整個抗戰期間，他差不多都是做着新聞記者。戰地的通訊員，後方的報館編輯，他都是做過的。他經歷了許多地方，看過許多事情，吃過許多物質上和精神上的苦。但是他忍耐下去。因為他認定勝利後會有個好日子！誰知世事並不如想像那麼好，戰事結束以後，他回到後方一個大城市，卻找不到事做。於是他跑到香港來了……

　　「那麼，你現在幹着什麼呢？高先生。」

　　「你不是已經知道了？」高懷回過頭來望着白玫：「說好些，叫做作家，說壞些，是文丐。——你聽懂了麼？乞丐的丐呵！」白玫給引得笑一笑。高懷繼續下去說：「我每天寫一點或是翻譯一點文章，寄去報館，換些稿費來維

持生活。但是你不要因為我這樣說，又想到你會增加我們生活上的苦處。一點也不！我們是能夠打發下去的。」

白玫微笑着點一點頭。「羅先生他們呢？都是和高先生一起來香港的嗎？」

「除了莫輪，羅建和杜全都是和我一起來的。他們都是我的多年朋友，但戰時並非同在一起。羅建在後方一個機關裏當科員；杜全在軍隊裏做『糧食員』，也打過仗。我們是勝利後在重慶碰頭，一齊復員回來的。他們也和我一樣倒霉。羅建打算戰後做做生意；杜全打算找一份職業，安安分分的過日子。誰知都沒有如願。三個人都在全無辦法的時候，杜全忽然接到他的老友莫輪由香港寄來的信：他以為杜全已經升官發財，要想離開香港回內地找杜全，希望沾杜全的光弄點好處。……」說到這裏，高懷笑了起來，又繼續下去：

「莫輪的想法真叫人哭笑不得。但是我們卻因此有了一個主意。我們想着，三個人既然都沒有生活辦法，不如索性到香港來，碰碰運氣。反正莫輪在香港有房子住着，憑着杜全和莫輪的關係，我和羅建的居住問題也可能解決。同時我有一位姓李的朋友在香港一家報館做事，羅建也有同鄉在香港，莫輪又是杜全的老朋友；我們希望憑藉各自的人事關係，也許能找到一點生活方法。主意決定了，便由杜全回信阻止莫輪來找，同時告訴他我們要到香港來的計劃。於是三個人便在半年前，冒險跑到香港來了。」

「不算冒險，你們不是已經安定地生活下來了麼？」

白玫插上了說，她對於高懷所說的一切都很感到興趣。

「安定嗎？」高懷苦笑一下：「你慢慢會知道，我們是在怎樣的情形下過日子！不過，我僥倖還有地方賣點文章；羅建也得到同鄉的介紹，當了一個小學教員；莫輪一直做着收買爛銅鐵的生意。我們便藉着微薄的收入來共同維持房租和食用。」

「這樣說來，你們是太苦了，高先生！」白玫表現了一種深深地感動的神情。她現在才開始明瞭他們的生活狀況。

「苦是苦的，但是社會上和我們同樣苦的人不知道有多少，我們便覺得苦並不算得什麼一回事了。」

「你們這種態度真叫人佩服，高先生。如果一切生活困苦的人都這麼想，世界上便會減少許多悲劇了呢！」

「也不能這麼說，我的話還得有個補充。不錯，人有時是應該安分的，但是在安分中卻不能忘記奮鬥，而且，必須對於生活不失望，對於前途有信心！這便是我昨晚對你說的那個意思。」

聽到高懷提起昨晚，白玫沉默住了。她記起昨晚的事，很感到慚愧。同時卻又感到慶幸：如果不是碰到這樣一個人，她不是已經完了麼？她跟高懷回來，大半原因還是怕他當真把她交給警察，並不完全由於他當時的一篇大道理所感動。現在，她明白他們的生活狀況以後，又聽了這一番理論，她才知道高懷當時不是為着挽救她而說得那麼動聽，卻的確有他所執着的道理存在。她覺得高懷是個可佩服的人，他的話是全對的。她不期然對他生起一種信

仰。高懷可以說是她的人生的指標，和他們一起生活多有意思啊！

「怎樣？白姑娘，我的事情講完了，你聽得滿意了嗎？」

白玫在沉思中給喚醒過來，微笑着深深地點頭。高懷趁勢說：

「那麼，現在該輪到你說啦！」

「我沒有什麼值得說的，高先生。」白玫低頭作一種逃避的表示。

「但是你本身一定有些值得我知道的事情。」高懷用逼視的眼光看着她。

「不見得，我是個很平凡的人。」白玫抬起頭來說，在微笑中帶一點神秘意味；隨即站立起來，轉過身子走開。

高懷感到意外。他以為他的一番自白總會換得白玫的一番自白，誰知結果並不如此。他不期然也移動步子跟上去，一面商量地說：

「白姑娘，平凡的人也有平凡的故事，你讓我聽一聽也吝嗇嗎？」

白玫已踱到窗口站住，眼光茫然地望着窗外。「平凡的故事已經不好聽的了，我卻連故事也沒有。」

「我最高興聽連故事也沒有的人的故事。」高懷只好換上遊戲的口吻纏住不放。

白玫不自禁的笑出來：「高先生，你這話是怎樣說的？」一面轉過身來迎着他。

「昨晚我所遭遇的，不是沒有故事的人的故事嗎？」

對着高懷一雙迫視的眼光，白玫感到困窘。她極力要避免關於自己的身世的告白，但事實又有着不容許她隱諱的一點痕跡。她為難地低下頭去。在躊躇中，一件事情解救了她 ——

杜全從天台樓梯落下來，跳進屋裏，腋下挾了報紙包裹，氣急地叫着：「這一回倒霉了！倒霉了！」

高懷看見杜全的神氣有點莫名所以，便轉過來問他什麼事情？

「旺記婆託我替她修理一隻壞了的座鐘，你看怎麼辦！」杜全解開了包裹，把座鐘遞給高懷看。

「這事夠奇怪了，她怎麼會無端託你修理座鐘的！」高懷更覺得莫名其妙。

「因為她問我在船廠做哪一門工，我信口說做打磨。她便說，對了，打磨應該曉得修理機器的；老實不客氣便去拿出這個座鐘來，叫我把它修好。有什麼辦法？」

「你真蠢，你不妨說鐘的機器和船廠的機器是不同的，這樣不是可以推得一乾二淨嗎？」

「這個我還不會說麼，老高？最要命的是，她說阿貞爸爸生前做過打磨，什麼機器都會修理；我有什麼理由說不懂呢？而且為着阿貞的事，我又不能不順承她的意思，你看糟不糟！」

杜全說了，頻頻嘆氣。高懷忍不住笑起來，拍拍他的肩膊說道：

「好啦，杜全，你整天要找事做，現在不愁沒有事做

了！」

　　杜全不說什麼，拿了座鐘向他的床位走去。白玫悄悄的走近高懷，詫異地低聲問道：

　　「高先生，杜先生剛剛上班去，為什麼這麼快又下班的？而且他從門口出去，卻又從天台回來。」

　　高懷回答一個神秘的微笑：「我不是對你說過麼？你和我們生活下去，將會知道更多有趣的事情。」

　　白玫感到了迷惑。她看看高懷，又望望杜全。

　　杜全正坐在他的床邊，對住櫈子上面的一隻座鐘發呆。

# 13

是人開眼的時候

　　欠租的問題，由於《大中日報》老李的幫忙，算是部分地解決了。那天下午，在高懷打算再過海去找他之前，他就送來了他所能借出的五十塊錢。由高懷運用了一番唇舌，終於說服了雌老虎接納下來。

　　一個月的租錢，只能暫時緩和着被驅逐的危機；不過總算舒了一口氣。於是屋裏又回復了一點平靜的空氣。尤其是多了一個異性的夥伴以後，幾個人的生活更添上一種特殊意味。雖然最初幾天，大家在生活上有許多不方便，但漸漸地習慣下來，便開始感到和諧和愉快。白玫的來歷和關於她的一切，他們始終不曾明白，她似乎也不讓他們去明白；她對他們一直保持一定的距離。但是他們尊重她。她既然不願意說到她自己，他們也不斤斤去要求知道。他們信任她，正如她信任他們一樣。

　　白玫除了安排一日兩餐的食糧，以及處理生活上一切的瑣事，還替他們做跑街，買東西，洗滌和縫補。所有

能夠代勞的事情她全都做到。她在這屋子裏造成一種家的溫暖；每一個人對她除了尊重以外，還帶着感謝的心情。他們盡可能送給她一些破舊的衣服，由她自己剪裁，改作暫時替換的內衣；因為她是子然一身地投進他們的生活圈子裏，什麼衣物都缺乏的。對於這類事情，他們和她一點也不拘論。因為除了這個，他們便不能給她更好的幫忙；而他們的生活的實際情形和他們的為人，她已經了解得很清楚。在這樣的生活方式下，彼此之間只有同情和友愛，關切和互助；卻沒有矯飾、拘泥或勢利的思想。

而生活便是這樣進行下去了。

連續幾日都是討厭的南風天氣，沒有太陽，空氣鬱悶的叫人窒息。屋子裏的殘舊牆壁，到處都濕漉漉地，彷彿在冒汗。這是莫輪最不舒服的日子。一醒來他就坐在床上，背着手搥腰骨；照例又是一陣呻吟一串詛咒：

「殺千刀的王大牛呀！你沒有好下場的了！你害得我好淒慘！……」

正在床邊洗臉的羅建，回過頭問道：「怎麼啦，莫老哥，又發作了麼？」

莫輪似乎懶得回答，只是痛苦地歪着嘴臉，落下床來。一隻手按住床沿支持着佝僂的身子，一隻手仍舊向背脊重重的搥着、咒罵着：「殺千刀，我看你躲得多久！除非你不在香港，要不是，山水有相逢，總有一天碰到你，唔，你的報應來了！」

莫輪每次腰痛便是這一套牢騷。羅建感到幾分滑稽，忍不住說：

「莫老哥，我勸你不要對王大牛太癡情了，現在多少大漢奸一樣是優悠度日，大搖大擺的呢？一個小小密偵頭目的王大牛，算得什麼！就算你找到他，你也奈何不得的呀！」

「怎麼奈何不得！」莫輪掙扎地應着：「就算他逃得過法律，也逃不過老子的手！他當日把我灌水，我今天就把他灌黃湯。你看啦！」

高懷躺在床上，聽到莫輪的像煞有介事的口氣，忍不住笑出來，說道：

「告訴你罷，莫輪，除非王大牛沒有一個錢，要不是，他還愁不能脫身麼？這世界有了錢什麼都有辦法。你找他還不是枉費心機！」

「我想王大牛就是沒有錢，」莫輪搥着腰背，卻極力裝出激昂的樣子：「好就好在這一點，如果他有錢，早就該拋頭露面啦！可是我天天到處收買，始終不曾碰到過他。他不敢大搖大擺，便看出他是有顧忌的。」

羅建一面漱口一面發笑，在喉頭裏「哈哈」了一聲，吐了水就打趣地說：「想不到莫老哥倒有這點聰明。這樣看來，不妨準備收買幾隻便壺好啦！」

「你不要笑我。老實說，只要吃過他甜頭的人，每人一滴黃湯就把他灌死。你想王大牛害的人少嗎？他做密偵就比做皇帝還威風，恃着有爸爸叫，要討好爸爸，不分是非黑白，要捉便捉，要殺便殺；誰碰上他一根頭髮誰就倒霉。像我這樣的人，明知是幹收買生意的啦，卻強硬指我和西貢游擊隊通聲氣，把我拉到憲兵部去打得死去活來。

只要看看我這隻跛腳，我就一輩子也忘不了這個冤仇！你想想，這樣的人會有好收場，除非天不開眼！」

「要等天開眼是靠不住的，莫老哥，現在是人開眼的時候哩！」

高懷搭訕着，骨碌地從床上豎起身子就落下來。從書桌上的窗口向外邊望了一下，便從橫門踱出騎樓外面去。

在騎樓角落裏，白玫背了窗口坐在一隻小木箱上面，低着頭在洗衣服。在操作中不斷地擺動她的頭，把披在肩膊的頭髮擺到後面去。在這個動作下，一條金頸鍊從她的衣襟裏滑出來了，鑲在鍊端的一隻心形的小相盒攔在襟鈕上邊。她停下工夫來揮一揮手上的水，便把那盒子塞進襟口裏。一轉念間又把它抽出來，打開了盒子看一會，才又把它合上，重再放進襟口裏去。隨後是呆然地望住前面凝神。

直到發覺高懷站在後面，她才覺醒過來；立即露出笑容道句早安，又繼續洗她的衣服。

「你在想什麼，白姑娘？」高懷冷靜的問她。

白玫搖搖頭：「沒有想什麼。」

「你常常都說沒有想什麼，可是我覺得你整天都在想着什麼。」

「真是沒有什麼想的。我騙你幹嗎？」但展開在她臉上的笑容，卻帶着和她的回答不調和的狡猾意味。

「你就是騙我了。我猜 ——」

「你猜什麼？」

「你想你的愛人是不是？」

白玫在狡獪的笑容上面現出一點天真的神氣，反問道：「我猜，你妒忌是不是？」

「你希望我妒忌麼？」高懷也跟她一樣不再拘束。

「我不知道。」白玫低下頭去，「但是為什麼你會猜我是想愛人呢？」

「因為我知道你頸鍊的相盒裏藏了你愛人的照片，對罷？」

「哦，」白玫恍然起來，自己笑一笑：「你是這樣想麼？你真聰明。」

「難道不是麼？」

「也許是罷。但是，誰知道是不是呢？」白玫低下頭去，仍舊是那一副笑容。

高懷摸不着她的意思，有幾分困惑的樣子。白玫察覺到他還想問些什麼，不給他機會，故意用別的話打岔了他：

「他們都起來了嗎？」

高懷點一點頭，心裏有些不痛快。白玫笑着看他一眼，便把一雙手向洗衣水盆浸一下，提起手來向地面一揮，便朝屋裏跑進去。

高懷無可奈何地呆了一會，便循例做他的柔軟體操。

磨
擦

「早呵，羅先生，今天不是星期日麼？這麼早起來了。」

白玫一跑進屋裏就這麼招呼着。羅建洗過了臉，坐在床沿上捲着一枝熟煙，連忙應道：

「你早，白姑娘。我是無所謂星期日的，習慣了早起身，要睡也睡不着，賤骨頭！」看見白玫走過來端起他床頭的一盆水，他繼續說：

「白姑娘，你對我們真是太周到了，我們是受不起的。以後洗面水不必端進來，讓我們到騎樓去洗得了，我們一向都是這樣子的。」

「不要緊，我由早到晚有什麼事做呢？」

白玫答着，端了面盆走出去了。

「我才不慣呢，她來了一直叫我莫先生莫先生的，叫得我怪難為情。」莫輪搭訕着說。他剛漱了口，把手巾抹抹嘴，一面把漱口盅放上床頭的一隻木架上面，另一隻手

在搥脊骨。

「不同樣稱你先生，難道叫你收買佬嗎？這樣叫才可笑啦！」

「呃，總之是不順耳！」莫輪沉吟着。

「你忘記了白姑娘那天說過的話了；勞工神聖，叫先生又何妨呀！」

但是這話並未和緩了莫輪的自卑心理。他始終有這麼一種感覺，他不配接受白玫那麼周到的服侍。雖然在幾個夥伴的共同生活中，這是一份共同的權利；可是想起自己的身份，總覺得這是不自然的。他有什麼資格天天要人家預備鹽漱水，用後又由人家拿去倒掉呢？他從來就不曾享受過這麼一種「福氣」。他悄悄的端起他的一面盆水，想忍住脊骨的痛楚自己端到廚房去。可是剛剛拐起步子走了兩步，白玫已經轉回來，一見到莫輪那個模樣，急忙放下羅建的面盆就迎過去；一面叫着：

「不，莫先生，讓我來呵！」

「用不着的，白姑娘，我自己去做得了。」莫輪本能地閃避她，可是已經給白玫截住。

「不要這樣，莫先生，這是我的工夫呀！」

「你這樣做我是不慣的，白姑娘，讓我自己，讓我自己……」莫輪始終不肯放鬆他手上的面盆。

「不要緊，反正我是這麼做下來的了。」

面盆在兩個人的手上爭持着，搖搖擺擺的；莫輪佝僂着身子有點狼狽，面盆一偏側，水瀉到地上濺開來。杜全睡在地面，水花便濺到他的臉上去。白玫低叫起來：

「唉，淋着杜先生了，怎麼好？怎麼好？」

她知道杜全為着修理旺記婆的座鐘大傷腦筋，晚上睡得很少。而且，這幾天似乎因為給旺記婆追索得沒法應付而苦惱着，脾氣變得很壞；誰都不敢惹他。她實在怕驚醒他。但是杜全只皺了幾下眼皮，翻了個身便不動。莫輪見到這情形，不期然鬆了手。白玫接過了面盆便躡足走出去。羅建看到這一切，覺得滑稽似的暗笑一下，說道：

「你真無謂，莫老哥，你腰骨痛，還講什麼客氣呢？」

莫輪還未回答，杜全卻一翻身就抬起頭，抹一抹臉上的水，睜開了眼，才發覺床板邊緣一塊水漬：立即坐起來，睡眼矇矓地問：

「什麼回事？」

「對不住，倒瀉了一點水，我抹乾便是。」

莫輪轉向床頭想找些什麼來揩地面的水。杜全卻着魔似的一跳，他想起一件事情，急忙掀開毛毯，把掛在壁上的一件工人裝抓到手，一面問羅建：

「羅老哥，什麼時候了？『嗚』響過了嗎？響過了嗎？」這個「嗚」所指的是工廠的汽笛，它是一日幾次支配了他的行動的訊號。

「星期日哪裏來的『嗚』呀？好在旺記婆不在這裏，要不是，……」

羅建的話說到一半，突然有所感悟地住了嘴。幸而杜全睡得糊裏糊塗，不曾發作什麼。只見他把工人裝一丟，自語的說：

「唔，星期日！好，再睡一覺。」

好像本能地要避開那塊水漬，他抓了被頭就偏向床裏邊一躺，隨即「哎吔」一聲叫起來。原來他的頭恰好撞在莫輪的收買籮上面。它們是兩隻疊在一起，靠壁放在那裏的。杜全於是再豎起身，氣憤的把籮一推，嘩啦一聲，許多銅鐵玻璃之類的東西，從傾倒了的籮裏瀉出來，滾了一地。

莫輪拿了一團破布正想抹地，不由得站在那裏發了呆。

「怎樣了？怎樣了？老哥，我的籮又開罪了你嗎？」

「我的頭終歸有一天會給撞破的，我不冒一次火你就不會把它移開一下！」杜全憤然的說，舉起一隻手摩擦着頭皮。

「你自己碰上去干我什麼事呀？天老爺！」莫輪望着滿地的東西，不知道怎樣收拾，氣得兩眼發光。

「你不把籮放在我的床頭，我會碰到它嗎？」

「你說得夠蠻橫，誰叫你拿這一邊做床頭呢？」

「我習慣了沒有辦法。我不止一次叫過你另找一個地方安置的了，你不依，反而得寸進尺的堆過來，把我的床位佔了一半！」

「你要就你的習慣，我也要就我的方便；難道你不知道我每晚得清理我的收買籮嗎？騎樓露天，風又大；屋裏還有什麼地方？你說！這屋子又不是我一個人住的。」

說着，莫輪無可奈何的蹲在地上，扳起那兩隻籮，着手去撿拾那些東西。他有幾分怕杜全那種蠻不講理的

性格，情願自己委屈一點。可是杜全還在那裏咕嚕着發牢騷：

「真是討厭的傢伙，又爛又髒！如果我有職業，第一件要做的事是買兩隻新籠送給你，省得早晚對住它悶死！」

在莫輪聽來，這種風涼話已不是第一次，愈聽愈感到刺耳；忍不住沉吟應道：「唔，等你有職業，我想還是等我收買到一件古董倒容易些。」

「你這話怎麼說呀，莫輪！」杜全突然昂起頭咆吼起來，眼閃着光，「你是奚落我一輩子失業了，是嗎？」

莫輪想不到杜全這麼認真，只好半軟半硬的辯白：「我沒有說奚落你。」

「不奚落我，為什麼說收買古董比我找職業容易呢？」

「不是嗎？你看你來了香港這麼久，找到一點事做過沒有？」

杜全幾乎要跳起來了。他感到莫輪的話是有刺的，他在譏諷他。他想起那天討論屋租問題時，莫輪對他的態度；想起許多由於心理作用生出來的自以為是的假定；一切在這時候湧現的想像都使他受不住，他叫了起來：

「哦，莫老哥，我明白，你的意思是說，我在這裏是揩油過活的，是不是？」

「我說的話沒有這麼曲折，我只是就事論事。」

「不錯，就事論事。如果我是有職業的，你會說出這些話來嗎？」

「我說出什麼話，老杜，你說呀！」莫輪反問着，有點氣憤。

「你奚落我，你不滿意我揩你的油過日子，都從你的話裏聽出來了。」

杜全的話愈來愈越出範圍，莫輪實在忍不下去，便不顧一切地應道：

「你這人真是忘恩負義，杜全！……」還不曾說得下去，就給杜全截住了搶白：

「我怎樣忘恩負義，莫老哥！你是說，你招呼了我，我不曾報答你，是嗎？哦，原來你的心胸這麼狹窄，真是枉費做一場朋友！事實上，我還不是吃你一個人名份，住你一個人名份的。如果你算是老友也這樣想法，那麼，別的未算是老友的人，豈不是要把我踢出去了嗎？」

這麼一連串的話攔腰一截，把莫輪本來要說的話都堵住，他只是又氣又急的把頸項亂抓，吃力地叫道：

「你蠻橫，我不同你說，一個人要講的是良心。反正我怎樣對你，有旁人知道。」

「是的，旁人知道；但是旁人都不比我身受的清楚！」杜全仍舊是那麼一股蠻勁。

「那麼，杜全，你始終認定我奚落你了，是嗎？」

「還消說？不止一次了啦！」

莫輪感着冤屈，氣得頓足大叫：

「你要誤會儘管誤會罷！一點也不錯，我奚落你！我奚落你！」一面把那些滾在地上的銅鐵什物拋進籮裏去。

「你承認便好了！」杜全好像抓到一個憑藉，立刻爬

起身來，拍拍胸脯，叫道：「大丈夫四海為家，我杜全不見得不倚賴人家就活不下去！」隨即蹲下去摺疊鋪蓋，把床頭床尾的衣物抓出來，集中在一起：然後把掛在壁上的一隻籐箱拿下來，打開了，把那一堆衣物胡亂的塞進去。

莫輪站住眼巴巴的望着杜全，心裏有一股說不出的痛苦。他想不到杜全會這樣做。他雖然反感他的蠻橫態度，可是並沒有要他離開的用心。他的話原是逗着一時的意氣說出口的，想不到杜全竟然認真起來，加深了誤會。他明白杜全的為人，鹵莽起來不顧一切的走掉並不奇怪；可是要他負起這個責任卻是冤屈！他不知道怎樣扭轉這個僵局的好，只是拚命的抓頸項，好像除了這樣就沒法打發他的焦躁。末了，很困難才掙出一句話來：

「杜全，你要走是你自己的事，可不能說成是我迫你走的！」

杜全正在把摺好的毛毯塞進籐箱裏，把膨脹的籐箱拚命的合攏；很費勁才把鎖扣扣緊。籐箱剛提上手，崩的一聲，背面突然裂開一個大口：兩塊聯繫箱蓋的銅片經不住緊張的壓力脫落了。衣物從裂口漏出來。這個刺激對於杜全簡直火上加油，他氣憤的應道：

「當然啦，你把人家推倒了，還趁勢要人家向你叩頭！」

莫輪氣得再也說不出話。他在一股又委屈又反感的複雜情緒中痛苦着，激動的渾身發抖，把頸項抓得更厲害了。他沒奈何地四處看看，好像希望找些什麼援助，這才發覺羅建還坐在床口抽煙，便衝口喊道：

「對了，請羅老哥主持公道，看是不是我迫你走的！」

「這個法官我做不來了，」羅建急忙搖手推辭，「還是請高懷來罷！」事實上他對於這場把戲是全部看在眼裏的，但他知道要參加意見只有吃力不討好。偏袒杜全，沒有道理，偏袒莫輪呢，在杜全感覺起來，只是多一份奚落他的罪狀。他一直沉默着。這時候看見莫輪求助的一副可憐相，便走近窗口向騎樓外面「高懷！高懷！」的大叫起來。

# 平地風波

　　高懷和白玫一同走進屋裏的時候，杜全正在用一根索子綑縛他的籐箱，一副忿怒的表情告訴着說：

　　「這一回我真的走了，老高。我不能夠再在這裏住下去了！」

　　「究竟是什麼回事？」

　　高懷摸不着頭腦。他在騎樓外面的時候已經聽到屋裏的爭吵聲音，知道又是杜全和莫輪鬧的事；平日最多爭執的是這兩個傢伙，只要鬧過之後便波平浪靜，卻沒有料到這一回鬧的這麼兇；杜全竟然打疊行裝，莫輪也滿面沉鬱的站在那裏。兩個人都不回答一句話。空氣是緊繃繃的。高懷只好轉個方向問羅建。

　　「還不是那麼一套！講的是直腸直肚，聽的卻神經過敏；一下子誤會起來，便枝節橫生，愈鬧愈大。其實是天下本無事，庸人自擾之！……」羅建一派教師腔調，還未點到正題，卻給杜全攔腰一截，咆吼地質問：

「什麼叫做庸人自擾呀！」

看見杜全眼露兇光，手揸拳頭的樣子，羅建給嚇縮了，急忙擺手，連說：「開罪開罪，算了算了，我不說我不說！」

「杜全，你這是什麼態度？」高懷迎了過去叱喝着，「我不曾弄清你們鬧事的真相，可是已經看出誰是誰非。你的態度完全暴露了你的脾氣。」

杜全沉默下去。莫輪無形中獲得援助，好像擔心杜全佔了上風，立刻忘形地舉起一隻手，彷彿表示他要發言，「讓我說，讓我說」地嚷着，便說下去：

「事情是這樣的，老高，很小很小的事情。你知道啦，我腰骨痛，身子站不起來，打算把一盆洗面水端出去，一下子失手，灑了一點水在地面，把他弄醒了……」

「不，不，水是我不小心潑瀉了的。」白玫截住來一個更正。她站在高懷旁邊，一直為眼前這一場不知內容的風波驚愕着。看見莫輪一副可憐的模樣，內心不由得湧起同情。她覺得應該替莫輪受過；如果出事的原因是在於傾瀉了的水。但是莫輪搖一搖手搶着說：

「這個和你沒有關係，白姑娘。原因並不是在這裏。你聽我說 —— 」於是把事情的經過原原本本的講一遍。「情形便是這樣，我沒有加多減少，羅建在這裏聽得清清楚楚的。」

「不要扯到我這邊來了，老哥！」羅建戰戰兢兢地插進一句。他已經回到他的床邊去捲熟煙。

「可是這是實在情形呀！」莫輪繼續說：「老高，你

看這是誰的道理？來來去去是由於他那一句話。其實他說送給我收買籮不知說過多少次，每次討厭我的兩隻籮就這麼說；誰聽得順耳啦？我那樣應他一句不是很尋常麼？他卻一連串的說我奚落他一輩子失業，說我有意迫他走，又說這已不是第一次了。這樣地枝節橫生，你看我怎麼受得下去呢！」

莫輪的一番敍述說得又慢又吃力，可是有條有理，也沒有抓頸項。高懷在精神上給了他一種支持，不但語氣壯，情緒也舒泰得多。不管杜全的反應怎樣，他說罷便蹲下去重再撿拾地上的零碎東西。白玫也走過去幫他的忙，把它們一件一件的放進籮裏去。

「怎樣？杜全，莫輪說的沒有錯罷？」高懷問道，彷彿法官徵詢另一方的證供似的。

杜全仍舊是那麼一副倔強的神氣，爽快地答道：「他沒有說錯，可是我也沒有說錯！」

「你這話怎麼說？世界上沒有這樣相對的事，同是一個問題，你承認莫輪沒有錯，顯然錯的是你了。你從莫輪哪一句話裏聽出他是奚落你，要迫你走？」高懷追究地問着。

「我感覺到是這麼樣！」

「所以證明你這個人是太簡單，杜全，」高懷語氣裏含着溫和的責備意味，「感覺是多麼含糊的事？我說我感覺到你蓄意要謀殺我，你肯承認嗎？羅建說這是庸人自擾的確不錯。根本大家可以平靜地過日子，你偏愛興風作浪，實在無謂得很！在目前這樣艱苦的生活下，大家正應

該互相愛護才是，可是不從這裏着想，反而製造理由來分裂自己，這不是笑話是什麼？」

「你不了解我，老高！」杜全應道，態度一樣地倔強。

「我最了解你，從抗戰時期直到現在，你始終沒有改變你的脾氣。你記得湘桂路撤退那回事嗎？你恃住自己穿一套軍服，同一羣逃難的民眾為難，幾乎給民眾打死。要不是我給你解圍，你早已經完了。以後我對你勸告過多少次！」

「我說我現在的處境！」杜全仍舊替自己辯護。

「我有什麼不了解你的處境？你說！」

「你知道，老高，我失業並非自己願意的；到香港幾個月來，我沒有一天不想找事做，但是找不到有什麼辦法！我常常想起自己不能拿一份錢來幫忙，反而要大家來維持我的生活，實在已經十分難堪；現在還要聽到那好像厭棄我，奚落我的話，我怎能受得住！我留在這裏還有什麼好處？對於我自己，是慚愧，對於你們，是個負累！」

聽了杜全這一番自白，高懷嚴正地說道：「你的話聽起來很有道理，但只是你主觀的道理。說慚愧麼，不僅是你一個人，我也應該慚愧，我們這幾個人也應該慚愧；因為幾個人竭盡了能力，卻連生活也弄不安定，天天受包租婆催租的威脅。但這是我們的罪過嗎？這完全是社會許多複雜因素所形成的結果。說負累呢，更無所謂誰負累誰，根本上大家都在互相負累；但這是沒有辦法的事。因為不如此就不能生活下去。至於奚落，更說不過去。我告訴

你，這世界只有有錢的人奚落窮人，窮人決不會奚落窮朋友！你說對不對？所以我認為你一切的想法，一切的感覺，都是主觀的，是心理作用的；是你自以為是，但其實是錯誤的。」

高懷這一篇斬釘截鐵的大道理，把杜全的氣焰壓了下去。他沉下了臉，無意識地撥弄着籐箱的銅扣，卻並不表示一些什麼。但是莫輪心裏已經感到一點伸了冤的滿足。在白玫幫忙中，已經把兩隻撿拾好了的籬推回原來的位置。看見杜全似乎有了悔意的樣子，正好趁機會表明他的心，使用了溫和的口吻說道：

「高懷說的一點不錯。就是因為大家都一樣困難，我們才住在一起。如果我是那麼勢利的人，最初我會歡迎大家住到這裏來麼？我不會把這間住下來的房子轉讓給別人去賺一筆錢麼？我不這樣做，便因為我覺得友情比金錢更好。再說，我們開始共同生活的時候，不是說過有福同享，有禍同當的麼？誰能說厭棄誰奚落誰的話呢？」

但是杜全真的有悔意嗎？天曉得！他在沉默中忽然迸出一句話來：

「不，我還是走的好！」隨說隨挽起他的籐箱。

大家都為杜全這反應怔住了。高懷更感到意外，立刻跟上去，問道：「怎麼樣？我說了那許多話半點用處都沒有嗎？」

杜全頓住了腳步，沉下臉說：

「想來想去，我決定還是走的好。但是我這決定並不是為別人，卻是為我自己。我覺得我應該這樣做。」

高懷急忙擋住杜全的去路，眼盯着他：

「你好固執！告訴我，你到哪裏去？」

「我哪裏都可以去！」杜全挺一挺胸脯，昂然地回答；閃開了高懷，仍舊要走。

「杜全！」高懷大喝一聲，搶前一步去攔住他，警告地說：「你不要以為世界這麼廣闊，不愁沒有去處，這種豪氣現在是沒有用處的。儘管世界大得很，但是這個時候，一個人找不到立足地並不是奇事。我們窮是事實，可是互相依傍着還有方法生活下去；如果大家一分開了，那麼，大家都一樣完了！」

「對極了，高懷說的對極了！」羅建點頭點腦的自言自語，一副滿有經驗的神氣。

杜全不舉步也不回頭。他是在感情和理智的衝突之中躊躇着。高懷看出了他這個心事，便加強了語氣接下去：「我想，如果你仍舊要走，除非你承認一個事實：便是你厭棄我們，你不願跟我們一起捱窮。是不是？如果你敢回答一句：是！那麼，你只管走，你不走我也趕你走！」

這幾句話比什麼阻擋更有力量。可是杜全仍舊遲疑地站在那裏。高懷一手搶了他的籐箱，朝他的床位拋過去，轉身走開了。杜全掉頭望望他的籐箱，視線不期然給一件東西吸引着：那是旺記婆託他修理的座鐘，還寂然地掛在床頭。他的倔強的意志立刻軟下去。白玫看在眼裏，趁勢走過去挽住他的臂膀，像哄騙賭氣孩子似地勸說着：

「不要太傻呵，杜先生，大家住得這麼好，你走了我們怎麼慣呢？誤會的事情解釋清楚了，不是就過去了麼？準備吃早餐罷，試試我給你們發明的新食譜。」

杜全給白玫推推擁擁的拉到他的床位去。

# 16

中國三文治

一場風波算是過去了，但是幾個人的情緒都給弄得很不痛快；直到五個人圍住圓桌坐下來吃早餐的時候，更顯得不好受。杜全和莫輪已不再交談，別的三個也沉默着不知道說什麼的好。

杜全把旺記婆的座鐘放在前面，把鐘殼的背面拆開來，低頭在研究着裏面的機件；實在一半也藉此打發眼前的尷尬處境。高懷仍然是那個老習慣，一面吃一面翻看擺在手邊的西洋雜誌；同時用鉛筆在可用的材料上面寫上記號。謝謝莫輪，他從收買回來的一束一束舊西洋雜誌裏，供給許多譯稿的材料。高懷從中選了一些即使陳舊卻還偏僻的東西譯出來，寄到報紙的副刊去換點稿費。這只是一種生活的手段，卻不是他的目的。他主要的工作是那本《抗戰時期的新聞記者》的著作。這也是他要住到香港來的一個動機，為的可以自由和安靜地工作。不過這件工作卻進行得很慢：因為要趕譯一些爭取時間刊出的吃飯文

章，便不時得打斷了他的寫作工夫。這是一件痛苦的事情。但是他忍耐下去。為着要完成他的書，他不能不加緊多譯一點文章，希望盡可能把生活弄得安定一點；因此他不放過每一個可能利用的工作機會，而在食桌上便是他找尋譯稿材料的時間。可是今天總有幾分勉強的樣子。

羅建首先要轉移這不愉快的場面，從現實裏找到了話題，他讚美白玫的新貢獻：說南乳麻油塗麵包，簡直可以稱為中國三文治。

「儘管說什麼淺水灣酒店，什麼半島酒店，你想要一塊嚐嚐也得不到。你試嗅一嗅，單是這麼一種香味就夠你讚賞了啦！」

羅建說着，一面尖起鼻子嗅得雪雪作聲。莫輪有些莫名其妙，望着羅建問道：

「怎麼？新聞紙也有人吃的？」

這話一衝出口，沉悶空氣立刻給一陣笑聲打開了。只有杜全是神色不動，仍舊研究他的座鐘。

「不是新聞紙，是三文治呀！」羅建笑着向莫輪作解釋，「這是個西文的譯音。這種東西即是夾心麵包，在兩片麵包中間夾進一些別的東西一齊吃的。懂了沒有？」

莫輪的表情有些尷尬：「麵包吃得多了，這種吃法倒不曾試過。原來那樣就叫三文治，我現在才曉得。」

「所以我勸你不要太奢望啦，莫老哥。你連三文治也不知道，還想收買什麼古董，不是太可笑了麼？」

「你別笑我，老哥，有一天給我碰上一個好傢伙的時候，你便知道人是得講運氣的。」莫輪最怕人家取笑他收

買古董的念頭；雖然他的確有這個希望。他常常是拿運氣這理由來應付過去。

「有過這樣的運氣嗎？莫先生。」白玫打趣的問。

羅建搶着說：「有過的，白姑娘，但不是他碰上的運氣呵！就因為這樣，便累得他做夢也不忘記古董！」

白玫給引起了興趣：「這怎麼說呀？」

「叫他自己說好了。」

「白姑娘，我的想法是有道理的，你聽我說罷。——」莫輪於是一面吃麵包，一面慢慢的敘述一個故事：他有一個行家姓麥的，大家都叫他老麥；便是這樣起家。在淪陷時期，他和老麥一同住在這間屋子，那時候是不付租錢的，因為許多房子沒有人住，也沒有人管。但是他們仍舊倒霉得幾乎連兩餐也撈不到；實在夠苦的了。誰知時來運到，在和平那一年的年尾，老麥無意中收買到一隻土瓶，不，那不是收買的，簡直是送的。那家的人賣出一些舊報紙，卻想起家裏有一隻土瓶丟在那裏沒有用處，叫老麥隨便給幾角錢，順便把它挑走。老麥不曉得是什麼東西，猜想那大概是鄉下人醃酸蒜頭用的一類傢伙罷了。誰知第二天，他到雜架攤去出貨的時候，籮裏正放着那個東西。恰巧有幾個洋人在那裏蹓躂，看見了，以為是雜架攤的貨，拿起來看了許久，問賣多少錢。老麥看到這情形，就知道那土瓶一定是好東西，便由雜架攤老闆出面，膽大大的開一千塊錢的價。說來說去，結果是六百塊錢成交。雜架攤老闆撈了一百塊佣金。原來那土瓶是一隻古董，也許不止值六百塊錢，這個且不管它，可是老麥卻平白地發一筆意

外財了。「一個人走起運來你看有什麼好說！」莫輪最後又這樣做個結論。

「是真的嗎？現在這個人在哪裏？」白玫對於這個傳奇式的故事感到又趣味又驚奇，有幾分不大相信的樣子。

「不是真的難道是我故意作出來的麼？白姑娘。老麥發了財便搬了出去，不再辛辛苦苦的沿街收買，已經在嚤囉街開起雜架攤來啦！」

「不過我有點不明白，」白玫研究地問道：「姓麥的也許不識貨，那賣出的人難道也不識貨麼？他們為什麼要送給人家挑走呢？」

「這一點你不知道了，白姑娘。我告訴你罷，那家人的屋子在淪陷時期曾經給日本鬼子住過的；到了盟國打勝，日本鬼子走的時候，把屋子交回原主，不知怎的留下那個土瓶。那家人嫌它妨礙地方，又不好看，所以落得有人把它拿走。這些都是那家的女人當時有意無意中道出來的。顯然她們不知道那是寶貝。老麥卻冷手拾個熱煎堆！一個人有沒有運氣真是天注定。」莫輪越講越顯出一副羨慕的神情。

「這樣看來，難怪莫先生有那個希望的呵！」白玫望着羅建說。

「當然啦，白姑娘，像我們做這一行的，除了這個還能夠希望什麼？」

羅建貫徹他的勸告口吻，接上了說：「莫老哥，我不反對你存有那個希望；不過那種運氣是可遇不可求的。我以為你碰到王大牛比碰到古董還有把握些。我勸你還是不

要癡想好了。老實說，你自己根本不識貨，徒然騙自己空歡喜，有什麼用呢？你記得前次那回事嗎？」

「怎麼？莫先生已經收買過什麼好東西了？」白玫截住問。她高興這話題還有聽不完的下文，眼光閃閃的向着羅建。

羅建從眼鏡邊向莫輪瞥了個挖苦的眼色；向白玫說：「說起來我現在還覺得好笑，他不知道在哪裏弄到一隻瓦器，珍珍重重的帶回來，對我說他發現了一隻古代熨斗。我滿肚子奇怪，叫他拿出來看看。呃，你猜是什麼？……」羅建頓住了，掩着嘴說不下去。

「我怎麼猜得到？」白玫天真地應道，在望住羅建的眼色裏充滿了好奇和迷惑。

「原來是一隻北方人用的舊便壺！」

羅建一說出口，連全神貫注在看雜誌的高懷也按捺不住笑出來。白玫也一齊笑着，只是有點難為情。莫輪的神情更尷尬，抓着頸項沒奈何地叫道：

「夠了夠了，羅老哥。」隨即轉向白玫，用了求饒似的神氣說：「我不曾見過那種東西，弄錯了，有什麼出奇呵，白姑娘！」

白玫同意地點點頭，勉強忍住了笑。

「我不是故意要說你的笑話，莫老哥，你不要誤會。」羅建繼續說：「我只是好意勸告你，你要找王大牛就一條心找王大牛好了，無謂又找什麼古董。」

「我難道不明白你的意思麼？羅老哥，」莫輪自有主意的樣子，「只是你不明白我的意思罷了。告訴你罷，我

找王大牛是為了報仇，找古董是為了發達，兩件事是彼此不妨礙的。你現在當然可以笑我，但是我在一百次之中只要碰上一次真貨，你便不能笑我什麼了。只要一次，我也夠了。那時候我還用得着揹着麻包袋隨街走麼？」

「那時候，你該可以請我們到淺水灣酒店，或是半島酒店吃三文治了罷？」羅建歪了頭向莫輪瞇着眼說。

「唔，何止三文治？四文治五文治都有辦法了。」

莫輪像煞有介事地一說，羅建和白玫都放聲大笑起來。

# 17

絕處逢生

　　「好罷，我們等待莫先生的那個好日子。但是在吃淺水灣酒店的三文治之前，讓我們先吃點自製的三文治罷！」白玫站立起來替大家的茶杯斟滿開水，一面說道：「不過，不管這些中國三文治怎樣可口，也只能當作點心吃的。」

　　「可是窮人就只好當作飯吃了呵。」羅建接上口說。

　　白玫含笑搖搖頭：「我不同意這個說法。窮是一件事；其實像你們這樣的，何曾不一樣可以經常吃飯呢？關於這個問題，我早就有個意見，只是不方便說，所以不曾提出來。」

　　高懷從雜誌上抬起頭來，看見白玫吞吞吐吐的，知道她難為情，便鼓勵她：「你說罷！」

　　「有意見只管發表，白姑娘，我們這裏是最民主的。」羅建也加上一句。

　　白玫看他們一眼，終於說道：

「我覺得，你們常常拿雜糧當飯吃總不是辦法。雖然這是簡便的，但總比不上吃飯有益處。而且，實際的開銷是兩者差不了多少的。我很奇怪，你們為什麼不思量自己弄飯吃呢？」

羅建笑起來：「這理由你還不明白麼？白姑娘，這便是什麼故事裏說的：一個和尚挑水喝，兩個和尚扛水喝，三個和尚沒水喝呀！」

白玫湊趣地問道：「可是你們不是四個人麼？」

「但是道理是一樣的啦！」

高懷明白了白玫的「意見」內容，但是對於羅建的說法卻不同意。他搖搖頭說：「主要原因還不是在這裏。」

「那麼，在哪裏？」白玫好奇地問道：「可以說出來討論一下嗎？」

高懷把手頭的雜誌掩起來，解釋着說：「你聽我說罷，白姑娘，像我們這樣的人，即使是一百個和尚也仍舊沒有水喝的。你知道我們幾個全是男子，根本不慣做廚房工夫；柴米油鹽這些事情也怪瑣碎，為着省卻麻煩，寧願吃雜糧當飯餐，只求塞飽肚子算數。自然我們也吃飯的，只是到飯店去吃，那是須在經濟情形許可的時候。不過比較起來，吃雜糧的日子要多一些罷了。」

白玫恍然地笑起來，立刻接上了說道：「但是這是過去的情形罷了，以後可以改變一下的呵。我可以替你們燒飯，我是最高興燒飯的。反正我從朝到晚也沒有什麼事情做，只要你們不嫌棄我弄得不好。」

「這是什麼話！白姑娘，」莫輪首先表現出高興的

樣子：「我們會擔心你做不好麼？我們巴不得有這個日子呀！」

「那麼，就讓我來試一試，好不好？」白玫興奮地向大家投一瞥徵求的眼光。

自然沒有誰會說不好。事實上，他們最初要挽留她，也有過那樣一個動機；但是遲遲沒有實行，卻為了缺少一筆「開辦費」；且不說柴米油鹽需要買備一些，連必須的工具 —— 飯鍋、爐子、碗箸和別的附屬用物都不齊全。要置備這些東西，根本就連一日兩餐的雜糧生活也會受影響。高懷把這個事實說出來，接着自語地道：

「我的書能夠早日寫成也好，至少可以賣到一筆錢，什麼問題都容易解決，偏是想快也快不來。」

「老高，我不是聽你說過，上海方面還有一部書的版稅要匯來的，沒有消息麼？」羅建憶起了這件事。

「還說版稅！」高懷有點憤然的口吻，「我不知道寄過多少封信去催索了，一點消息都沒有，氣煞人！」

「但是你的報紙稿費不是到期了嗎？」羅建仍舊從高懷方面轉念頭，「能否抽出一部分來運用一下呢？」

「照一向的慣例，稿費通知單在三日前就應該來了；這一次不知道搞什麼鬼，今天還沒有收到。」

莫輪喪氣地抓抓頸項：「這樣看來，我們的飯很難希望燒得成了！」

「所以說，世上無如吃飯難呀！」

羅建的幽默話才說出口，就聽到有打門聲。白玫向高懷看一眼，喜悅地叫道：

打門的果然是雌老虎！

「唔，一講就來，說不定是郵差呢！」一面跑過去。

門開了，進來的竟是雌老虎。大家都愕了一下，高懷馬上迎過去招呼地叫道：「原來是三姑，請坐！請坐！」

「不必客氣了，我不是來坐的。我是來問你們的屋租！」雌老虎在門口站住，兩手叉腰，一副審問的神氣。

「還未到期呵，三姑！」高懷回答得很爽快：他記起付了屋租不過是十日前的事。

雌老虎點點頭，冷嘲地道：「不錯，三個月自然未到

期，但是欠下來的兩個月租錢就不須付了；是嗎？高先生！」

「這個，自然，自然要付的，」高懷這一下卻爽快不來，吶吶的說：「不過，現在手頭不方便，即使要付也是有心無力的呢！」

「有心無力！你們永遠是有心無力！」雌老虎的面孔隨了語氣變起來，「究竟幾時才是有心有力？你說好了！」

「我擔保不會遲過三天便是！難道通融三天也不行麼？」高懷想着稿費在三天內總會領到的。

「如果三天仍舊沒有怎麼樣？你自己說！」

面對着這麼一副步步迫人的嘴臉，高懷感到困窘，只好拿情理來應付她：「總之你信任我好了，三姑，你看我一向騙過你沒有？」

「通融三天也可以，但是有個條件，你得全部欠租付清才行！」

又是一個難題！高懷急忙說：「這恐怕辦不到呵，三姑，我們還得吃飯的，難道你願意看見我們付清了欠租就餓死在你這屋子裏麼？」

「餓死是你們的事。不付清屋租，乾脆搬走好了，我可以一個錢也不要！老實說，我並不稀罕這樣的住客；人愈來愈多，屋租卻永遠拖欠。搬！搬！搬！欠租不付清就馬上搬！」

雌老虎揮着手一口氣幾個「搬」，空氣驀然緊張起來。羅建覺到高懷已有幾分招架不住，便涎着臉皮說：

「何必這麼嚴重呢？三姑，你人這麼好，就算你捨得

我們搬走，我們也捨不得你的呀！」

「鬼才和你講玩笑，別以為這樣我便軟下來方便你們：你想錯了！」雌老虎態度硬繃繃的，簡直沒有商量餘地。

羅建碰一鼻子灰，雙肩一聳，轉身退回來，不提防一腳踏在後面的莫輪腳尖上。原來莫輪正站在那裏。他沒有閒心叫痛，只急着向雌老虎說情：

「這不是講玩笑呵，三姑，便是因為捨不得你，我們才決不肯欠你的屋租呵！」

「你不要講了，莫輪，」雌老虎喝止了他，「都是你不好，當日我情願不要你的欠租叫你走，你不肯走，說是你有朋友加入來同住，他們會付清屋租。現在怎麼樣？你說罷！還虧你敢加一張嘴！」

莫輪給罵得無話可說，只好低下頭去抓頸項。杜全覺得自己不該緘默，便也丟下了座鐘大聲地說道：「三姑，你以為我們是願意欠屋租的人麼？我們都是堂堂男子漢……」還沒有說完，就給雌老虎搶白：

「你知道便好了，四五個人牛高馬大，兩三個月的屋租也付不出來，做什麼堂堂男子漢呀！真羞煞人！」

「唉，三姑，這世界不容你說什麼牛高馬大的，」羅建不肯示弱，抓住機會又進攻，「你以為每個人都像你三姑那樣能幹麼？一個人包幾幢房子租，一個月收入千把塊錢。世界上有幾個像你這樣的女中丈夫呢？」

「你不用挖苦我，我收入多少不干你的事，犯不着你管！難道我有千把塊錢收入就把屋子給你們白住嗎？真是

笑話！」雌老虎最不高興人家挑挖她靠包房租賺錢，扳起面孔大發牢騷。「老實說，能夠包租幾幢房屋是我的本領，誰叫你們這麼倒霉，不做我的房東卻做我的住客？」

雌老虎說得冷嘲熱諷的。羅建的高帽子政策收不到效果，反而把形勢弄壞；急忙想法子挽救；卻只是拈住眼鏡的臂膀「三姑三姑」的說不出下文。

「唉，三姑，你知道我們倒霉便再好不過了。」高懷乘機抓住這關鍵，「不要說那些枝節問題，讓我們來講些正經話好不好？我對你說，欠租一定付的，不過我不怕坦白告訴你，我們的錢很困難依照理想去安排。你知道啦，我靠寫文章賣錢，莫輪做收買生意，我們的收入多少，沒有一定的數目；羅建教書，杜全在船廠做工，他們的薪水並不多，還得寄錢到鄉下去養家。因此我們每個月的錢不能同時集中，集中了也不容易符合預算的用度。在這情形下，要一下子付清欠租，事實上有困難。為着便利起見，我想提出一個辦法 ——」

「又是辦法！」不待高懷說下去，雌老虎就打斷了他，「整天是辦法辦法！我不再聽這些鬼話；總之三日內付清欠租，否則乾脆搬走！」把手一揮便轉身出去。站在那裏的幾個人心裏發急：他們不能讓雌老虎留下這句話作這一番談判的結論。杜全一時忘形起來，追前去想抓住她不讓她走；可是轉念之間又縮了手。白玫看在眼裏，覺得除了她沒有誰能夠這樣做，便一個箭步追出去，挽住雌老虎的手，拉拉扯扯留住她；懇求着說：

「三姑，看在我的份上，通通融罷！」

雌老虎心裏不高興，可是腳步卻給拖住走不得。高懷乘機說下去：

「你聽我說罷，三姑，這不是鬼話，就算最後一次也請你聽一聽，我的辦法是這樣：把欠下來的三個月租錢暫時擱住，以後總之每個月依期付屋租。至於欠下來的一筆數目當作另一回事，我們隨時想辦法解決。這不是比目前拖泥帶水的情形好辦得多嗎？你看怎麼樣？」

雌老虎搖頭擺手，頻說「不行不行」！轉身就走。可是幾個人立即展開一個包圍陣線，截住她的去路；你一言我一語的要求着。雌老虎困在幾個人中間，進退不得，顯得十分狼狽，經不起一番纏擾，她的態度才稍微轉變下來。她答應高懷所提的辦法，可是有個附帶條件：「那筆欠租當作另一回事也可以，但是有一點我得聲明：在你們未把欠租付清之前，我隨時可以帶人家來看房子，有適合的人便出租。你們可沒有權阻止我。最通融是做到這個地步，你們自己打算罷！」說着便掉頭走出去。

幾個人站在那裏，好像都給一種共同的絕望情緒麻痺住了。白玫向他們看一眼，心裏十分難受，她自語着：「讓我去說一說。」便追了出去。

「高懷提出的辦法本來很好，」莫輪沉吟地抓着頸項：「可惜她不答應。」

羅建搖搖頭：「我擔心白姑娘的交涉也不會有結果的。」

高懷沉思着踱回屋裏，把額頭的髮梢向後面一擺，用自信的神氣說：「聽她怎樣來罷，事在人為，我不相信

我們就會給趕出去！」

羅建掉頭看看高懷，「我也願意這麼作想，可是老哥，答應三日內付的一個月租錢還渺茫着呢！」

高懷情緒有點激動，從牙關迸出一句話來：「我想最壞的運氣也只是壞到這個地步！」

「還不算最壞呢！」白玫推開了門，跳進屋裏就接上了說；臉上浮着笑容。

「怎樣？她肯取消那個聲明嗎？」高懷迎住她問道。

「不，她不肯取消。」白玫搖搖頭。

「那麼，你剛才說什麼？」

「你看，」白玫從背後伸出一隻手，遞出一封對摺的信。

高懷一看便興奮起來，急忙接過手，「是剛剛來的嗎？」

「我剛落到樓下，迎面就碰到郵差。他問明了我是四樓住客；便把信交給我。你看，是上海來的。」

羅建伸長了頸項去探望那封信，「上海來的？是稿費匯票罷？有多少？」

高懷對住那張字條忘形地叫出來：

「好消息，聽着：這一期的稿費共有一百八十元港幣，除了可以應付一個月屋租和還債之外，柴米油鹽和飯罈爐子全有辦法解決！」

奇怪的行徑

　　第二天中午，在白玫做完了她的日常工作以後，高懷便和她出去採辦他們「膳食計劃」所需要的東西。答應付雌老虎的一個月租錢，已在昨天下午收到稿費時付過了；剩下的錢，正好用作膳食的開辦費。他們要買的東西很零碎，這方面的事白玫比他們熟悉，也比他們想得周到；他們便委託她全權辦理。這事使白玫很感到興奮；可是她要高懷也一齊去，為的可以就經濟情形來斟酌運用。

　　他們先到附近的柴米店買了柴和米，叫人送到住處；然後到雜貨店去買了些罐頭食物，和別的可以貯藏的佐膳的東西；兩個人的手上都拿着包裹，興沖沖的在街上走。

　　「這種情形，你猜猜我想起什麼？」高懷一面走一面掉頭向白玫問。

　　白玫微笑着搖一搖頭。

　　「我想起兩種情形。」

　　「說出來，讓我聽聽。」

「戰時在內地流浪，每到一家旅店歇下的時候，旅客若果不吃旅店的飯菜，可以到市上去自己採買，帶回去給旅店代辦；那情景就同現在差不多。」

「還有一種情形呢？」白玫接着問道。

「這個說起來是太古怪了，」高懷想說又不想說的樣子：「我想起兩個貧窮的情人，在組織小家庭的時候，自己去採辦東西的那種情景。」

白玫沉默着，一會才說：「這想像的確太古怪了。」隨即又加上一句：「但你決不至是這樣子。」

「為什麼？」高懷故意問她。

「我不知道，總之決不會。」白玫答得很隱晦，眼睛望着前頭。

高懷不說什麼，但是卻懷了心事。半個月來，由於日夕接近的結果，他對於白玫已經不自覺地產生了一種特別的感情；是那麼明顯，又似乎那麼模糊。那是愛情嗎？他不知道。他只覺到觀念上常常有她！在以往他也有過類似的經驗；只是在離亂中，人事跟了時局變動，男女關係常常形成「現實主義」的情感上的交易；有些時候，一個關係還未成全，一種突變便使它成為過去。高懷便是在這類情形下有過三幾次偶然的「事件」，都是在時代的巨浪前面消失。復員以後，生活問題又沖淡了這方面的慾望，簡直不敢想起。而今白玫投進他們的生活中間，分受着共同的生活上的哀樂；加上她所具有的開明的頭腦，和近於高雅的態度，都不期然地吸引了他的心，甚至擾亂着他的心。但他私下裏不願承認這是愛，而且極力要保持他內心

的平靜；為的是彼此之間還有距離。雖然他察覺到，在幾個夥伴中，白玫對他所表現的友愛態度，比較對別人有着特別不同的地方；可是他也只能解釋為自然的現象——是一種報恩式的好感。因為由於他才使她有棲身的地方；由於他才使她重新有了生命。這都可能是她對他顯得較為親切的緣故。然而這決不能當作生起什麼幻想的根據。而且，他不曾知道她本身的底細，她也從不讓他去知道。還有，那個頸鍊的相盒！那裏面藏着的是什麼人的照片，她也不給他公開。她整個人是一個謎。對於這樣的一個人，他容許自己動起什麼念頭麼？他的念頭不會落空麼？他不敢肯定。他只能在一個謎的面前摸索。

事實上，他剛才所說的兩個想像，中心完全是在後者，不過拿前一個作為陪襯罷了。他原是希望藉此試探一下她的態度，但她所反應的卻是一種明顯的暗示：她不讓他的想像和眼前的境界聯繫在一起，她是在拒絕他！這使高懷很感到困惑。

「我們此刻到哪裏去？」

聽到白玫一問，高懷才從沉思裏醒覺過來：「不是還要買些廚房的用具嗎？」這樣胡亂地答着。

「是不是要到公司去買？」白玫打趣地問。

「不，」高懷一說，才發覺白玫的神氣是取笑他，自己不禁笑出來，急忙說道：「到缸瓦店去買呀！」

「已經走遠了呵，先生！」

高懷躊躇了一下，便說：「反正走遠了，索性就走遠一點去買罷，難得機會散散步。買完了，順便找個地方坐

一坐，我請客。」

於是兩個人繼續向前走。沿住曲折的街道轉到了旺角的上海街。

「不要走得太遠好不好？」白玫提出了要求，好像不願再向前走的樣子。

「你累了？」

「不是。」白玫搖頭，有些什麼想說又不想說的模樣。

「那末，為的什麼？」高懷有點詫異，仍舊領她向前去。

「沒有，沒有什麼。」白玫遲疑着，才又繼續下去說：「缸瓦店不一定要走那麼遠才有的呵！」

「可是我說請客的呢！這樣好罷：我們到前頭去，那邊多小食店，先找個地方吃點什麼，再去買東西。」

高懷堅持地向前走。但是白玫卻停下腳步來。

高懷知道她的阻止是出於誠意的：在他們的處境是不適宜有什麼額外的開銷。可是看神氣，那又似乎不是她全部的動機。既然她不願說出理由，便只好尊重她的意思了。於是他不再堅持原議，就在附近找到一家缸瓦店。

缸瓦店賣的不全是缸瓦器具，還有草蓆、繩索、鐵器、顏料、油漆……等等雜貨。四處都滿堆着這類雜亂的東西，把店子充塞得陰暗暗的。兩個人在那裏一面斟酌一面物色着要買的用具。飯鐺、爐子、碗筷、碟子，都選出來了；一件一件集中在櫃枱上面。

「還有什麼遺漏的東西沒有？」

白玫向櫃枱上面的東西考慮地看了一會；「對了，茶

煲也得買一隻罷，是不是？ —— 你同老闆先議議這些東西的價錢，讓我去找一隻茶煲。」說着，便走向店門的角落那邊去。那裏堆着許多大大小小的瓦煲子。她蹲下身子在那裏選擇；一隻一隻依次的放到一盆水裏去。試試有沒有損破的漏洞。

像一尊菩薩似的坐在櫃枱裏面，戴了古老眼鏡的老闆，用他枯瘦的手指在算盤上面撥了一回，便從啣了長煙斗的嘴裏說出一個總數。

「還有一隻茶煲，多少錢一隻？」

「哪一種？」

高懷向店門角落那邊指一指，順眼望過去，卻發覺白玫已經不在那裏；向四處看看，也見不到她。他惶惑起來，跑到店子門口向外望，也沒有她的蹤跡。末了，到廁所去看一下，仍舊沒有。奇怪得很！再回進店子裏，夥計們正在應酬着兩個男女顧客。高懷抓住一個夥計問道：

「朋友，你可曾看見和我同來的那個女人嗎？」

夥計說不知道。老闆卻從櫃枱裏搭訕地問道：

「是女孩子嗎？提防給拐騙了呵！戰後這些傢伙真猖獗，聽說賣到四邑那些地方去很值錢啦！」

老闆糊裏糊塗的說了，又轉過去應付那兩個男女顧客。高懷知道白玫一定是離開了店子。他決定先回寓所去看看；可是他自己拿不得那許多買下來的瑣碎東西，只好寫下住址和放下一點茶錢，叫夥計把那些東西送去。付了賬之後，他便挾了白玫留下的包裹和他自己拿的一份，急忙走出缸瓦店。

# 19

又過一關

　　屋裏是靜悄悄的，只有杜全頻頻吐氣的聲音。旺記婆的那個座鐘把他苦惱透了。他已經把裏面的機件局部拆開來，逐部分地研究，希望能夠尋出它壞在什麼地方。他所用的工具，只是一隻在前些時從莫輪的雜貨箱裏找來的螺絲批，和一隻椎子。事實上他對於這方面的知識半點都沒有，因此每一次努力都是徒勞。但是他不願放棄他的希望，事實上也不容放棄：這件事是關係着他的信譽同時也關係着他的戀愛進行的。他已經處於只許成功不許失敗的境地；他也只有拿這種想法來鼓勵自己繼續下去的決心。

　　除了「上班」「下班」的時間照常走出走進之外，差不多整天都是埋頭在他的工作上。他用一隻舊籐箱放在地面的床沿旁邊做櫈子，一張座椅做工作枱，鋪上一張報紙。機件攤開在報紙上面；把它們零碎的拆開來；用他的自以為是的想法去試驗地修理一番；然後小心把機件嵌回原狀；充滿希望的把它搖一搖。但是裏邊的齒輪只是應

酬地轉動一下又停止，於是一口彷彿呻吟似的鬱氣便從他的胸膈裏吐出來了。

每天放午假照例回來休息的羅建，靜靜的看到杜全那樣像煞有介事，卻又全無辦法的樣子，心裏總是感到可笑，可是不敢笑出口來，也不敢說些什麼。這一回，他卻忍不住了。

「還有什麼辦法啦，杜全，索性拿到鐘錶店去修理，就當作是你修好的，不是最妥當了麼？」

「只有你會這麼想，我就完全是蠢的！」杜全仍舊把頭低到他的工作上，一口不痛快的語氣。

「那麼，為什麼不拿去？」

「為什麼！錢呀！至少要五塊錢才肯修，有什麼法子！」

「你去問過來了？」

「旺記婆把鐘交給我的一天就去問過了。」

五塊錢的確是個難題。不過羅建卻不明白這件事：「既然你沒有出錢去修理的準備，卻又拿到鐘錶店去幹麼呢？」

「你不懂了，鐘錶匠照例要把鐘拆開來檢查內部才開價的。我的目的便是想藉了這機會試探一下，看看究竟壞在什麼地方，讓我知道從哪裏下手。」

「那麼，究竟壞在什麼地方？」羅建對於杜全這點聰明很感到興趣，斤斤追問着。

「鬼才知道！那傢伙可惡得很，他說整個鐘都是壞的。這才氣煞人！」

羅建走到杜全這邊來，一隻手提着眼鏡，低頭向杜全手上的機件看了一番，說道：

「毫無疑問，這個鐘的發條是完整的；它所以壞的原因，我想全因機件缺少了油，沒有油給它潤滑一下，根本沒有辦法走動。」

「總之差在我缺少五塊錢！」杜全重了語氣自語地說。

門給推開，高懷回來了，兩隻手都挾了包裹。羅建一望就打趣的說：

「老高，買了這許多東西，真好像組織小家庭的樣子啦！」

高懷沒有回答，把包裹向圓桌上一丟，立刻問道：

「白玫回來了沒有？」

「回來了。有什麼事？」羅建察覺到高懷的不很愉快的神色。

「她在哪裏？」

「好像出騎樓去了。」

高懷脫下了帽子拋到他的書桌上面，立刻向騎樓外面走出去。

白玫坐在一隻皮衣箱上面，一對手托住下巴，肘子支住膝蓋，伸出一雙小腿在那裏曬太陽；帶着凝思的神氣。一看見高懷，她立刻露出笑容站起身來。

「你回來了？」

高懷冷然的注視着她：「白姑娘，你的行動真奇怪！」

白玫仍然是那一副笑容，卻含有一點狡猾意味，應道：「我回去姊姊那裏拿出一些衣服罷了。」說着指一指

放在地上的皮箱,「我在這裏沒有衣服替換怎麼行呢?」

「你說過沒有家的。」高懷用挖苦她的口吻說。

「是的,我說的是出來了就不能再回去的家。」白玫沉下了視線,自語地答。

「可是為什麼你又回去?」

「我不是說要拿出我的衣服來麼?」白玫低聲自辯,卻不敢抬頭。她想不到高懷會這麼生氣。

「你即使要做這件事也用不着詭詭秘秘,不通知一聲就走了的呀!」

白玫終於抬起頭來,用抱歉的眼光望着高懷說:

「請你原諒我沒有機會對你說。我在揀茶煲的時候,忽然發覺我的姊姊和姊丈走進缸瓦店買東西,我怕他們看見我,同時想起他們不在家,正是我回去走走的好機會,所以趁他們不注意,我就溜了出去。」

「為什麼?你怕見你的姊姊和姊丈嗎?」高懷詫異地問道。他記起在缸瓦店的兩個男女顧客。

「不是怕,只是 —— 我不想見他們。我不肯走得太遠,也是怕走近他們住處的緣故。」

「為什麼呢?」

白玫沉下了臉,搖搖頭:「我不想說,總之這是麻煩的。」

高懷看她一眼,明知這個話題會牽涉到她的本身問題,她未必肯給他道出原因;但是他不能遏止要求明白的慾望。他更希望能夠藉這個機會,摸着她在隱秘中的身世的線索。可是正在這個時候,屋裏傳出了陌生的人聲;雌

老虎隨即在騎樓的橫門出現，背後是一個穿大衣的中年男子，兩手插着衣袋，在那裏東張西望。只聽得雌老虎手指腳劃的說：

「你看，單是這個騎樓就夠你受用；有什麼喜慶事，四五圍酒席隨便安排下來。夏天，吹什麼風都一樣涼快；在這裏坐一下，呃，擔保你什麼游泳棚也不想去。還有 ——」

「有人來租屋了。」白玫低聲說。

「不要管他，我們進去罷！」

白玫挽了她的皮箱，跟了高懷由騎樓的正門走進屋裏。

羅建和杜全站在圓桌旁邊，同一個瘦小的婦人在那裏講話，聲音低低的，好像說着什麼秘密的事情。這婦人的儀表和衣飾都表現出來，是個「半摩登」而又帶俗氣的人物；大概是那個租客的太太。羅建一見到高懷進來，立刻招手叫他們走前去。

「太太，你問問他們便知道我不是騙你的了。」

那婦人向兩人微微的點頭招呼。高懷摸不着頭腦，還未弄明白是什麼回事；羅建又急急說下去：

「這位太太是來租屋的，但是她不放心，想知道我們為什麼住得好好的卻要搬走，是不是覺得這屋子有什麼不妥當的地方。我說，她問得巧極了，本來這事情就不方便說，不過看見這位太太這麼慎重，所以也不妨告訴一聲，這間屋子實在古怪得叫人害怕 ——」

「是嗎？姑娘，這間屋子是有個吊頸鬼嗎？」

婦人非常認真的向白玫問。杜全背了婦人拚命做鬼眼，白玫立刻會意，裝個驚心的神情答道：「是真的，真叫人害怕！」

高懷這才了然一切，乘機也加上去說：「我們本來就不相信鬼神這類東西，只是夜靜常常聽到有腳步走動的聲音；才不敢不信。後來從旁人口中聽到說，在淪陷時期有人在這裏吊頸自盡。」

「是個清道伕，聽說餓到不得了才自己吊死的。」杜全加上說：「最嚇怕人的是，常常在睡眼矇矓中，竟然有一隻手伸到面前向你討飯。」

「唉吧，」那婦人聽得睜大了眼叫出來，「我是頂怕鬼的。這樣的鬼屋怎麼能住！」

羅建趁勢說：「我們四五個男子漢都壓不住它，有什麼辦法不搬走？老實說，我們並不怕鬼，只是討厭它騷擾罷了！」

「唉，先生，謝謝你們告訴我。你們好心，善有善報。」

婦人說了，急忙轉身走向騎樓去，一面「阿林！阿林！」的叫着。穿大衣的男子已經走進屋裏來，雌老虎跟在後面，絮聒地說：「那麼，既然滿意就先付一點訂金好啦！多少也好，總算是個手續呀！」那男子正要伸手探進裏袋掏銀包，婦人趕上去一手拉住他，把他拖在一邊，咿咿唔唔的說了兩句話；隨即拉拉扯扯牽了他走。那男子掉頭向雌老虎應道：

「讓我考慮過再決定罷！」

雌老虎急急趕上去說：「實在你也不須再考慮的了，先生，你是不容易找到像這樣好的房子的。」

杜全把門關好。四個人互相看一眼，忍不住同時笑出來。

「演得出色！演得出色！」高懷連續叫着。

「忍笑忍得我辛苦極了，我幾次幾乎要笑出口；真虧你們想得出來。」白玫笑的彎下腰去，挺起身來仍舊是笑。

羅建提了提眼鏡，自負地說：「這叫做窮人自有窮計，總算又過一關啦！」

## 咄咄迫人的追索

　　旺記婆的座鐘不曾修好，一天幾次從門口走出走進便成了杜全苦上加苦的一件事。雖然見到阿貞會感到開心，可是這滋味卻抵消不了旺記婆追問的麻煩。他實在怕見她了。

　　這一個中午，當他「下班」時由街尾跨着闊步走進門口，看見阿貞一個人在絲巾上面繡花，旺記婆卻不在那裏；他暗裏歡喜；便靠了牆壁站下來。他最高興從旁邊欣賞阿貞低着頭的側面輪廓。

　　「你媽媽呢？」杜全試探地問。

　　「收牌去了。—— 怎樣？現在輪到你怕我媽媽了麼？」阿貞譏笑地問他，她記起前些時杜全說過的話。

　　杜全有些窘，答道：「你媽媽太囉嗦。」

　　「你知道就不要怪我膽小了。—— 別說她罷，她回來啦！」

　　杜全抬頭一望，果然看見旺記婆一手挽了麻雀牌箱

子，一手提了一張桌面從對面走過來；他感到進退兩難的尷尬。可是旺記婆已經看見他，他只好勉強鎮靜下來，堆上一副笑臉，迎面說道：

「五姑，辛苦了，為什麼不叫我替你拿呢？」

旺記婆已經走近門口，應着：「別說風涼話了，你有這個好心腸就不該是這個樣子了啦！」

「這話怎麼說呀？」杜全明知她指的是什麼，卻不能不裝傻扮懵。

「怎麼說！我的鐘究竟怎樣了？」旺記婆把桌面靠了門口放下，擺出追究的神氣。

杜全故意涎着臉皮掩蓋內心的張惶，裝着沒奈何的樣子說道：

「五姑，鐘錶店也得十天八天才修得好呵，何況我是每天做妥工作才有空做自己的事。你的鐘又壞得太厲害，有許多碎件非重新換過不可；但是製造那些碎件可不容易，差一分也不行，難道你還不知道機器是多麼微妙的嗎？」

杜全瞎說一通，不外是製造理由來應付這個為難的時間。因為說得似模似樣，旺記婆聽起來還舒服；她幻想着杜全修好交回給她的，將是一個和新的差不多的座鐘，這幻想和緩了她的焦急。

「為什麼你不帶回來，趁晚上空閒的時間修理呢？」阿貞插嘴問道。

「就是為了那些零件需要靠機器製造，所以不能夠帶回來修理呀！」

杜全巧妙地應付了過去。旺記婆卻向他來一個警告：

「老實對你說，你把我的鐘放在船廠裏要小心保管才好，如果給人家偷去了，我要你賠償的呀！」

「不要掛心，五姑，我是鎖好的。誰敢動一動我杜全的東西，誰就得小心他的狗命！」杜全說時舉一舉拳頭，「船廠裏的人全都知道我打過日本！」

阿貞「嗤」的笑一笑。旺記婆相信了杜全的話，可是拿起桌面進屋裏去的時候，她還要催促一句：「我不管你打過日本不打過日本，總之你得趕快修好我的鐘。」

看見旺記婆進屋裏去了，杜全才深深地吐一口氣，對阿貞道：「我真怕你媽媽的囉嗦！」

阿貞低了頭偷笑，一面刺繡一面說：「杜全，我給你獻個計好不好？」

「你說。」

「如果那個鐘沒法盡快修好，你又怕我媽媽追討的話，有一個辦法。」阿貞表現得胸有成竹的樣子。

「什麼辦法？別那麼吞吞吐吐的。」杜全有些耐不住了。

「最好給她送一件東西，我知道她的脾氣。」

聽到說送東西，杜全的心沉了一下，這是一個難題；可是不能不問下去：「送什麼東西呢？」

「我知道我媽媽許久就想有一隻水煙筒；她現在用下來的一隻已經舊得不成樣子了。她理想中的一隻是全身白銅的，小巧精緻的一種；她自己想買一隻，卻捨不得錢。如果你肯送給她，恰好打中她的心竅，她一定十分歡喜；

至少可以和緩一下那個鐘的事了。」

「這事容易辦啦，我決定找一隻送給你媽媽。」杜全心裏茫茫然，卻硬着嘴頭答應；事實上也不能不答應。在旺記婆和阿貞的面前，他決不容許有做不到的事情，一切都姑且應付過去再說。

「可是你不要對我媽媽說是我示意你送的。」阿貞叮囑一句。

「自然啦，可是你也不要預先告訴她，我將要送她水煙筒的呀！」杜全盡可能為自己留些餘地，免得辦不到時，又對旺記婆多欠一筆賬。

阿貞答應共同遵守這個約定。杜全暫時拋開一切心事，趁勢挨近阿貞低聲的問：

「今晚有空出去逛逛嗎？」

「你送了水煙筒再說罷。」

阿貞又是那麼一個藉口。杜全很感到不痛快，怨恨地道：「你總是拿這些事做理由！」

「有什麼辦法呢？那個鐘你又沒有修好，除了送水煙筒，還有什麼能叫我媽媽歡心，肯讓我去的？」阿貞說得這麼無可奈何；「你以為我就不希望有這種機會麼？」

末了的一句話使杜全感到舒服；這證明阿貞實在愛他，只是太怕母親。這已經是沒法轉移的弱點。想起阿貞的弱點，又連帶想起另一件事，他的心便更抑鬱：那個座鐘以外又添多一份沒法解決的困難：唉，那隻水煙筒！

旺記婆出來了，杜全不方便再在那裏躭擱，對阿貞說了「再會」，便轉身上樓去。阿貞突然想起一件事情，

立刻叫住了他；隨手在香煙檔的抽斗裏摸出一卷東西遞
給他：

　　「郵差剛才送來了這卷東西，是高先生的，請你帶上
去交給他罷！」

# 死人復活的小說

膳食計劃在白玫安排下進行得很好。早晚兩餐定時開飯，他們再也不須每餐為着吃什麼，和怎樣吃法這些問題去費心了。本來是散漫的生活狀態，也因此變得規律化起來。大家都有了一個新鮮的感覺，照羅建的說法便是：「成一個家。」

飯桌上的空氣是很輕鬆的，除了杜全自己形成精神上的孤立狀態，大家都是有說有笑；尤其是那天造鬼話嚇退了租客的滑稽劇，更重複地成為幾日來吃飯時候的笑料。

但是這一天的晚飯，卻因為高懷的不痛快而顯得有些沉悶。

杜全從阿貞手上接過來的一卷郵件，是報館退回來的稿子；這是高懷在香港賣文以來第一次的碰壁。這打擊影響了他全部的心情；整個下午，他都是抑鬱地沉默着；而在晚飯的桌上，他是最先放下了碗筷。

「稿子退回來了有什麼關係呢？高懷，不可以重新譯些別的東西麼？」莫輪安慰他說：「我的籮裏今天收買到一捆外國雜誌，有些還很新的，你還愁沒有資料！」

羅建截住說道：「你別說新了；稿子退回來，就是因為它的材料太舊，報館不要。」

「怎麼會太舊？我收回來的雜誌有許多書皮還很乾淨的。」

聽到莫輪的話糊塗得天真，羅建噗嗤的笑出來。莫輪望着他有些困惑。白玫立刻解釋道：

「不是的，莫先生，書皮乾淨不一定有用處；也許已經是幾個月前出版的，說不定那些文章有人先一步譯過了，那便成為過時的東西了呢！」

莫輪才恍然地抓抓頸項，帶着歉然的神情說：「是這樣的麼？我倒不知道。」

高懷在飯桌旁邊踱來踱去，捏着手指。他沒有理會羅建他們的話，只是自言自語地發牢騷：

「如果再有這種情形，怎樣生活？怎樣生活？」

「老高，我以為你還是改變方針好了。」羅建稍微大聲的說，老是那種從容不迫的神態，「你最好是丟開翻譯工夫，設法向兩三家報館弄個特約撰述的資格，轉過來寫些永遠登不完的『死人復活』的黃色小說，包管你名利兼收。只要肯迎合低級趣味，不顧一切，你就成功了。不但出版家會找你出單行本，而且電影公司也會向你收買版權；那時候，還須住在這破樓上看雌老虎的面色麼？連我們幾個人也叨光不少啦！」

高懷還未回答，白玫就搶先問道：「羅先生，『死人復活』的小說是怎樣說法的？」

「說起來是一個故事，」羅建還未講就先發笑，「這是一個學校的同事對我說的。有一位章回小說家，也許因為每天需要應付的連載小說太多了，這家報紙得寫幾百字，那家報紙又得寫幾百字，天天如是，實在弄得頭昏腦脹。有一次，在他的一篇大作裏，有一個人物死去了；幾個月後，那個人物竟然莫名其妙的又在小說裏出現起來。你看滑稽不滑稽？這不是死人復活嗎？」

白玫忍不住笑起來，連本來是外行的莫輪也覺得有趣，居然提出疑問：

「那麼，難道那個做小說的連自己寫過什麼也記不得的麼？」

「他哪裏有閒心去記呢？」羅建答道：「這些小說家，根本上他在寫着什麼，他自己也不知道；只要隨意所之地寫下來，送出去就了事。」

「這有什麼出奇？」杜全突然插起嘴來：「弄魔術的人不是把一個人鋸斷了也會把他還原的麼？那些『死人復活』的小說家，不過在小說裏弄魔術罷了。」

想不到杜全也會說出這句幽默的話，羅建不由得在眼鏡裏怔一怔，隨即轉向高懷說：

「老高，你便是差在不肯做這類魔術小說家，所以活該捱窮。」

高懷昂起頭噴一口煙，從鼻子裏回答了一個冷笑，這冷笑裏好像包含了許多東西。

白玫用探究的神氣繼續問道：「我有點不明白，既然是那樣糊塗的東西，為什麼報紙也會讓它登出來呢？」

高懷半搭訕半解釋地說：「道理是很簡單的。有寄生蟲的地方，便是因為那塊地方根本有着容許寄生蟲寄生的地盤。有些時候，那地盤還得靠它所哺育的寄生蟲得到好處。懂了麼？」

白玫一時摸不着高懷的意思，思索了一會，才恍然的說：「我明白了，那種東西是有報紙樂意給它們登的，是嗎？可是，這是什麼道理呢？」

「沒有道理；完全為了迎合讀者胃口；愈是迎合，愈是賺錢；這就是他們所得到的好處。」高懷說到這裏停頓一下，又繼續下去：「在香港，凡是應該走在社會前頭的東西都走在社會後面；應該領導羣眾的東西都變成追隨羣眾的東西。除了有一部分例外，都是這個樣子。」

「這就是香港文化呀！」羅建好像做結論似地說；放下了碗筷，便走向他床位那邊去。

「什麼香港文化？」白玫稍微睜大了眼睛問道，她不大弄得清楚這字眼的意義。

高懷走到桌邊站住，把煙蒂擲進一隻碟子裏，冷笑着說：

「你不明白也罷了，白姑娘，根本香港文化就是叫人不要去明白的。」

白玫愈聽愈是迷惘，她還想問些什麼，卻給一陣敲門聲打斷了念頭。她跑出去開門，隨即折回來，手上揑了一封信，送到羅建面前：「羅先生，有人送封信

給你。」

羅建正坐在床上燃點一枝熟煙，把信接過手；拆開了一看，眉頭隨着皺起來。

「哪裏來的？」高懷問他。

「南叔，那個水客，又從鄉下來了；約我去客棧看他。」

「什麼事情？」莫輪搭訕地問。

「還消說麼？一定是我老婆託他來要錢。」接着是一聲嘆氣；隨即抓了他的夾袍，一面穿一面走出去。

莫輪離開食桌，杜全不知道什麼時候已走出騎樓外面散步去了；這兩個人單獨坐在一塊便顯得尷尬。自從那天吵鬧了以後，他們不曾交談過一句話，也不曾有什麼機會和解。

高懷在他的書桌前面站住，拈起那一卷拆開了的退稿在凝神。這對於白玫是一個機會，她悄悄的走前去，低聲問他：

「高先生，你不曾吃飽的，我給你買點別的東西補充一下好嗎？」她一直為了高懷吃得那麼少感到不安。

「謝謝，我已經飽了。」高懷答得有些意不屬的樣子；隨即把手上的一卷稿子使勁的一撕。

「為什麼你撕掉它？」白玫急忙想去阻止，卻來不及，愕然地望着高懷的手。

「為什麼我不撕掉它？」高懷苦笑着看看她；又一橫一豎的把稿子疊起來繼續撕下去。

白玫無可奈何的望着高懷的動作，和他的抑鬱的面

孔；她似乎要說點什麼話來安慰他，又不知道該怎樣說的
好。她自己也彷彿感染到一些共同的抑鬱；默然的站立一
會，便轉身走到食桌前面收拾食具去了。

月亮在哪裏

羅建從外邊回來已經入夜，屋裏照常一樣寂靜。每個人都做着自己的事情。高懷伏在一盞火油燈下面，在滿堆着好些參考資料的書桌上寫他的文章。莫輪坐在地面，仗着一盞風燈的光，在檢點着日間收買了的零碎雜貨。杜全像白天一樣，坐在地面的床沿邊，挨近座椅在修理旺記婆的鐘。座椅上豎着一枝點了火的洋燭，這是他向高懷借錢買的。

「家裏沒有事罷？羅老哥。」莫輪抬頭問着，他奇怪羅建回來了一句話都沒有說。

羅建一面在床口點着他的火油燈，一面回答：「唔，現在輪到我心煩了！老婆的病又有變化。」

「叫你回去嗎？」

「不，要錢！永遠是錢！錢！錢！」

羅建把燈放到圓桌上去，把放在床尾衣箱上面的一疊課卷拿出來。「唉，單是鄉下的催錢信和這些課卷就夠

壓死我了，做人是這麼難呀！」這樣嘆息着，就伏在圓桌上翻開他的課卷。

「鄉下情形怎樣？水客有說起嗎？」高懷一面低頭寫着一面搭訕。

「壞極了！穀天天貴，糧稅徵得兇。據說，沒有錢買身卻又不肯給拉去當兵的壯丁，都設法逃跑，另找別的出路。」

「跑到哪裏去？」莫輪插嘴問起來。

「跑上山去呀，他們有他們自己的世界。」

「你家裏的壯丁呢？我不是聽你說過有一個兒子的？」

「我的兒子也上山去了。所以現在便成了問題：我老婆病着沒有人關照，好在我的小女兒還可以幫忙得一手；但是年紀太小，有起事來作不出主意。」羅建的語氣裏充滿了憂慮。可是隨即又轉了語調：「不過，兒子跑了也好，好日子是靠他們這一代去造出來的！」

屋裏又重新靜下來。火光劃出界線分明的光暗面；擴大了的人影在光暈裏浮動着。在這裏面，只有莫輪檢點什物時的銅鐵碰擊聲；和高懷書桌上的掀動報紙聲。此外，便是杜全把鐘的發條扭動，或把它鬆弛的一種刺耳的聲音；往往在相當時間的一陣沉寂以後，跟着便是一句嘆氣的話：「他媽的，有五塊錢就好了！」

杜全這句嘆氣已不叫人感動；只成了那隻壞鐘把他困擾得沒法可想時的口頭禪；沒有人理會他。只有高懷聽得最不痛快。他在寫作的時候需要靜，而杜全的重複而單

調的一句話卻常常擾亂他的思緒。不過他並未表示過什麼。只是今晚，似乎因為退稿的刺激影響了他的心情，他寫的很不順利，因而聽到杜全那個嘆息便按捺不住反感。

「杜全，我想你乾脆把這個鐘送回旺記婆罷，索性說你抽不出閒工夫修理，拉倒算數；否則整天唉聲嘆氣有什麼用？你說得不厭煩我倒聽得厭煩了。」

「難道我不曾這樣想過麼，老高？只是現在送回去太難下場；除非有些東西給她和緩一下，事情就好辦些。」

「怎樣和緩？」

杜全於是把阿貞的提議：叫他最好送個水煙筒的事說出來。

高懷冷嘲地反問他：「那麼，送個水煙筒比修好這個壞鐘容易嗎？」

「就是因為不容易，所以我不能不想法子修好這個鐘了。你不要看輕我，老高。」

高懷不說什麼了。他覺得真是矛盾得可笑：一邊說要修好那個鐘，一邊又嘆息缺少五塊錢；杜全就是這樣一個荒唐自負，不顧分寸的傢伙！他做出來的一切都脫不了他那種典型的本色。同他講話白費唇舌，高懷於是重再提起筆來。但是他不能寫下去：另一件事情把他的情緒擾亂了。──騎樓外面，傳進一陣歌聲，那麼緩慢卻又那麼悲涼：

月亮在哪裏？
月亮在哪廂。

他照進我的房，

他照上我的床；

照着那破碎的戰場；

照着我甜蜜的家鄉。

幾時能入我的懷抱？

也好訴一訴我的衷腸。


月亮在哪裏？……


　　像一脈細細的寒流沁入了靈魂，高懷感到一陣顫慄，同時一種似乎是潛伏的憂鬱從心底裏瀁瀁起來。他不能把心情再集中在工作上面，彷彿有些什麼東西在推動他，他放下了筆離開書桌，輕輕把正面的窗門推開。……

白玫斜倚在騎樓的石欄裏，仰望着灰暗的天空，在唱着那音調循環的歌。

夜是模糊地一片灰暗，宇宙彷彿是個遼闊無際的巨牢。霧氣瀰漫着天空，把半邊的下弦月裹上一層輕紗似的迷朦；映襯着灰暗的天體，就像嵌在巨牢穹窿上面的一隻小窗子一般；這窗子不曾透進了光，倒因了它的遙遠和迷朦而叫人有着窒息的感覺。

白玫斜倚在騎樓的石欄裏，仰望着灰暗的天空，在唱着那調子循環的歌。從窗口裏邊映出來的一點微弱的光暈，恰好印在她的側臉上面，她的眼眶裏堆滿淚水。

高懷不願意去驚動她，只是靜靜的站在窗門外面，凝神地望着她。他想起一個月前的那個晚上，在海邊碰到她的情景，同時想起許多別的事情……直到她唱完了，他才慢慢的走前去，白玫仍舊仰起了臉凝視天空，動也不動的，彷彿一尊塑像。發覺高懷站在她的背面，她突然轉過身來，展開一個微笑，難為情地看着他；但是立刻又斂下了笑容，低聲問道：

「為什麼這樣子呢？高先生。」她發現高懷的眼裏也有淚。

「因為你哭。」

「我是想起我自己……」白玫避開了臉，說不下去。

「我是想起我自己太不中用。」高懷微微的搖頭，感情激動地說。

「什麼意思？」

高懷終於放膽說出來：「因為我在你身邊，卻不能夠阻止你的眼淚。」

白玫轉過頭來面對着他。她聽出他的話的意義，感

動地叫出一句：「高先生！」不由自主的遞出她的手。

　　高懷搖搖頭：「不要這樣叫我好不好？」

　　「高懷！」白玫毫不遲疑的低叫一聲。

　　在黑暗中，兩隻手緊緊的握在一起。

# 23

奇
災

「他媽的，我有五塊錢就好了！」

杜全蹲着身子，左手拿了洋燭向地面照，右手伸到燭光下摸索，一面生氣地自言自語。他從床邊一步一步的摸索出來，一直摸索到廳中心的圓桌下面。燭火搖搖晃晃的，在那裏照來照去。

「你幹什麼？」羅建一面埋頭改課卷，一面問道。他沒有分心注意杜全，只覺得火光掩掩映映的。

「你做你事，別理會我。」

杜全伏在地面敷衍地應着，一心一意找尋他的東西。

「明天找不行嗎？這麼暗看得見什麼？」羅建有意無意地勸告說。

「你做你事，別理會我。」

杜全說着鑽進了圓桌底裏，在羅建的腳邊摸來摸去，身子擦着羅建的夾袍下沿。羅建感到厭煩，本能地舉腳亂撥，一面喝問着：

「喂，你鑽來鑽去的搞什麼鬼！」

杜全沒有回答，在桌底下騷動得更兇。羅建耐不住，正要放下工夫來察看一下，卻聽到莫輪在背後大叫：

「羅老哥，着火了！着火了！」

羅建還未弄清楚哪裏着火，一陣焦味已經冒上了鼻頭。他慌忙丟下了筆跳起來；向下面一看，原來火就在他的夾袍下沿燒着。羅建驚嚇得「哎喲！哎喲！」地大叫，兩腳本能地亂跳亂跺，使得正在撲救的杜全想去抓他的夾袍也抓不住。羅建急得不知怎樣是好。莫輪已經走過來了：「脫下來呀！脫下來呀！」地叫着，幫忙羅建去解鈕扣。杜全跪在前面抓住他的夾袍拚命的撲火。三個人手忙

羅建驚嚇得「哎喲！哎喲！」地大叫，兩腳本能地亂跳亂跺。

腳亂的纏在一起，狼狽了一頓，才把火撲熄。

杜全豎起身子，把洋燭放到圓桌上去。羅建急忙脫下了夾袍，揚起一看，後幅右面的角尖已經燒去四五寸，禁不住頓足大叫：

「你叫我怎樣去上課呢？我只有這一件袍子！我只有這一件袍子！」

「我已經說過你做你事，你偏要提起腳來亂掃亂撥。」杜全的語氣中含有埋怨的成分，好像要造成這個理由：闖禍的不是他！

羅建氣得大聲說：「明知自己捏的是燭火就應該小心才是啦，天老爺！」

「你不理會我，自然什麼事都不會有。你要理會，我想小心也小心不來，怨得我嗎？」

「當然怨你！你的燭火不拿到我身邊來，我的袍子會自己着起火來嗎？」

「但是你不舉起腳來踢我，我的燭火會燒着你的袍子嗎？」

看到杜全的蠻橫，羅建憤激得氣喘喘的，指住杜全罵道：「你這人真是豈有此理！自己闖了禍不肯認錯，還要死硬着一張嘴！」

杜全把羅建的手指一撥：「你才豈有此理！」

羅建忍不下去了，「你問問旁人看是誰的道理！」隨說隨迫近一步。

「你要怎樣？」杜全挺身迎了過去，居然捋捋手腕作出應戰的姿勢，眼睛盯住羅建。莫輪站在那裏看看這個看

看那個，感到左右為難；便連忙閃開了，走到正門那邊，向騎樓外面大叫高懷。

「我問你要怎樣！」

羅建反問時的激動氣勢，更挑動了杜全的瘋狂情緒：他向羅建撲過去。想不到高懷從就近那個橫門跳進來，喝一聲「杜全！」，同時一手從後面抓住他。白玫也從後頭趕去牽住羅建的手，趁勢把他拉開。但是杜全仍舊掙扎着撲前去。高懷拚命拖住他，同時轉到他的跟前，迎面一巴掌打過去。杜全在狂妄中把拳頭轉向高懷直揮；但是給高懷一格，他立刻軟了下來，慢慢的垂下手，站住了不動。

高懷放下了抓杜全的手，冷靜的注視着他的臉：「什麼了不起的事使你瘋起來的，杜全？」

杜全沒有回答，頹喪地垂着頭。

「現在最好了，請老高評判一下看看誰合道理！」羅建用理直氣壯的態度望着杜全，「你說還是我說？」

「不用說了，我在窗口外面完全看見了，」高懷截住說道：「我不立刻進來便是要看看杜全蠻橫到什麼地步。」

羅建捧住他的夾袍，愈看愈感到傷心：「你看，老高，我只有這一件袍子的呵，只有一件的呵！」一面抖擻着遞出來。

白玫翻起火燒了的地方看了一下，安慰他道：「算了罷，羅先生，杜先生也是無意的。讓我找一塊同樣的布料替你縫補一下，不要緊的。」說了把夾袍接上手，拿開去了。

「現在這麼夜了，就是縫補也來不及的啦，我明天怎

樣去上課呢？」

羅建皺起眉頭，惋惜地望着白玫手上的夾袍。高懷接上說道：

「不要緊，你明天穿我的西裝上課罷，我不出門便是。」

但是羅建感到困難的，不完全是上課的問題。他仍舊搖搖頭自言自語：「我只有一件的呵！我只有一件的呵！」

杜全抬起頭看看羅建，慢慢移動了腳步，走到羅建面前，沉了聲音說：「對不起，羅老哥，這是我的錯，請你原諒我。」一面伸出了右手。

羅建沒有想到杜全會有這個表示，倒呆了一下。但是遲疑了一會，終於也伸出他的手來。杜全握住羅建的手抱歉地說道：

「等我有職業的時候，我賠償你一件夾袍。」

「誰要你賠償呢？只要你脾氣改好一點便天下太平了。」

杜全沉默的端了放在桌上的半枝洋燭，便向他的床位走回去。高懷在後面叫住了他：

「你說，究竟你剛才在地上找尋什麼東西？」

杜全站住，用淡然的語氣答出來：「我掉落了一枚螺絲釘。」

相濡以沫

　　第二天，高懷穿了便服留在屋裏 —— 他借給羅建穿去上課的，是僅有一套可以見得人的外衣。他落得趁這一天不能出門，加緊他的書的寫作。為了經常得寫許多應付生活問題的賣錢文章，他的書是時寫時輟；但幾個月來，在極端困難的情形下，他仍舊不斷的寫着，字數一點點的增加起來，他的書已經漸漸接近完成階段；他不能不在一有機會時就繼續寫下去，希望能夠早日脫稿。

　　而今天分外使高懷興奮的，還有屬於內心方面的理由。自從昨晚在騎樓外面和白玫秘密的握過手，在無言中交換了心曲，他已經得到一個信念：他和她的兩顆心的距離是很接近的。縱然她對於本身事情的隱秘，似乎還是不可知的障礙；至少她的態度已經鼓勵了他的勇氣，使他放心去消除一向的疑慮。她已經給他暗示着，她和他的感情並非僅僅是朋友性質那樣單純。那麼，白玫是愛着他嗎？他不敢肯定：為的是她對他還有隱秘的一面。但是無論如

何，他從她的表示上已經獲得一種憑藉：她給他打開了她的心的窗子。他已經可以勇敢的去愛她……

事實上，白玫在形跡的表現也不同了。半天來她都坐近高懷的書桌旁邊，縫補着羅建那一件燒破的夾袍，靜靜的陪伴着高懷寫作。她不再像平日那樣的避忌。好像在這樣的形跡下，她感到了心靈有了倚傍的快樂。她是那麼孤零的人！

但是兩個人都是各做各事，沒有交談一些什麼話語。白玫也不願拿什麼去分散高懷的專心。在寂靜的空氣裏，只有杜全從鼻子裏吐氣的聲音聽得很是清晰。

杜全昨晚掉落了一枚螺絲釘，在白玫早上掃地的時候，已經細心替他尋出來了。這使杜全放下了一件心事。於是他又照舊坐在床邊，對住拆開了的機件作沒有結果的研究。每隔一個短短的時間便吐出一口長氣：那顯然又是一次希望的落空。在這樣的時候，白玫往往給打斷了工夫，向杜全那邊呆望一會，然後繼續縫補幾針。她有一個非常難過的心情。

「高懷，我想同你講一件事情。」白玫在一種忍不住的衝動下，終於低聲開口了。從今天起，她已不再稱呼他「高先生」。

「什麼呢？」高懷注意地問道。

「我聽到杜先生整天嘆氣，心裏十分難過；我們能不能夠設法替他解決一下困難呢？」白玫用徵求的口吻把她的意思說出來。

「這是他自討苦吃，像他這樣的人該有這樣的懲戒。」

高懷淡然地說，仍舊回到他的寫作上。

「但這是另一回事。不過他既然到了這個困難地步，實在懲戒的也夠了。我們不應該幫幫他的忙麼？如果辦得到的話。」

「你說，該怎樣幫忙？我們又不是鐘錶匠。」

「不，我是說幫忙他一點錢，讓他拿到鐘錶店去修好，了卻一件事情。」

「但是這話怎樣說起？如果從我們的生活費裏抽出錢來給他幫忙，即使辦得到也是太不公平。」

「我是說，私人幫忙他。我自己有三塊錢，許多時我都想拿出來送給他，但是他需要的是五塊錢，沒有辦法。如果你能夠拿出兩塊湊湊數，事情就解決了。」

「為什麼你要這樣做？」

「我太難過。」

高懷想一想，放下筆來；從口袋裏掏出一把零碎的鈔票來看了一下，湊足了兩塊錢交給白玫。

「這事由你去同他說好了，當作是你私人送給他的；但我得走開了才行，否則他不好意思要。」

高懷走出騎樓外去。白玫放下了工夫，私下從內衣裏掏出她自己僅有的三張一元鈔票，連同高懷的一份碎鈔，握在手裏；悄悄的走到杜全面前，半遊戲半正經地說：

「杜先生，你能不能夠給我賞面一次？」

杜全從他的研究工夫裏抬起頭來，有幾分突兀的感覺：「什麼事呢？白姑娘。」

白玫爽快的說下去：「我這裏有五塊錢，我自己不需要用，我想送給你拿去修好這個座鐘。」說着就把那一把鈔票放在杜全的櫈子上面。

　　杜全呆了一下，這事對於他太意外了。他立刻做個推拒的手勢，說道：

　　「不，白姑娘，謝謝你，我怎能夠要你的錢呀？你快拿回去，拿回去。」

　　「你太客氣了，這有什麼關係？反正我的錢也是放在那裏的。我自己根本用不到它。拿去罷！難道這麼一件小事也不肯給我賞賞面麼？」白玫按住那一堆鈔票不讓他推出來。

　　但是杜全仍舊謝絕：「我不能夠要，白姑娘，我會把這個鐘修好的。」

　　「我知道你會修好，只是太費精神了，不值得。拿到鐘錶店裏去修總會快一些；你也落得了卻一件心事呵！」白玫極力把話說得委婉，她怕傷了他的自尊心。可是杜全仍舊堅決不肯接受。她感到尷尬，只好更痛切地說：

　　「杜先生，你的客氣是多餘的。我們既然有飯可以大家吃，為什麼有錢不可以大家用？這道理不是一樣的麼？而且，這是我個人的錢，與其放着沒有用處，為什麼不用在需要用的地方更有意思！我完全是因為這一點才送給你的。你同我一樣想法，你便應該接受。快拿去罷，不要考慮什麼了。」

　　這麼一番理由的勸說，使杜全的態度轉變起來。「這點錢你自己的確用不到嗎？白姑娘！」

「如果我用得着它，根本就不能夠這樣做了呢。」白玫堅決地回答：「你知道我在這裏是沒有用錢的需要的。」

「那麼，」杜全還在疑慮：「高懷知道你這樣做麼？」

「這個沒有關係。」白玫消除他的顧慮心理，又繼續下去說，「不過我卻告訴了他。他贊同我這樣做。如果你還客氣，你是使我太難下場了呵！」

杜全沉思了一會，終於決定了主意：「好罷，白姑娘，我就接受了罷！我非常感謝你。這點錢如果你不介意，就讓我有職業的日子還你！」

「到那時候再說罷，這麼一點小數目你不要放在心上好了。」

白玫說着便走開，她極力要把這件事弄得平淡，不願在這上面多說什麼。但是杜全的心卻完全開朗了，他高興得簡直想唱起歌來。他把那小堆的鈔票拿上手，看也不看就塞進他的工人裝的口袋裏；立刻把攤開在橙子上的那副壞鐘的機器和一些拆出來的碎件，一齊放進鐘殼裏面；隨手用鋪在橙子上的一張報紙把它一捲就包裹起來。

正在這個時候，有人在外面打門。白玫放下工夫跑過去，問着是誰，一面把門開了。一個送報紙的十二三歲的孩子站在那裏。

「收報費呵，大姑！」同時遞出一張他自己寫得糊糊塗塗的收據。

白玫感到一陣困窘，不知道怎樣應付的好。報紙是高懷訂閱的；她知道他口袋裏已經沒有足夠的錢。「遲兩天來收罷！」只好這樣推搪着，希望拖過這困難的時刻再

說。可是那小傢伙不肯答應。

「我已經是下期收費的。通通融罷，大姑！」

「錢是要付給你的，可是今天不方便啦！」

「不過三塊錢罷了。」那小傢伙半商量半懇求地說。

「三塊錢也不方便呀！你通融一下不行麼？」

「你講笑話了，大姑，你們大財主，要我通融，我聽了也罪過的啊。」

那小傢伙一派老成口吻，使白玫不知是哭好還是笑好。可是他眼巴巴的等在那裏，非得到一個結果不可的樣子。她只好退一步和他商量：

「那麼，你明天來好不好？遲一天沒有關係罷？」她想盡可能打發他走了再說。可是沒有效果。那小傢伙皺起眉頭：

「不行啊，大姑，今天收不到，我明天就不夠本錢了；我要每天有報紙賣才有飯吃的，幫幫忙罷！」

白玫感到為難。躊躇了一下，說道：「那麼，你等一會，我叫個人同你說。」她想去找高懷，但是一轉身便給杜全叫住。

「你是找高懷罷？不要去了，白姑娘，」杜全放下挾住的報紙包裹，走到門口；從褲袋裏掏出鈔票，抽出三張向那小傢伙的手掌一塞：「這裏是三塊錢，拿去罷！」

那小傢伙數一數，露出一個抱歉的笑容說句「謝謝」，便一溜煙的跑下樓梯。

白玫呆呆的站住，望着杜全；她覺得喉頭給痛苦梗塞住了，說不出一句話來，也覺得沒話好說。杜全卻走到

她的跟前，把手上剩下的一團碎鈔遞給她：

「白姑娘，這些錢你拿回去好了。」

白玫沒有決得定應不應該拿回那些錢，只掙扎地說出一句話：

「你為什麼那樣做呢？杜先生。」

「你不是說，錢應該用在需要用的地方才有意思麼？我的鐘即使有修理的錢，明天也未必修得好；但是那個孩子收不到報費，明天卻要捱餓了。」

白玫想不到杜全竟然有這樣一副心腸，心裏非常感動；同時想到她要給他的幫忙只給他一場空歡喜，更感到難過，只好說道：

「那麼，這點錢你就留着罷，不必給回我了。」她找不到更適宜說的話了。

「不，還是你拿回去罷！」杜全不肯接受，仍舊把碎鈔遞給她：「這些錢在我同樣是用不着。我請你不要因此難過，白姑娘，我說過我會把鐘修好的。而且，你已經幫忙過我了，也幫忙了那個賣報孩子，不是應該高興的嗎？」

看見杜全勉強裝出一副不在乎的神氣，白玫覺得順承他的意思去做較自然些。她終於伸手去接回那些碎鈔，接着說：

「我真抱歉，杜先生，我不知道該怎樣說的好……」她說不下去，她感到喉頭梗塞得更難耐，急急走開；回到她原坐的椅子那邊去，重再拾起羅建的夾袍，希望拿工作來遏抑她激動的情緒。

高懷轉回來的時候，看見杜全仍舊坐在他自己的床邊，對着面前的一堆機件凝神；白玫一樣地低頭縫補着，眼睛卻有些潤濕；他感到奇怪，私下裏問她：

　　「怎樣？杜全不肯要你的錢嗎？」

　　白玫把剛才的事情告訴了他。

　　「那你傷心什麼呢？」

　　「我覺得很難過：我騙了他一場歡喜。」

　　「難過也沒有用處，他是注定倒霉的。」

　　白玫的眼淚忍不住落下來了。

一場空歡喜

　　雖然白玫因為給杜全的幫助遭遇了阻礙而感到不安，但這事對於杜全卻未成為多大的打擊。根本在修理這個鐘的過程上，他已經打擊得慣了：一次一次在自以為成功的希望中陷於失望；又從失望中豎起另一個希望……他便是在這種循環的打擊中翻來覆去。因此那個打擊雖然使他沮喪了一下，卻並未影響了他對付那壞鐘的一貫心情。整個下午，他仍舊全神放在繼續修理那個壞鐘的工夫上面，而且漸漸顯出興奮的神情。他不時提起已經把機件安裝回去的鐘搖搖聽聽，好像他已經在研究上把握到什麼東西；而他那經常吐一口長氣的聲音也不再聽到。白玫便也得到安靜的機會，把羅建的夾袍縫好了。

　　羅建這一天回來得晚些，比較他平日下課的時間遲了成個鐘頭。他身上穿了高懷那套經常穿着的黑絨西裝，戴了高懷那一頂陳舊得變了樣子的灰色氈帽。他的身材本來比高懷瘦長，穿戴起不稱身的衣帽，全身便顯出一

副滑稽形相。這使白玫一看見他就忍不住要發笑，可是不敢笑出口。

「為什麼今天這樣晚呀，羅先生，晚飯燒好許久了。」白玫忍住笑問道，一面在圓桌邊安排着碗筷。

「今天向學校借了一點薪水，趁下課的時候順便送去客棧，託那個水客替我帶回鄉下去；所以回來得遲了。吃飯是不必等的。」羅建一面回答一面脫下帽子和西裝。

「不要緊，莫先生也不曾回來呢。不知道為什麼，他也這樣晚。羅先生，你的袍子補好了，放在你的床上。手工粗得很，你不要介意才好。」

羅建在床上拈起摺好放在那裏的夾袍一看，應道：「太好了，白姑娘，費心費心！唉，說起衣服來讓我講個笑話。如果明天還要穿西裝，我真不敢去上課啦！」

「為什麼呢？」白玫問道。

「今天一上課就聽到那班猴子嘩啦的笑起來，有幾個傢伙竟向我大叫『南洋伯』！弄得我萬分侷促。你知道啦，一個當教師的有了笑柄卻又碰着頑皮的傢伙，有時的確是很難下場的事；什麼尊嚴都擺不出來了。」

羅建還未講完就引起了一陣哄笑。高懷停下筆來向他說道：

「有什麼不尊嚴的？你的學生在推崇你；南洋伯不是都有富翁資格的人物麼？」

「如果我真是南洋伯倒不在乎，差便差在我是冒牌的呀！」羅建把西裝和氈帽拿到高懷的床前去交回他，繼續下去說：「還有更滑稽的事。剛才那位水客看見我穿了西

裝去找他，以為我中了馬票。他聽說過，香港人是有幸運中了馬票便突然變成富翁的；居然邀我出本錢做些走私生意。你看可笑不可笑！我向他說明白了之後，老老實實的警告他道：『南叔，你千萬不要對我老婆說我穿西裝呀！免得她誤會了頻頻向我要錢，這便累死我了！』……」

羅建說着自己也笑起來，白玫和高懷也一齊笑。杜全那邊卻突然爆出一聲叫喊：

「喎呵！成功！成功！成功！」

笑聲給打斷了，大家都為那「喎呵」發楞着。杜全已經從地面跳起身來，兩手端着那個鐘湊近耳邊，歪着頭在那裏傾聽；面上現出又愉快又興奮的神情。

白玫急忙走過去，問道：「修好了嗎，杜先生？」

杜全迎面把鐘遞到她耳邊：「你聽。」白玫湊近一聽，果然那個鐘是「的的」地響着，不禁也叫起來：

「真的，真的，會走了，會走了！」隨說隨把鐘拿到高懷那邊去，給他聽過了，又珍重地端到羅建耳邊。

杜全帶着勝利的笑容走前來。一股激動的情緒在他胸懷裏膨脹，他搓着手掌站在一邊；好像一位成功的發明家，用冷靜的態度看旁人欣賞自己的傑作的模樣。

羅建一面側耳傾聽一面點頭讚嘆：「赫，的確是有志者事竟……」可是沒有說完就住了嘴；隨即轉了語調：「糟糕，一讚就壞了！」

杜全笑容一斂，急忙問道：「怎樣？不走了嗎？」

羅建把鐘交回他，說道：「這個要你才知道啦！」

杜全接過了鐘一聽：果然停了。他的面色驟然沉下

四個人聚攏了來，好像受了催眠似的，靜靜地圍住那個鐘。

來；把它搖一搖，裏邊「的的」響了幾下又停住不動，他顯得有點惶惑；打開鐘的背殼向機器審查了一遍，忽然醒悟了似的，把發條扭了幾下。再聽一聽，面色立刻開朗起來，這才放心地說：「剛才忘記上鍊，現在好了。」

杜全把鐘放在圓桌上面，打開了背殼，「的的」走動聲音便響得分外清楚。四個人聚攏了來，好像受了催眠似的靜靜地圍住那個鐘，屏息地聽。一分鐘一分鐘的，……八隻眼睛集中在那枝長針上面，看它移動了幾分鐘。

「怎樣？」杜全打破了靜得有幾分緊張的空氣問出來，用得意的眼光向大家一掃。

「要得！」羅建搶先向杜全豎起一隻大拇指。

「我有講錯嗎？老高，我請你不要看輕我的。」杜全滿面自負的神氣。

「我沒有說過看輕你。」

「杜先生今天說他會修好這個鐘的時候,我還不敢相信呢。」白玫笑着說,眼色充滿喜悅和驚奇。

高懷接着說:「白玫,你如果知道杜全在軍隊裏是修理機關槍的能手,你自然不會懷疑他的話了。」

「不要過獎了,老高。說正經話,我現在要把這個鐘送回旺記婆,你的西裝借給我穿一穿如何?」

高懷奇怪地看他一眼:「你到樓下去穿什麼西裝?」

「你不明白了。」杜全湊近高懷身邊,低聲沉吟了幾句話。

高懷會心地笑一笑:「拿去罷,我不破壞你的好事。」

杜全便向高懷的床上抓了羅建剛才脫下的那件西裝,立刻穿了起來。羅建看看他,有些莫名其妙。白玫問道:

「杜先生,你高興得連飯也不吃了嗎?等莫先生回來我們就要開飯的。」

「我不吃了,白姑娘。不過我想同你商量一件事,請你出來好嗎?」

白玫跟杜全走出騎樓外面。羅建這才問高懷,究竟他要借西裝幹什麼。

「他說,阿貞答應過他:修好那個鐘就同他去逛街,所以 —— 」

「原來如此!」羅建恍然明白,點一點頭:「怪不得他連飯也不吃了。」

「這便是他千方百計要修好那個鐘的原因,旺記婆催得要命還是次要的事。」

「唔，戀愛的力量真大得厲害！」

羅建才說罷，杜全便轉回屋裏，喜沖沖的，拿起圓桌上的那個鐘便衝出門去；嘴裏拖着許久不曾聽他唱過的一節歌：

「呵，姑娘，只有你的眼……」

高懷向羅建說道：「你看，這個人就是這麼簡單的！」羅建聳肩搖一搖頭。白玫從騎樓進來了，高懷截住問她：杜全要她去商量什麼事情。

「他要借用今天交回我的兩塊錢。」

「你借了嗎？」

「當然借了。他說要同阿貞去逛街，為什麼不成全他的心願呢？」白玫好像要獲得高懷同意的模樣，又加強了語氣說：「唉，看見杜先生修好那個鐘，我真替他開心！」

羅建搭訕地道：「公平的說罷，杜全這傢伙，脾氣的確太差，不過就事論事，照這個鐘的事看來，人倒有點小聰明。」

羅建的話剛說完，屋門推開，杜全又轉回來了，手上拿着那個鐘。大家都感到驚愕。

杜全神氣沮喪的回進屋裏，把那個鐘拿到他床前的櫈子上面放下，隨即脫下向高懷借來的西裝，一句話也不說。

「怎樣了，杜全？」高懷奇怪地問他。

杜全慢吞吞的回答：

「他媽的，又停了！」

意
外
的
發
現

　　差不多上燈時分，莫輪才背着麻袋一拐一拐的回來。
把稍為沉重的麻袋向地面一放的時候，連續的嚷着：「天
有眼哪！天有眼哪！」這麼一種罕見的興奮樣子，使大家
都覺得驚奇；因而為杜全的事情引起的一股沉悶空氣都突
然轉移了。

　　「莫老哥這麼高興，看樣子又是收買到什麼古代熨斗
了罷？是嗎？」羅建拋開看了一個黃昏的報紙，從床上豎
起身來。

　　「吃飯再說，肚子翻觔斗了。」

　　「我們的肚子早就陪你翻觔斗了。」高懷搭訕着說：
「可是你為什麼今天回來得特別晚的？」隨即朝旁邊的窗
口大聲通知在廚房裏的白玫開飯。

　　莫輪一邊把他的麻袋移好了位置，一邊解釋地說：

　　「我回來得晚，便是同我碰到的事有關係。可是你們
不必怨我，我負責加餸。看哪，一包燒肉！」說着，果然

拿出一隻包裹放到圓桌上去。

羅建提起眼鏡一望，好奇地叫出來：「奇怪了，莫老哥，什麼好日子？居然請起客來了。」

「值得請客，當然是好日子囉！」

「究竟什麼事？說得這麼吞吞吐吐的！」

莫輪走到圓桌邊，斟了一杯開水，才開始說道：「告訴你罷，今天回來得這麼晚，有兩件值得報告的事情。你猜是什麼？羅老哥。……」

莫輪停下來喝一口開水。羅建突然醒悟了什麼似的，問道：「怎樣？難道碰到王大牛不成？」

「赫，虧你會想！」莫輪放下茶杯，用一種自負的姿勢點點頭，「一點也不差，就是碰到他！」

「怎麼？你碰到王大牛嗎？在哪裏？」高懷放下了筆掉過頭來，好像發現什麼奇跡的模樣。

「所以說山水有相逢呀！世界上就有的是奇事。」莫輪開始敘述：「約莫是一個鐘頭之前，我在佐頓道慢慢的走，左望右望的叫着收買；這時候，剛有一班船到岸了，一羣一羣的人由碼頭那邊湧來，巴士也連續的開動；我閃到行人路邊站住。在沿住行人路走的一些人裏面，我忽然看見一個身材高大的傢伙，穿黑嗶嘰衫褲，頸項纏了灰色領巾，戴着灰色氈帽子；身邊傍着一個也是穿黑嗶嘰衫褲的中年女人；兩個人似乎是由船裏上岸的。他們走得比別人急促，也因為這樣才引起我注意……」

「別那麼婆婆媽媽了，一句話說，那便是王大牛，對嗎？」羅建不耐煩的截住問。

「你聽我說，」莫輪搖一搖手，接下去說：「當時我覺到那傢伙的嘴臉很熟悉似的，還不曾清楚想一下，心裏便馬上記起了：王大牛！對了，就是他！可是因為這麼一陣遲疑，已經讓那傢伙走遠了。我連忙趕上去，可是怎樣也趕不上他。你知道啦，我的腿子不爭氣，眼巴巴的放過了他；心裏真憤激得想哭出來。最糟的是我身上沒有警笛，要不是，我就吹他媽的一頓，叫人抓住他再說。……」

「那麼，你斷定那一定是王大牛了麼？」高懷打斷了他的話。

「斷定我可不敢，有一件事我忘記說，那傢伙是戴了黑眼鏡的，所以不容易一下看清楚他的面目。不過我也有一個想法：說不定他就靠那副黑眼鏡來遮掩自己；這又或者是王大牛的理由。」

「怎樣，就這樣完了嗎？」羅建問道。

「不，我再說。我趕不上他，只遠遠的看見他的背脊；後來見到他沿住新填地街的街口拐了彎；我焦急得什麼似的，拚命趕前去，好容易趕到那個街口，可是找不到他了；不知道是在我趕到街口之前轉進什麼橫巷去了，還是就在那附近上了樓。但是我不肯便宜了他：我在那一帶地方的街道兜來兜去，希望會發現他，或是僅僅發現那個女人，也有線索；可是，不知道是他幸運，還是我倒霉，我來來去去的兜了個多鐘頭，還是碰不着；氣煞人！」

「一句話說，便壺仍舊買不成。」羅建打趣地做個結論。「你即使看見王大牛，一樣是失望，不是嗎？」

「今天是失望的，但是以後就決不失望！」莫輪擺出

一副堅定的同時是自信的神氣,「你知道嗎?他既然不怕出來招搖過市,你還怕我不會再碰到他嗎?老實說,我不改行,一直做着收買,大半也是想利便這個行腳生意去找那殺千刀呵!」

「總之,今晚的客是值得請的了。」高懷也打趣地加一句。

「當然哪,我雖然不曾抓住他,可是總算抓住了一個希望;心裏覺得很高興,湊巧今天脫手的幾件貨又很順利,索性就買一包燒肉回來同大家慶祝一下啦!」

「可惜我們沒有酒,單是莫老哥這種決心就該慶祝的了!」

聽到高懷那麼一句恭維話,莫輪更加高興,急忙應道:「不敢不敢,還是等我的仇報了之後,我請大家痛飲一杯罷。」

「好,第二件事是什麼?」羅建接住問。

「第二件事嗎?」莫輪想說又止住,好像有什麼顧慮的樣子:「這事沒有關係,不說了。」

「什麼有關係沒關係!你不必故意賣關子,莫老哥,一定是收買到什麼古董,怕說出來我會笑你,索性隱秘着,落得連一塊淺水灣酒店的三文治也省卻了。我猜得對罷?」

高懷笑出來。「看你多麼可憐,羅建,念念不忘莫老哥的古董,僅僅為了那一塊淺水灣酒店的三文治!」

「虧你是個作家呀,老高,連我的激將法也不懂。我不這麼說,他怎麼肯告訴我們呢?」

但是莫輪仍舊在那裏賣弄玄虛：「你要激也激不出來的，因為今天收買到的東西不是古董。」

「不是古董，為什麼不公開？」羅建斤斤追問下去。

莫輪四處看一下，正要開口，卻給白玫打斷了話柄。她端了一托盤的飯菜出來，還未放下就問着：

「杜先生哪裏去了？」

大家向杜全床位一望，才發覺不見了他。那個鐘孤零零的掛在壁上。大家都有些惶惑。杜全不在屋裏並不奇怪，奇怪的是他離開了也沒有人知道。

「我在羅先生床裏放下那件袍子的時候，還看見他躺在床上，望着屋頂出神。」白玫一面擺佈食桌，一面瞪着眼睛說。

「值得什麼大驚小怪啦，」莫輪淡然的推測說：「還不是到樓下找阿貞去麼？我剛才進門的時候就看不見香煙檔裏有阿貞。」

高懷否定地搖搖頭：「不，我相信他不會去找阿貞。就算他不怕旺記婆向他要鐘，他今晚也決不會去。」

白玫看到高懷這個表示很有些不安。她是今天為杜全的事最感到難過的人。不管高懷怎樣說，她仍然要跑出去看看。莫輪從高懷和白玫那麼着重的樣子，捉摸到這裏面有了什麼他不曾知道的事情，只好向羅建問道：

「怎樣？又有什麼把戲了？是嗎？」

「也算是一幕把戲，而且相當精彩，可惜你不在場。」

「又是吵架是嗎？」

「不，今天可不是那一套了。」羅建於是把杜全那一

幕滑稽戲的經過對莫輪說了一遍。

高懷在杜全的床邊仔細的查看了一下，帶着一肚子疑惑走開。白玫由門外轉回來了。她到樓下「旺記」那裏打聽過來，知道阿貞是交貨去了，這證明了杜全並不是去找她。

「我猜的哪裏會錯！」高懷說，面容罩上幾分沉鬱。

這使白玫更加張惶；她看看高懷又看看羅建，研究地道：「他去得這麼奇怪，連晚飯也不要吃，我想，該不致有什麼意外行動的罷？」她心裏有個模糊的恐懼，好像杜全這樣一去便不回來了。

「你擔心他會去自尋短見麼？白姑娘，」羅建用一種滿不在乎的笑意說：「僅是為了一個鐘！杜全頭腦雖然簡單，也不致糊塗到這個地步罷？」

莫輪也抓着頸項參加討論：「實在那樣失敗了，也不算什麼大不了事，根本他自己該知道他不會修好那個鐘的。」

「可是杜全不是這樣想法呵，莫老哥，」高懷不以為然地接上說道：「他自信一定能夠碰到一個方法，所以整天埋頭埋腦，把那個鐘拆來拆去。這一次他認為最有把握，認為到底碰對了，誰知到頭來仍舊失敗；他怎不感到刺激！你該知道，這件事的成敗在他看來很是嚴重：簡直關係着他和阿貞的戀愛前途的！」

「唔，他不在場我就不怕說：我一直就覺得他是做夢！老實說，就算能夠修好那個鐘，旺記婆就讓女兒嫁給他了麼？真是蠢子！他糊塗到連自己沒有一份職業都忘記

了！」

「這個你又不懂了，莫老哥，」羅建帶點嘲笑的樣子，「一個人在追求戀愛的時候，是不會顧慮到追求以外的許多問題的。如果杜全能夠像你說的那樣作想，他就不會一日幾次辛辛苦苦的，冒充上班下班了啦！」

莫輪住了嘴。從高懷和羅建的話裏，都證明了事情並不如他看得那麼尋常；便也不期然有幾分不安起來。杜全同他雖然是死對頭，而且那一次鬧翻了之後，彼此已經不相聞問；但是他了解杜全的脾氣，並且，他和他究竟是老朋友；他仍舊關心他。事實上，他今天還給杜全做了一件幫助他的事情：那就是他不曾公開出來的；這時候便忍不住沉吟自語：「唉，我回來得早一步也好。」

「怎麼，莫老哥？你早一步回來就能夠阻止他失蹤了麼？」羅建好奇地問道。

「唔，說不定的。」

莫輪用儼然的神氣點點頭。羅建摸不着他的意思，卻感到滑稽似地笑出來。

不能笑的是白玫，她一臉憂慮的神色，站在那裏聽着大家的議論。看見高懷面容沉鬱地在思索的樣子，她更感到焦躁，叫道：

「高懷，你以為我們要不要去找他呢？」

「你說，我們到哪裏去找他？」

「但是我們總該有個決定呵！」

「不要太神經過敏罷，白姑娘，」羅建不待高懷表示什麼，就截住說：「不要儘從壞處去想，我相信杜全沒有

什麼事的。目前即使去找他也未必有把握找得到，但是我們的飯卻有把握吃到口；還是吃了飯再說好了。飯菜都冷了，還有莫老哥的燒肉也不該辜負的啦！」

儘管羅建極力說得輕鬆，卻也轉移不了大家的沉重心情。可是飢餓的醒覺不由人不同意羅建的提議。大家都一致到食桌去坐下來。莫輪一拐一拐的跟着走，一面仍舊沉吟自語：

「唉，我回來得早一步也好，偏偏今天碰着那殺千刀的王大牛……！」

## 留下外衣贖醉漢

晚飯是在沉悶中吃過的。王大牛的發現和杜全的失蹤這兩件不調和的事，把大家的情緒擾亂了，尤其是杜全使他們擔了一件心事。他究竟到哪裏去了？沒有人猜得出來。他們實在放心不下。上燈以後，大家仍舊各做各事，但是卻共同地牽住一個期待的心情。白玫更顯得又焦躁又憂慮。她做完了廚房的瑣事，就拿了一些針線工夫，靠近高懷的燈光坐下來做。她要和他們一同等待。

到了預定的限度九點鐘，還不見杜全回來，高懷耐不住了；他放下了筆，決定跑出去找尋他。他希望能夠在什麼地方碰見他。

高懷出去以後，屋裏更加冷靜，好像誰也怕說起杜全的事情。羅建因為要早起上課，他最先上床去了；剩下莫輪和白玫在守候着。

「莫先生，為什麼還不休息呢？」白玫問道。

「不要緊，我想陪陪你。」

「用不着，我一個人等候可以了。」

「不，你一個人怪孤清清的，反正我有事做着，夜一點睡沒有關係。」

「你真好了，莫先生。」

白玫說着，向莫輪那邊看一看，從那一盞風燈的暗淡的光暈裏，她看見他低着頭在膝蓋上揩擦一件閃光的銅器。

到了街上開始傳來叫賣「臘味糯米飯」的時候，樓梯有一陣沉滯的腳步聲。白玫定神聽一聽，門鎖隨即給扭動起來。她急忙丟下手上的工夫，提了桌上的火油燈跑過

門開了，迎面撲進一股濃烈的酒氣；高懷傍着杜全，顛顛躓躓的把他扶進屋裏來。

去。門開了，迎面撲進一股濃烈的酒氣；接着是杜全的臉孔在燈光裏現出來；滿面通紅地，帶着半睡眠狀態。高懷傍在他身邊，用肩膊在他的腋下支住他的身子；顛顛躓躓的把他扶進屋裏。

白玫又驚又喜：高懷果然把杜全尋到了。她一夜來的沉重心事突然放下了。只聽得高懷急促地叫道：

「幫幫忙，扶他到床裏去！」

白玫於是在高懷的另一邊抓住杜全的臂膀，可是一隻手不受用，很有些狼狽。幸而莫輪已經拐着步子走前去：「燈給我，白姑娘。」這麼叫着，就把燈接過手，提在前面照路。白玫便用兩手去扶掖杜全，一直扶到床邊。杜全全身像癱瘓了似的倒了下去，胸口一起一落的呼吸得很緊促。

「沒有什麼事罷？」莫輪把燈火湊近杜全察看一下；便把燈放在床邊的櫈子上面。

「沒有，這傢伙喝醉了酒。」

高懷回答着，拉了床裏的毯子給杜全蓋上，又替他墊高了頭，一面叫白玫去拿熱水和毛巾。白玫立刻跑到廚房去端出一盆熱水。高懷於是扭了一把熱毛巾鋪在杜全面上；隨即吩咐白玫繼續照樣給他鋪幾回，便和莫輪走開去。

羅建也起來了，把他的夾袍披在背上，跟了莫輪走到高懷這邊來，低聲問道：

「你在哪裏尋到他的，老高？」

「在和記酒館。」

「你怎麼會找到那個地方去？」莫輪接着問。

「說起來好像做偵探。其實我出去還是茫無頭緒的，只為了不去找找總覺得不安心。後來在街上浪蕩着的時候，忽然想起他曾經向白玫借去兩塊錢，我想像他也許會利用它去吃飯也說不定；便根據這個推測，拿飯店作找尋目標。但是走遍了附近這一帶的飯店，都沒有他的蹤跡；連我們以前常常去的榮記也見不到他。我開始有些發急；卻想不到他並不是去吃飯，竟然去喝酒。……」

高懷停下來點一枝煙，羅建愈聽愈感興趣，急急問下去：

「我便是奇怪你怎麼會知道他在和記！」

「我哪裏會知道！」高懷繼續下去說：「根本我就知得很清楚，這傢伙平日是不愛喝酒的，而且他僅有兩塊錢，進酒館去也吃不到什麼；不過既然飯店裏找不着他，也只好順便向酒館望望，誰知果然發現了他。……」

「對了，他只有兩塊錢，怎麼會在酒館裏吃得爛醉？真是奇事！」莫輪插嘴問道。

「就是因為他身上僅有兩塊錢，才累得我今晚連外衣也沒有得穿了，你看！」高懷指一指自己的身。莫輪才醒覺到高懷只是穿了襯衫回來的。羅建恍然地問道：

「怎麼，你不是回來了脫下的？」

「哪裏？在和記就脫下了啦！」

羅建意味到這是什麼回事，忍不住掩嘴笑出來：「說，說，事情是怎樣的？」

高懷又氣又好笑地講下去：「我站在和記門口向裏邊

望的時候，便看見有一張桌子擾擾攘攘的聚攏了一堆人，彷彿發生了什麼事，我心裏已經有幾分懷疑了；走進去一看，竟然就是他。他已經醉的支持不住，伏在桌上動也不動。地面是一堆吐出來的東西，桌上有一隻雙蒸酒瓶，一隻還剩下一點兒酒的杯子，一隻空碟子，一堆燒鵝骨。夥計正在想辦法要他付賬好叫他走。可是推他不動。在這沒法可想的時候碰着我來找他，他們便乘機抓住我來理論；說這傢伙在那裏已經躭擱了差不多三個鐘頭，如果再不走，他們就準備把他交給警察了；好在我還來得合時。在這麼樣的情形下，我沒法不替他解圍。請夥計算算賬，結果酒菜合計一共是三塊半錢。他衣袋裏只有兩塊，我口袋裏也只有幾個角子，湊不夠數，說來說去，管賬的也不肯通融。除非我不怕麻煩連同杜全一齊給扭到警署去，否則除了脫下外衣作押，還有什麼別的法子？你看多麼倒霉呢！」

高懷無可奈何地搖頭嘆一口氣。羅建笑着，揶揄地說：

「老高，我看這一次比欠屋租給雌老虎趕出去還要丟面子！」

「可不是嗎？好在還是夜裏，那裏的人不很多，也沒有人認識；要不是，你看怎麼下場！」

「你那件衫怎麼樣？」

「怎麼樣！明天拿塊把錢去贖出來便是！但是這就夠難為情的啦！」

莫輪接着說：「不要擔心，讓我替你去贖回來好了，

這件事由我去做適合些。」

羅建卻不贊同，他說：「人家怎麼肯相信，憑你塊把錢就胡亂交給你一件西裝？我以為高懷既不方便去，最好還是由杜全去；喝醉的事他自己可以當作不知道；而且，你的衫是為了他才給扣留的，他出面去代勞一次不是很應該的麼？」

莫輪覺得羅建說的也對，便不說什麼。但是高懷暫時卻不願討論這個問題。他今晚走得太疲倦，而且扶杜全回來也吃力得夠了，他只想休息，便說：

「這事明天再說罷！時候不早了啦！一件心事已經放下，大家安樂睡一覺好了。」

羅建偷笑着搖頭走開了。莫輪拐起腳步沉吟地說：

「唉，弄出天大事，就為着一個鐘！」

高懷把床鋪攤好，再走過杜全那邊去看看他。白玫仍然蹲在床邊，用兩條熱毛巾輪流地鋪杜全的臉。杜全半閉着眼，在枕上轉來轉去，面部扭動着，現出古古怪怪的樣子；嘴裏一面咿咿唔唔的吐氣。

高懷站住看看他，對白玫說：「夠了，讓他休息好了。你也去睡罷！」

「好的，讓他鋪完這一趟。」白玫把剛扭乾的毛巾鋪在杜全臉上輕輕按了幾下，拈起來的時候，向杜全問道：「你要喝些水嗎，杜先生？」

杜全糊裏糊塗的神氣，點點頭：「水嗎？要呀！要呀！」

白玫跑開去，倒了一杯冷熱調勻的開水，端到杜全

的嘴唇。杜全一口一口的呷乾了，舉手一撥，打發開了杯子，斷斷續續的說道：

「謝謝，白姑娘，你真好！唔，阿貞，阿貞像得你一半也好啦！不，她不像，一半也不！……」

白玫掉頭向高懷做個眼色，低聲說：「他有點清醒了，他知道是我。」隨即半安慰半開玩笑地答道：「哪裏的話？阿貞比我好得多呵！」

「是，阿貞好，不錯，阿貞好，可是，她媽媽不好，很不好。」

「阿貞好就行了，你管她媽媽好不好呢？」

「不好，她媽媽真可惡！」夢囈似的，自顧自的說，搖擺着一隻手掌：「那個鐘修好了她不要，多可惡，她要一隻水煙筒，哈哈，不要鐘，要水煙筒，有什麼好處呀，水煙筒！……」

白玫向高懷看一眼，忍不住給這些糊糊塗塗的話引得偷笑起來。只聽得杜全連續的唸着「水煙筒，水煙筒」。聲調忽然變化，竟然哭起來了，抽咽得非常淒切。白玫感到惶惑，她想安定他，急忙說：

「杜先生，你喝醉了，你還是休息一下罷！」

只是一會工夫，抽咽靜下去，杜全停止哭了。「醉？我沒有醉。」這麼地自語着，「不錯，錢應該用在需要用的地方，我喝醉啦，多有意思！哈哈！」他又笑了。

「可是你為什麼要喝酒呢？」白玫試探地問道。「你看，又哭又笑，喝了酒多麼苦！」

「苦？」杜全擺一擺身又擺一擺手：「不，不，不苦！

不喝酒才苦呀！兩塊錢，買不到水煙筒，他不，他不肯
賣。」

「誰？誰不肯賣？」白玫抓住他的手問道。

「那個，那個老闆！他不識貨，不識貨。他說，四塊
錢！我給他，十塊，十塊！」豎一豎手指，「他不肯，不
肯。他懂什麼？」接着大聲的重複叫出來：「他懂什麼！」
突然抽出給白玫抓住的手，一拳打在地上：「可惡！」

白玫給嚇了一跳，本能地退開。杜全面皮扭動一下，
又哭起來了。白玫住了口，她心裏難過。她摸着了他的一
切：那個鐘沒有希望了，他想利用那兩塊錢能夠買一隻水
煙筒討好阿貞的媽媽，可是買不到。他感到刺激，感到痛
苦，於是把那點錢去喝了。可憐的人！

她還想給杜全說些什麼，可是高懷牽一牽她的衫，
向她擺一擺頭，示意她離開。

「讓他休息罷，不要逗他講話了，他會睡着的。」

白玫於是關切地把杜全的枕頭墊好，給他拉好了毛
毯，悄悄的跟着高懷走開。

## 一隻水煙筒

第二天清晨，白玫正在廚房裏洗滌用具，莫輪一搖一擺的闖進去，端着鹽漱過了的一面盆水。白玫急忙丟下工夫，接過來替他倒掉。她奇怪他今天起得特別早。莫輪立刻就通知她：他今天要早些出門，請她不必預備他的一份早飯。

「還有一點事情想拜託你，白姑娘，」莫輪從他的大成藍衫口袋裏抽出一隻用報紙裹着的小包裹，遞給白玫：「杜全起來之後，請你替我交給他。」

白玫覺得事情的突兀，接過包裹的時候，瞪着眼睛問道：「什麼東西？」

莫輪點頭點腦的答：「他用得着的東西。你說是我送給他的便得了。」

「為什麼你不親自交給他呢？」

「白姑娘，你知道我是和他鬧翻了的，當面交給他怪不好意思；所以只好麻煩你。」

白玫恍然的笑起來：「那麼，你不吃早飯，也是為了這個原因嗎？」

莫輪有點難為情的模樣，好一會才吶吶的答道：「唔，我覺得這樣做好辦一些。」

「但是你不吃飯怎麼行呢？」

「不要緊，我出外面吃點什麼都可以的。」

白玫了解莫輪的心理和他的為人：他純樸得連給人一些好處都覺得是難為情的。她只願順承他的意志，便高興地答應他：「好，這事我會替你辦妥的。」

莫輪道謝一聲，便轉身離開廚房，拐起步子回屋裏去。

白玫拿着那隻包裹，心裏一直在驚奇：她想不到莫輪會有這樣的舉動，也想不出這舉動是什麼意思。那隻包裹是長形的，她把它摸捏一下，有幾分猜出來是什麼東西。聽到莫輪帶上了門出去之後，她好奇地把包裹拆開來看看：沒有猜錯，果然是一隻小型的水煙筒。半新舊，卻相當精緻；全身是白銅的；在暗啞了的色澤上面卻有一層浮光，顯出它是經過了一番整飾工夫；她才想起昨晚看見莫輪在揩擦的東西，原來就是這隻水煙筒。

白玫重再把它包裹好，暫時收藏起來。整個早上，她對於每一件經常的事務都做得非常愉快，她的情緒全部落在一種漠然的興奮之中。她想着：杜全得救了！

吃早飯的時候，杜全依然是沉沉地睡着。他們不願去驚動他。高懷和羅建都奇怪莫輪出去得那麼早，但是白玫並不把事情說出來。她把事情當作一件秘密保留着，好

像讓他們知道了，她的任務便做得不圓滿；而這件事也會損失了價值似的。她寧可事後才告訴他們。

羅建上課以後，高懷從白玫保管的生活費裏面抽出塊半錢，跑出外面去贖那一件給酒館扣留了的外衣。白玫在騎樓外洗衣服，懷了一份秘密的緊張心情。她在守候一個機會。

當工廠中午下班的汽笛響過以後，白玫晾好衣服回進屋裏，看見杜全已經坐在床邊，兩手托住額頭。她急忙走前去問他：「沒有什麼事嗎？杜先生？」

杜全搖搖頭，機械地回答：「沒有什麼。」

白玫站在他面前，關切地看着他。「我給你留了飯菜，弄熱了吃好不好？」

「不要，我不想吃。」

「你現在覺得怎樣？」

「胸膈不舒服，悶悶滯滯的；頭也有點痛。」

「這是你昨晚嘔吐過的緣故，休息一下會好的。」白玫安慰他說：「吃點藥油好嗎？這會舒服一些。」

杜全「唔」地回答一聲。白玫立即回去她的床位，從她的皮箱裏取出一瓶藥油，倒了半杯開水，拿到杜全的面前，把藥油滴進杯裏遞給他。杜全喝了，她又叫他拿藥油擦擦太陽穴。把藥油遞回白玫的時候，他才抬起頭來，說道：

「真感謝你，白姑娘，昨晚很麻煩了你。」

「哪裏的話！不過，你還知道你喝醉了以後的事情麼？」白玫試探他，帶着趣味的心理。

「模模糊糊的，不很清楚。似乎是高懷同我回來的，是不是？」

「對了。昨晚不見你回來，我們大家都擔心得很。後來由高懷跑出去找尋你，好在找到了，便扶你回來。」

「高懷哪裏去了？」他搜索地四處看一下。

白玫利便他不知道自己醉後的經過，索性瞞住高懷出去贖外衣的事，免得增加他的難過，便說：

「他出外邊去了，也許是去接洽他的書出版的事情罷！」

「唔，真對不起！」杜全說了又低下頭去，重再用兩手托住額頭，好像想起他醉酒的事而感到不安。接着說：「白姑娘，你的兩塊錢我用掉了，讓我有職業的時候還你。」

「你真傻，杜先生，為什麼你盡把它當作一回事呢？我說過我不需要用錢的。我希望你很快找到職業，但是我不需要你還。丟開這件多餘的心事罷，你記住它，我便要難過的！」白玫稍微嚴肅了語氣說。她怕他提起那兩塊錢，卻不知怎樣措詞才說得好。

杜全自言自語的沉吟着：「真糊塗，我會去喝起酒來。」

「既然做了的，就由它去罷，杜先生；以後不要再喝便好了，」白玫安慰他，「你知道自己是不會喝酒的，不要再這樣自討苦吃呵！」

「唔，一個人有時是很難說的。白姑娘，你不知道我的心情。」

「你想錯了，杜先生，我相信我知道；不止是我，這裏每個人都知道，每個人都關切你！」白玫趁勢把話題拉近起來。

「每個人都關切我嗎？」杜全用了近於嘲諷的懷疑語氣應道：「你是故意說得這樣好的罷？我知道誰是關切我的，但我也知道誰不是⋯⋯」

「不，」白玫打斷了他，「我說每一個人都關切你，你不相信嗎？」

杜全從兩掌之間抬起頭來，看着白玫：「從哪裏看得出來呢？白姑娘。」

「你等一會！」

白玫轉身走開。杜全感到些惶惑，眼巴巴的望着白玫的背影，看見她迅速地隱沒在她的床位的帳幕裏；隨即拿了一隻報紙包裹走回來；微笑着不說話，把那隻包裹遞給他。

「什麼東西？」杜全接過手，有些困惑。

「你拆開會知道。」

白玫用一種欣賞的神情站住了看。杜全疑惑地盯住攔在膝蓋上的包裹，小心翼翼地把報紙掀開來，現出了那隻水煙筒。他的眼睛凝定了，好像在不經意中發現一件珍寶而懷疑這是不是夢境一樣。隨後用一種珍重的手勢拿起水煙筒，注視了一會，才慢慢的抬起頭來望住白玫，眼裏發出興奮的光彩，問道：

「是哪裏來的？白姑娘！」

「送給你的。」白玫笑着應道。

「是你送給我的嗎？」

「不，不是我，你猜一猜。」白玫故意拖長這件事的興趣，展開一個神秘的笑容。

「是高懷嗎，還是羅建？」

白玫抿着嘴搖頭：「你猜不到罷，是莫先生呵！」

「莫輪？」杜全不相信似地自語，視線又移到水煙筒上面：「他會送給我，你不是騙我罷？」

「我騙你幹麼呢？只有莫先生有這個辦法，他做的買賣容易碰到這種東西，也容易買到便宜貨。我相信他是昨天才收買到的。他託我轉交給你。杜先生，你不是希望有隻水煙筒送給阿貞的媽媽麼？」

「是的，她正希望有這個東西。」杜全點點頭，面上已經消失了剛才那一種頹廢的神氣：「不過，莫輪會送給我，真想不到。」

「所以我說每個人都關切你，對不對？」

杜全沉下了臉，好像想掩避他的羞慚；一會才說：「你對，白姑娘。我很知道，我的脾氣實在不好，容易開罪朋友。」顯然這是想起他和莫輪鬧翻了的事而說的。

「人是誰都有錯誤的，杜先生，只要自己知道，設法改過來，不就好了麼？」

杜全不說什麼，着手把那隻水煙筒重新包裹起來。白玫趁勢說下去：

「其實我們大家住在一起是應該融融和和的；什麼意氣都是多餘的；你說是不是？」

「是的。我得改變一下我自己。但是，白姑娘，我希

望你發覺我有什麼不對的時候，隨時提醒我。你很好，我知道你一向也是關切我的。」

聽到杜全這麼真摯的話語，白玫心裏又歡喜又感動。莫輪那隻水煙筒的力量，把他從羞慚的情感之中轉變過來了。她希望那隻水煙筒能夠使杜全快些得到實際的安慰和滿足，於是轉移了話題說道：「不要再說這些罷，杜先生，你可是覺得你的精神已經好了許多了？」

「比剛才好得多，也許是用了你的藥油的緣故。」

從杜全的喜悅的神情看來，他的精神的確比剛才振奮；但這未必是由於藥油的效力，而是由於那隻水煙筒。白玫趁勢慫恿他：「那麼，你今天就把這水煙筒送給貞姑娘的媽媽不是很好嗎？」

杜全點點頭，帶着幾分喜悅的神氣說：

「好的，我休息一會就馬上送去。」

冷暖人情

　　杜全走動起來腳步還有些浮浮盪盪，可是這點苦
處，卻妨礙不了他要去獲得一個新滿足的慾望。在他覺得
自己的精神可以支持的時候，他便馬上去做這件事情。

　　他找一張白紙把水煙筒重新包裹得整整齊齊，把蓬
亂的頭髮梳了幾下，便挾了那隻水煙筒走下樓梯。

　　一看見阿貞，杜全就彷彿有了另一重人格。什麼苦
處都好像不存在了。他向阿貞叫一聲，兩手插進工人裝的
褲袋裏，就側了身子靠住門口站下來。水煙筒的包裹夾在
腋下。

　　阿貞從手工上掉頭向他一望，問道：「你今天沒有去
上班嗎？」

　　「你怎麼知道我沒有上班？」杜全因為旺記婆不在這
裏，索性說些無聊的話來製造搭訕的資料。

　　「難道你懂隱身術的麼？你上落我們會看不見！我媽
剛才就同我談起你。」說着，阿貞仍舊回到她的工夫上面。

「你媽在家嗎？」

「到大興店裏吃薑醋去了，羅二娘的媳婦生了個孩子。可是你找我媽幹嗎？是不是那個鐘修好了？」

「鐘可不曾修好，不過，一件禮物倒辦好了呢。」杜全故意說得吞吞吐吐。

阿貞一下子摸不着意思，問道：「禮物？什麼東西呀？」

「一件你媽媽會喜歡的東西。你猜一猜看。」

阿貞醒悟起來：「我知道了，水煙筒是不是？」立刻放下工夫，轉身看着杜全等待回答。可是杜全只露出一點詭秘的微笑，故意不肯揭曉。阿貞有點急躁，伸出一隻手掌向他要：

「給我看看，我知道你已經帶來了。」

「你答應我一件事。」看見有機可乘，杜全便藉端提出要挾。

「你先給我看看是什麼。」

「你先答應我，我就給你看。」杜全討價還價的說。

「不行，」阿貞搖搖頭：「我怎麼知道你要我答應什麼。」

「當然是你能夠做到的呀！」

「你說！」

「我只要你說一句話。」

「什麼話？」

杜全眼睛盯着阿貞，低聲道：「說你是愛我的。」

「我不知道，我不同你說這個！」阿貞連搖幾下頭，

避開了視線，有幾分撒嬌的神氣。

「你不說就別要我給你看。」

「我要看！」

阿貞跳下櫈子，想趁杜全沒有防備就把他挾着的包裹搶過去。杜全一搖身避開了她。阿貞不肯罷手，稍微放恣地追前去。杜全正落得有這個時辰，左閃右避的和阿貞糾纏着。……

「怎麼啦？怎麼啦！」

一個聲音突然打斷了這齣活劇。兩個人的糾纏立刻止住了。原來旺記婆正從對面走過來；手上端了一碗薑醋，在香煙檔前站住，扳起一個嚴厲的面孔。

阿貞兩頰紅紅的，低着頭退回櫈子上去，重再拈起她的手工。杜全倒大大方方的向旺記婆招呼着，沒有跑開的意思。那隻水煙筒支持了他的勇氣。但是旺記婆沒有睬睬他；她的責備仍舊集中在女兒身上：

「光天化日，動手動腳，成什麼體統！」

「誰動手動腳呀！我不過向他要一件東西罷了！」阿貞委屈地辯白，卻不敢抬起頭來。

旺記婆轉過來向杜全盯一眼，便端着薑醋碗走進門口向屋裏走，突然又回過頭來叫道：

「杜全，你等一等！」

杜全答應了一聲。阿貞這才偷偷向母親背後瞟一眼，伸伸舌頭，低聲地埋怨着：

「糟不糟！乾脆的給我看，不是什麼事都沒有？」

杜全也低聲應道：「糟什麼，我才不怕呢！」

「你當然不怕呵！我才受罪呢！」

「你自討罪受，怨得誰來？」

阿貞想反應一句什麼，卻聽見母親的腳步聲，她只好忍住了嘴，低頭做自己的事。

「杜全，我那個鐘怎樣了啦？」旺記婆來到杜全背後就質問着，「你算一算已經多少日子了？」

「五姑，不要一見面就討債好不好？」

杜全故意涎着臉皮說。旺記婆已經踏出門口。手上托着她的破舊水煙筒，向香煙檔上面抓一盒火柴，劃了個火點紙條，一面說道：

「我不同你說討債不討債，你沒有本領修好，索性交回我好了，省得我拖件心事。你以後也別希望我相信你了！」卜磔卜磔的抽一口水煙，她就在門邊那張矮櫈子上坐下來。

杜全急忙說：「五姑，你以為我不是一樣着急麼？只是愈弄愈多工夫，原來大部分的機件有毛病，幾乎都得換掉才行；而我又每天只能偷空做一點點，想快也快不來，如果馬馬虎虎弄好了送回你，走兩天又壞一次，這有什麼用！你即使要，我也不願就這樣算數的呀！」

杜全這一類謊話已經成了無可奈何中表演的台詞，只求騙得旺記婆相信，把難關應付過去，便是目的。在能夠修好那個鐘之前，除了這樣做，沒有其他辦法。現在旺記婆竟然說到今後對他的信任問題，關係尤其重大，他的理由更不能不造得真實一些。

「媽，你也太着急，」阿貞插嘴說道：「那個壞鐘長

年累月的丟在那裏還不是一樣過日子？現在只要能夠修好，多點時間算得什麼！」她是有意替杜全講話。

「阿貞說的對，五姑，如果我不替你修，那個鐘還不是一直壞在那裏！」杜全因利乘便的說。

「壞是一回事，可是既然動手修了，慢極也總得有個期限的呀！王爺！」

「總之你相信我，五姑，我盡快替你修好便是！」

杜全巴不得趕快結束了這個話題，好讓他有機會轉換方向 —— 那隻水煙筒！可是不巧得很：船廠的汽笛響了，「上班」的時候到了。他不能夠再裝安閒的模樣，他動一動身子。幸而阿貞不忘記這件事情，她開了口：

「杜全，你不是說有什麼送給我媽媽？」

「對，我差點忘記了。」杜全裝成忽然醒悟的樣子說，從腋下抽出那隻包裹。

旺記婆在矮櫈上歪起頭來，注意地問：「送給我？什麼東西呀？」

杜全把包裹向前遞過去：「小意思，五姑。」

旺記婆接過了包裹，莫名其妙的看看杜全。把她的破舊水煙筒放在地上，才把包裹拆開。阿貞擱下工夫好奇地看着。見到母親拆開的包裹出現了的東西，她忘形地叫出來：

「我有猜錯嗎？水煙筒！你剛才不肯給我看，現在終竟看見了。」隨即用滿意的眼色射射杜全。

杜全回答阿貞一個鬼眼，得意地靠壁站着。旺記婆對住那隻水煙筒驚愕了半晌，才掉頭向杜全問道：

「是送給我的嗎？」

杜全微笑着點點頭：「不是送給你送給誰？」

旺記婆緊繃的面容鬆弛了，立刻換上一副喜悅的神情，兩眼放着光彩，站立起來拍拍杜全臂膀：「這個東西恰恰合我心意，我不知道渴想了多少時日了。大興店羅二娘有一隻，恨煞人！看起來，她的一隻還比不上這隻精緻呢！阿貞，你看是不是？她的好像比這隻要大些。」說着，把水煙筒湊近了給女兒看，自己也看。

「太大有什麼好處？」阿貞看一下，搭訕地說。

「所以我就喜歡這一隻呀！」旺記婆滿面笑容，用珍重的手勢握着那隻水煙筒，仔細地端詳着，「不輕不重，拿起來怪舒服的。—— 呃，杜全，真奇怪，你怎麼會想起送我這個東西？」

杜全帶着滿足的心情享受眼前這個情景，他簡直到了陶醉的境地。看見旺記婆那對光彩的眼光向他一射，他落得獻個慇懃，說道：「因為我知道你需要這個東西呵，五姑；其實我老早就有着這個心願，只是一向碰不到合意的貨色，所以遲到今天才送給你罷了。」

「你怎麼會知道我需要呢？我又不曾向你提起過。」旺記婆仍舊懷疑地問着。

「唉，一個細心的人用得着人家提起才會做的麼？」杜全一副自負的神態：「我最初認識你們的時候，就察覺到你抽的那隻水煙筒殘舊的不成樣子，又粗笨又古老，」隨說隨彎下身去，拈起旺記婆放在地面的那隻舊水煙筒，凌空吊着搖幾下：「你看，全身是鬆脫的，煙箱的蓋子沒

有了，煙夾是竹做的，煙挖是牛骨簪，什麼材料都有一點，真虧你還用得着。」

那隻舊水煙筒給杜全那樣一吊一搖，更顯出它滑稽的寒酸相；旺記婆才覺到它的確見不得人，忍不住掩嘴瞟着阿貞偷笑。阿貞也暗裏笑出來。

「當然比不上你的啦，」旺記婆解嘲地說：「你知道它用了多少日子了？算起來，比阿貞的年紀還大得多。我用得到今天，還算我會保存哩！」

「那個套袋還是我織的，」阿貞插嘴說：「要不是我，這水煙筒早就不知道散開到哪裏去了。」

但是杜全還得繼續他未完的意思，接下去說：「所以在那時候我便有了要給你送一隻的念頭。因為你的舊水煙筒非換一隻不可了：這還不是需要嗎？」

旺記婆瞇着笑眼聽杜全說，面上瀁漾着滿足的表情。

杜全暗裏和阿貞丟個會心的眼色。只見旺記婆的笑眼已經瞇向她手上的水煙筒上面，逐部分研究了一會，又轉向杜全說：

「這個雖然不是新貨，但是不打緊，半新半舊還要好用。不過，五六塊錢總要了罷？是不是這個價錢？」

杜全裝個闊氣的態度，滿不在乎地答道：「小意思罷了，算得什麼！」

「這就太多謝了囉！」

「你太客氣了，五姑，實在不成敬意的。—— 現在，那隻舊水煙筒可以丟掉了啦！」

「什麼話！」旺記婆瞪了瞪眼睛，「那是老寶呀，阿

貞爸爸經手買的，就算用不着，把它保留着有什麼妨礙！阿貞爸爸一生人，遺下給我用的就只是兩件東西：一隻水煙筒，一個鐘！」

又是鐘！杜全的心一沉，情緒有些淆亂，感到很不痛快。他怕再牽上什麼枝節話題，同時記起他要「上班」，便乘機向旺記婆說他要走了。

「對不起，杜全，我阻礙了你的上班時間了啦！」旺記婆從來不曾有過這麼客氣。

「不要緊，偶然遲到也不成問題的。」

杜全剛要離開，旺記婆突然記起了似地叫住他：「對了，你今晚下班後有事情嗎？來我這裏吃飯好不好？」

「吃飯？」杜全頓住了腳步想一想，「不要客氣了罷？五姑！」

「便飯罷了，客氣什麼！來罷，杜全，大家來喝杯酒，天氣冷，喝點酒是最好的囉！」

杜全看一看阿貞，立即決定了主意：「好，如果你這麼歡喜，我便來罷，可是不要破費的呀！」接着故意大聲的向阿貞問道：

「阿貞，吃過飯去散散步好嗎？」

「散步？」阿貞露出躊躇的神氣，實在是試探母親的反應：「我恐怕沒有空，我要趕工夫。」

杜全還想說句什麼，旺記婆卻搶先開口：

「去啦，阿貞，和杜全去逛逛有什麼要緊！反正你昨晚才交了貨，工夫不必趕得這麼急的！」隨即向杜全說：

「就這樣罷，杜全。阿貞可以去的。你一放工就來好

了！」

杜全「好的好的！」地應着，就帶着滿心興奮的情緒離開。

看見杜全跨起闊步「上班」去了，旺記婆還站在門口，對住那隻禮物重複地看。這一隻水煙筒和舊的一隻截然不同：它全身是白銅造的；兩邊刻了精細的花紋，花紋中心嵌着斜紋的「福」字；鑲在嘴管下頭的一條精緻的鍊子中間，也掛了一隻通心「福」字的方塊銅牌。她不識字，可是「福」字卻是認得的，——家裏「天官賜福」四個字她已經看慣了幾十年，因此她對於水煙筒上面這個「福」字最感到滿意：這是兆頭！這東西又是杜全送的，多有意思！她這樣想，抬頭又看看沉默地工作着的阿貞，腦海裏湧起一個幻想；一絲滿足的微笑從心裏透到面上來。她點頭讚嘆地道：

「赫，杜全這個人看來粗魯，想不到還會有這麼周到的心思！要得要得！」

# 空中樓閣

那一條由市區通往郊外去的公路，在寒夜是特別僻靜的。杜全傍住阿貞身邊慢慢地走着。

他的心在跳動，神經樞裏漲滿着漠然的興奮。旺記婆那裏的一頓不算豐富卻吃得飽飽的晚飯，更主要的是那一番不尋常的慇懃，已使他即使沒有那半杯推辭不了的雙蒸酒，也有了精神恍惚的沉醉感覺；何況加上單獨和阿貞走在一起，尤其難得的是她並不拒絕他的手挽上她的臂膀，更使他感到身心都落在一個飄飄然的，也昏昏然的境界裏了。

不過由於這是第一次，情形並不習慣，彼此都有些侷促。阿貞很矜持，她一直是沉默着不大開口。杜全倒不忘記製造話題；只是避免說起眼前的生活，卻說起遙遠的過去了的日子。他說着在戰地上的種種驚險經歷，來表示他的英雄氣概，企圖引起阿貞的崇拜心理。可是阿貞依然是那麼淡漠的樣子；彷彿她的興趣並不傾向這些事情。她

另有自己的心事。這很使杜全感到一些迷惘。

在踏進給兩旁的樹木遮得較為陰暗的一段路的時候，阿貞提議在路邊的一塊石上坐下來。

「杜全，我不知道應不應該問你一件事情。」阿貞開口了，視線盯住地面，好像現在才決定了表白她的心事。

「你對我還講客氣嗎？」杜全用儼然的神氣回答，趁勢伸手搭住阿貞的腰圍：「我知道了，你是問我是不是真心愛你。」

阿貞望着他搖一搖頭，卻仍然躊躇着。

「不是這個是什麼？你說好了。」

「我想問你，」阿貞的視線又移到地面去，「你在船廠裏工作，一個月有多少薪金？」

杜全的心驟然一跳，他完全沒有防備她會問起這件事；實在叫他感到狼狽。

「很少很少，也不過是……一二百塊錢罷了。」一時想不出一個適當的說謊數目，杜全便只好說得這麼含糊。

「究竟是多少呀？一百和二百是相差了一百塊錢的啦！」阿貞竟追問的這麼認真，頭又向他掉過來。杜全不期然地避開了她的視線，怯怯地答道：

「確數計起來也有二百的，—— 一百七十塊正式薪金，三十塊是津貼。」為着挽救剛才的漏洞，不能不來一個解釋。

「二百塊。」阿貞唸一下，「那麼，你每個月不是還有錢剩下來麼？你一個人，生活費用得多少錢呢？」

這簡直使杜全張惶。他根本就不知道一個人一個月

的生活費究竟需要多少，胡亂假想一個數目嗎？又恐怕距離太遠，那會引起阿貞替他計算，反而弄出麻煩。他只好也含糊地說：

「是的，一個人開銷的並不多；我們是幾個人合夥吃飯，合夥僱用工人的。」

幸而阿貞並不詳細清算。可是她底目的卻在另一方面：「既然如此，那麼，杜全，你每個月剩下的那些錢打算作什麼用？」

杜全茫然了。他摸不着阿貞一步一步查問他的經濟狀況，究竟有什麼用意；他斷定她不會向他借錢，但如果她最終目的是勸他拿出錢來，和她母親合股去經營她已經做下來的小生意，不是糟透了嗎？想到這一點，他實在沒有勇氣答覆她的問題。

「你以為我應該作什麼用？」沒有辦法，只好這樣反問來試探一下。

阿貞把頭沉得更低些：「難道你不想到結婚嗎？」

「結婚？」杜全考慮似的唸着這個字眼，其實是暗中舒一口氣。他現在才明白阿貞那一連串查問的動機，也明白了她這一晚所懷的心事內容。剛才的恐懼雖然解脫，可是並未輕鬆得多少；阿貞同樣給了他一個難題。

「誰肯嫁給一個只有二百塊錢薪金的人呀？」

「那麼，你整天說着愛我，你只想拿我來玩弄的是不是？」阿貞的口氣有幾分責備意味。

杜全完全明瞭這句話的意義：那無形中是表白了她肯嫁他。他預料不到阿貞對着他竟有這樣大的勇氣。可是

阿貞愈表示勇氣，杜全便愈感到膽怯；而在情勢上卻又只容許他硬着頭皮。

「你不要想錯了，阿貞，我只是顧慮，難道我不希望和你結婚麼？」杜全的語氣含着道歉成分，希望緩和一下阿貞的不高興。

「那麼，為什麼你不向我媽媽提出這件事呢？」

「你說得妙，我怎能夠這樣唐突，貿然提出要求和你結婚？」

「但是你不可以設法示意麼？即如，探探她的口氣……」

「這還不是一樣困難？你還不知道你媽媽平日對我的態度是多麼可怕的嗎？單是為了那個鐘，就夠我難受了；見了面就追討，十代冤仇似的，恨死了我！」

「你也活該，杜全，怎麼一個鐘會修的這麼久？背了我媽不怕說，實在我對於你這種做法也不同情。」

「唉，阿貞，連你也不明白，那個鐘還未修好的原因不是對你媽媽講過了麼？」

阿貞想起杜全說的也很成理由，便不說什麼。她要和他談話的中心也不是這個。因此停了一會，她繼續說：「現在，情形可以好些了，你看送了那隻水煙筒，她多麼高興？她以後也不會像前些時那樣追得緊，自然對你也不會像前些時那樣惡感的；這正是你探她口氣的好機會呢！」

杜全很有些為難。他心裏承認阿貞的話是對的。只是他送水煙筒的目的，只求緩和一下旺記婆追索那個鐘的氣焰，此外沒有其他企圖。像阿貞現在所提及的婚姻問

題，根本就不敢想像。在這尷尬的情形下，只好避開了這正面的話題，轉個方向問道：「那麼，阿貞，你真是這麼愛我的了？」

阿貞把身子挨向杜全身上，偏側了頭瞟着他，半嗔半怨地低聲說：「我覺得你有點呆氣；不愛你我肯同你這樣坐在一起嗎？」

杜全也順承地向阿貞挨緊一些，同時拿阿貞的手握在他的掌裏；並不全是由於動情而是大半由於做作：覺得在這境界下應該有這樣自然的表示。他不能讓阿貞感覺他是缺乏熱情。事實上，阿貞這一番太實際的話語已經大大地沖淡了他的情趣。這個親近不但並不像他預想的那樣富有詩意，而且還帶來了麻煩。即使是做作，也非支持下去不可。他是陷於沒法轉圜的境地。

「你是說，我不須顧慮什麼，可以放膽向你媽媽示意的了，是不是？」杜全裝成慎重的態度，其實是故意延緩他非應付不可的困難時間。

阿貞稍微擺開了身子，歪了頭用含情的眼光看着他，點點頭。

「但是假如你媽媽明瞭了我的意思，卻表示不同意，那不是弄巧反拙嗎？」杜全仍舊是拖延着事情的焦點。

「我想她決不會不同意。你知道我媽媽最不高興的是一個男子沒有職業；你既然是有職業的，而且收入也差不多；她哪裏會反對？」

杜全沉默了半晌，他的心感到了痛苦，不知道該說句什麼話；直到阿貞耐不住，問他想什麼的時候，他才沒

奈何地說：

「萬一我有一天失業呢？」說了，他暗裏留意着阿貞的反應。一面心虛地把她的手緊握了一下。

「那是另一同事，至少你現在是有職業的。一個人有了專門技能，即使失業也愁找不到事做麼？我爸爸做打磨就做了幾十年。」

杜全又沉默了一會，末了，拿開玩笑的態度來遮掩他試探的用心：「假如我目前已經在失業中又怎麼樣？」

阿貞把身子一挺，不高興的樣子：「你自己打嘴巴，你分明說有二百塊錢收入又失什麼業？我不同你說這些無聊話，花時間。你這麼兒戲，我回去了。」說着從石塊上站立起來。

杜全本能地拉住她，握住她的手不肯放鬆，同時急忙涎着臉皮賠個不是。阿貞才又坐下去。他想不到阿貞竟有這麼一副性子。他的試探不但沒有商量餘地，簡直就不容許他是失業的。沒有辦法，他只好帶着一個可憐的心境去繼續討論剛才的話題：

「好，我們說正經話，阿貞。我還有個顧慮……」他頓住不說，企圖逗起阿貞剛才給間斷了的興致。果然阿貞重再把身子挨在他身上，催促着：

「說，你顧慮什麼！」

「我想，假如你媽媽同意了，可是我的二百塊錢不夠開銷又怎麼辦？難道我們結了婚之後，我還願意你再去抽紗麼？」

杜全滿以為這麼審慎和得體的話，總會贏得阿貞的

同情，承認結婚的困難成分，誰知阿貞竟然心裏有數；她掉頭望着杜全說：「所以我說你呆氣，杜全，二百塊錢不夠兩個人生活！你的預算怎麼打的？」

杜全心裏一陣茫然：「你打打看。」只好這樣應付着。

「我計算給你看罷，」阿貞抽出被握住的手來，豎起手指一屈一伸的計算着，「嗱，租一個房間，五十塊；伙食連雜用，省省儉儉的，一百塊總夠了；還有五十塊，你抽煙啦，喝茶啦，每星期大家去看一次電影啦，都夠用了啦！你看，還有什麼要開銷的？」

還有什麼要開銷的？杜全在想着，希望盡可能找些理由來超出預算。

「對了，假如我們生病怎麼樣？那不是要一筆……」

「啐！」阿貞不讓杜全說完就打斷了他，「大吉利是！這些事也打進預算的麼？你這張嘴真要不得！」說着給杜全一個似恨似嗔的眼色。

杜全勉強裝個笑容。阿貞那個眼色使他感到誘惑；他乘機湊近她的耳邊低聲說：

「還有一件事不能不預算：結了婚便會有孩子，那時候二百塊錢便不夠用了。」

阿貞並不因杜全說得旒旎而覺得羞赧，反而顯出恍然的樣子失笑起來：「赫赫，怪不得你不敢向我媽媽表示啦，原來你有這樣多的顧慮。我說你呆氣一點也沒說錯。杜全，難道你準備一輩子是二百塊錢收入的麼？就算二百塊錢，也有辦法應付的；你聽我說罷，有了孩子的時候，我們可以從各方面樽節一點錢出來，供一份『會』，需要

錢用時把它『標』了來，不需要錢用時留到『尾會』才拿。這麼一來，我們不是無形中有了儲蓄，金錢上不也是有保障了嗎？你看這想法對不對？」

　　面對着阿貞這樣一個充滿幻想的計劃，杜全除了點頭，簡直沒有表示異議的餘地。他所能想到的問題都難不倒她。阿貞原來是這麼一個講究實際的女人！杜全只能把痛苦咽在心裏，把笑容裝上面孔；說道：「阿貞，你真想得周到！」

　　「難道你以為我除了抽紗就什麼都不懂了？」阿貞擺出一種自傲的神態望着他。

阿貞撒嬌似地把頭鑽到杜全胸前。

杜全把一隻拇指豎在阿貞面前：「真了不起！我比不上你。」這句話是從心裏說出來的。

阿貞給杜全讚得滿懷得意，「唔」了一聲，就撒嬌似地把頭鑽到杜全的胸前。他順勢從她的腰背抱住了她。阿貞稍微仰起了臉，伸手點着杜全的鼻子：

「虧你打過仗，什麼都不懂。現在有膽向我媽媽表示沒有？」

杜全不提防阿貞那樣一鑽，一顆心已經給鑽得動動盪盪；對住橫在胸前的那一雙水汪汪似的眼睛，意識迷亂得有幾分失了主宰，他說不出話，只微笑着向阿貞點點頭。看見阿貞的眼皮慢慢地合上，他感到一種衝動在驅使着他，於是不顧一切地把阿貞的身子用力一抱，嘴唇便趁勢壓到她的眼皮上去。

阿貞沒有拒絕的表示，杜全就把嘴唇移到她的唇上。在迷離的意境裏，仍舊擺脫不了一股又甜又苦的混雜情緒。可是當阿貞的手不期然勾上他的頸項的時候，他卻整個世界都忘記了。

明天維繫了希望

人往往把光陰比作流水；可是對於在困苦中掙扎着的人們，日子卻是停滯的，它只能比作止水。今天和昨天一樣，明天也將和今天一樣。—— 只是明天卻維繫了希望。

而在這一間四樓上的屋子裏，生活的程序是照常進行着。

高懷所期待的一筆上海方面的版稅，已經有消息了；書店老闆來了回信：說是等待調查書的銷數結算以後，錢便可以匯來。不管它的數目多少，至少有希望付一個月租錢，緩和一下雌老虎的威脅。（因為三個月的租錢又將要滿了。）此外是有辦法給白玫送一點東西 —— 她最需要的是補身的藥物。她的身體太孱弱了，兩個月來，她常常發生暈眩的毛病；雖然她不肯承認有什麼不舒服，可是看得出來她是有病的。高懷為了寫作關係，多的是躭在屋裏的時間；他比誰都更清楚她的健康狀態。他察覺到她常常

在操作以後，就悄悄地伏着休息一段時間。但是怕別人知道了會為她不安，她極力掩飾着這種情形；因此也不肯稍為放下她的日常事務。高懷明瞭白玫的性格和她的為人，只能在心裏難受！他比誰都更注意她，更關切她。這裏面隱藏着同情，更多的是愛情！

自從一個月前那個晚上，在騎樓裏的握手以後，他已經決心愛白玫了。他有勇氣愛她，可是始終還沒有勇氣在口頭上對她說出這個字眼；為了一個患得患失的顧慮：不知道白玫是否也愛着他。奇怪的是她始終沒有作出進一步的表示，也好像有意地不讓高懷作進一步的表示。落在這種只能心照卻不能明言的境界，高懷是苦悶的。

羅建也有他的苦悶。家裏老是寄來催錢的信，已經夠他煩愁；而最近來的一封信，平白地又加重他的憂慮。那是附帶告訴的消息：醫生看出他妻子患的是腸癌；除了吃藥，還要用「針灸」土法施手術。這個病有錢也不容易醫好，沒有錢根本不要希望。「可是人事總該盡盡的呵！」這是羅建接到信後的話語。他一向就認定醫治妻子的病是他義不容辭的義務。十年來因為變亂關係，他在外面的日子比在家裏的日子多；滿以為戰事結束了，他可以和妻子過一下安樂的生活；誰知事實並不如此。他自己的潦倒遭遇和妻子的頑病，都使事前的預期變成泡影。他對於這世界感到憤懣，所以對於兒子之拋下生病的母親跑上山去的行為，沒有半點責備的心理；倒認為「安樂的生活」這理想，只能由兒子那一代去實現。然而對於妻子，卻只有負起醫病的責任才能減輕自己的歉疚。可是從哪裏去弄這許

多錢來應付那樣的頑病呢？這是一想起就感到憂愁的問題。一百三十元的月薪，不拖欠已經算是幸運；能夠借支半個月的薪金（他已經這樣做），更算得是最大的通融。他還能夠奢望什麼！

在那樣一個憂愁的磨折下，本來平日是最喜歡講幽默話的一個人，也變得沉默了，背脊更佝僂，兩隻肩膊也更高聳了。

只有莫輪什麼都還照常。他一直是保持住他的兩個希望：收買到一件古董，和尋出王大牛的蹤跡。這兩個希望都似乎有跡象了，只是不曾抓得到手。私心裏卻是興奮着的。王大牛這筆心事倒不怎麼使他焦躁，他知道他不會溜到什麼地方去；只有那隻他看中的古董卻使他牽心，為的是擔心落在別人手裏。他有個可笑的矛盾心理：想把它弄到手，卻又擔心萬一是假貨，平白地累自己吃個大虧。但是每天卻又自禁不住，故意從那家的門前走過，有意無意地向屋裏瞥一眼，看見那個東西還擺在裏面，他便覺得很舒服：「不要緊，它不曾賣去，還有可以考慮的時間哩！」他便在這樣患得患失的心理中做着他的夢。

比較起莫輪來，杜全的夢是更可憐的。他仍舊在研究着那個壞鐘的機件，希望總有個時辰，只要上好了發條就會走動。那隻水煙筒緩和了旺記婆的追索，而且使她對他的態度大大的好轉；但是情勢不容許他鬆懈這件倒霉工夫。這好像是天注定的事！和阿貞的親近，可說是償到了幾個月來的心願，卻又換得一重預想不到的苦惱 —— 阿貞竟提起結婚問題。這苦惱壓的愈重，他愈覺得那個鐘非

修好不可。這是保持阿貞那個幻想的起碼步驟。這步驟能做到,她們對於他「有職業」這觀念便始終是完整的;把阿貞的結婚幻想拖延下去也不致有什麼損害。最糟的是因那個鐘沒法修好而露出破綻,她們對他的觀念固然崩潰,而事後縱使真的找到職業,也補救不了已經暴露的事實,更挽回不了目前的收穫了。這便是杜全不能不重新提起精神去對付那個鐘的理由。

除了按着工廠的汽笛照常「上班」「下班」以外,他把全副精神都放到那個鐘的工夫上去。阿貞的面影給了他一種神奇的鼓勵力量。在停下手來休息的時候,便像夜裏躺在床上的時候一樣,私下裏回味着同阿貞抱吻的滋味,和她那一雙水汪汪的眼睛的迷惑。

但是除了拿想像中的自我陶醉去遏抑情感上的飢渴,杜全已不敢再要求阿貞去散步了,他怕她繼續同他討論結婚問題;尤其怕她詢問他為什麼還不向她媽媽打探口風。但是他並不因此感到難受。他認為這隔斷只是暫時的。只要知道阿貞的心實在傾向他,便夠他滿足;忍耐一下算得什麼!到了職業問題一解決,他便可以放心去親近她,那時候同她談什麼都不怕了。

所以要緊的還是職業! —— 職業嗎?是的,這字眼現在對於杜全已不徒然是個幻想了。高懷向《大中日報》的老李那裏替他搭了路線:請他憑「外勤」工作上的便利,隨時留意各方面「事求人」的機會。雖然結果如何還不可知,但是至少比看了報紙上的分類廣告才去碰運氣較有把握。新聞記者的社會關係是最直接的,並且是多方面的;

只要機會能夠碰上，還愁找不到一份事做麼？

　　這樣一個希望的安慰，給了杜全一種舒泰的心境，人也似乎變得前後不同。他的脾氣不像以前的暴躁，舉止也不像以前的粗率。由於那隻水煙筒，他已經自動消除了和莫輪之間的一筆舊怨。兩個人已經漸漸有說有話，──大家心照地忘記那筆舊賬。就是和其他的幾個夥伴，也顯出近於自覺的和氣態度。這個變化，使得最怕管杜全事的莫輪也感着驚奇。他背了杜全就這麼說：

　　「羅老哥，難怪你說，女人的力量那麼厲害，我現在才知道。你看杜全自從同阿貞逛過夜街之後是不是完全變了？」

　　「這還得歸功於你呢，沒有你替他弄來的水煙筒，旺記婆肯讓阿貞同他去逛夜街嗎？你真是功德無量呀！」

　　「不過我也不明白，怎麼大家逛一逛夜街就會整個人都變了的。」莫輪迷惑地說。

　　「當然不是這麼簡單的呵，」羅建答道：「你不知道嗎？阿貞說是要和他結婚呀？」

　　「結婚？」莫輪很意外地望着羅建：「他對你說？」

　　「不，他告訴了白姑娘，白姑娘告訴了高懷。我是從老高那裏知道的。我想，杜全就是為了這個修心養性，訓練自己好好地做人啦！」

　　「如果真是這樣倒是一件好事。可是我想不通，杜全拿什麼同阿貞結婚？」

　　「他對白姑娘說，他唯一的希望是高懷的朋友老李能夠替他找到一份職業。」

「這又是做夢！你信不信，羅老哥？老李如果有辦法，他老早該替高懷解決了；高懷是他的好朋友，哪裏會輪到杜全！」

「這也不一定。老高沒有事做還可以賣稿子，他的身份也比較困難找到適合的事做。杜全是個粗壯的人，不須像高懷那樣嚴格選擇，他什麼樣的工作都可以遷就一下，所以也許會容易些。」

莫輪靜了一會，沉吟着：「希望是這樣罷！」隨即又想起了問道：「但是，旺記婆肯同意阿貞嫁他嗎？」

羅建聳一聳他的尖肩膊，應道：「天曉得！」

# 32

## 狹路冤家

旺記婆自從有了那隻精緻的水煙筒，喜愛的幾乎整天不肯離手；只要人一閒下來，就端着它卜碌卜碌的抽不停口。尤其得意的是，平日到隔壁太興店裏去聊天，聽羅二娘的媳婦講社會新聞，捧着原有的那隻舊傢伙，對着羅二娘手上的那隻水煙筒，相形見絀的怪不舒服；現在她可以吐一口氣了。何止吐一口氣，簡直就是驕矜，因為連羅二娘也承認她這一隻比她自己的那一隻好：羅二娘說，她的是北平貨，而她自己的一隻不過是本地的出品。旺記婆對於一般事物的知識是完全模糊的，羅二娘比她懂的多一點；她能這樣抬舉，自然那是難得的東西了。而這難得的東西是杜全送的！因此她一抽起這隻水煙筒的時候，下意識地便想起杜全。她從來不曾這麼着意地想起過他；而且他給她的印象又變得那麼好。

她知道杜全對阿貞有意思，阿貞對他也一樣。她私下裏開始「那麼，假如……」地把兩個人連在一起考慮

起來。實在，阿貞二十一歲，也是時候了。可是她不作什麼表示，她覺得還是讓事情去自然發展出一個結果來要得體些。而且，她對於杜全還需要知道得多一點；在這方面，阿貞應該比她清楚的了：她和他逛過一晚。可是她從阿貞口中所能聽到的只是很簡單的一點：杜全每個月的薪金有二百多塊錢。她偷偷的留意阿貞；阿貞卻始終是那麼冷靜，並不見得要對母親表示些什麼的樣子。她懷疑阿貞是怕羞不敢開口……於是這一天下午，當她坐在樓梯級上「卜碌卜碌」着的時候，便用搭訕的口吻問出來：

「阿貞，杜全近來沒有邀你去逛街嗎？」

阿貞是背了她坐在門口的香煙檔裏，照常在那裏抽紗，一面答道：「沒有。」

「他有夜工？」

「沒有聽他說起，也許他忙着修理那個鐘罷？他說要盡快弄好交回你。」

旺記婆「唔」了一聲「卜碌」了幾口。隨即又問道：「對了，阿貞，杜全說的二百多塊錢薪金，會靠得住嗎？」

「真奇怪，媽，好像你總是不大相信杜全似的。」阿貞的口氣裏有些不服氣，微微的嘟起了嘴。

「不是不相信，可是總得想一想呀！」

似乎要加強對於杜全的辯護，阿貞便這麼說：「你別以為杜全就是那麼粗率的人；其實他的深沉的地方你是看不見的。即如那隻水煙筒，他早就對我說過要送給你的了。但是在沒有找到合適的以前，他一直不讓你知道。」

「哦，是這樣的嗎？他對你說起過的嗎？」旺記婆一

聽到這水煙筒的引證就高興，好像感到對於杜全的誤解是很抱歉似的。

阿貞並不給母親直接的回答，卻用着自矜的語調說：「所以呢，媽，我常常勸你說話得謹慎些。前些時，你還懷疑杜全是不是真有工做啦！」

「我不過是懷疑罷了，可不曾肯定呀！照現在情形看來，杜全這人還算是不錯的。唔，二百多塊……」卜碌卜碌地想着，「究竟，阿貞，二百幾？他沒有說清楚嗎？二百五有沒有？」

「也許就是那樣子罷？」阿貞也彷彿摸着了母親的意思，放膽地這樣回答。

「二百五，」旺記婆沉吟着：「不算多也不算少，這年頭，這份薪金也算差不多了。」卜碌了一會，「阿貞，杜全和你逛街的一晚，他同你談過一些什麼沒有？」

「話當然有談的啦！可是你指的是什麼？」阿貞知道母親的用意，但她不能不裝模作樣。

「我是說有沒有談到他準備同你怎樣的問題。」旺記婆也覺到自己很難說清楚，可是阿貞會懂的。

「談了的。」阿貞淡然地答。她顯然是懂了。

「談的怎樣？」旺記婆注意地問。

阿貞仍舊用那麼淡然的口吻背着母親回答：「他會對你說。」

旺記婆感着迷惑，她摸不着這是什麼意思；還想追問下去，可是一個買香煙的女顧客打斷了她的想頭，她只好住嘴；繼續卜碌卜碌的抽水煙筒。

阿貞停下工夫來應付那個女顧客。她要了一包「高夫力」，遞出一張十元面額的鈔票付錢。

「沒有碎鈔嗎，太太？」阿貞躊躇地看看那張鈔票。

「有碎鈔我還給你兌嗎？」那個女人不很高興地應着：「有沒有錢兌？沒有，我就不買了。」

阿貞為着多賣一包香煙，急忙說是有的。把小書桌的抽斗拉開來。一面有意無意地看一眼這個無情的顧客。這是一個四十多歲的婦人；身材相當高大；穿的是藍黑色的棉袍；頭髮垂直的像一隻切口的椰殼一樣；耳跟戴着一副金耳環；兩邊的顎骨凸起來把面孔扯成一個四方形；神氣冷硬的沒有一點表情。她的腋下挾了一把布傘；站在那裏撕着煙包等待兌錢。

抽斗裏只有三張一元鈔票，別的全是一角碎鈔。阿貞把它們數着來湊成一個兌回的數目。那女人卻不願要那麼多的碎鈔。阿貞有點氣，可是忍耐着；只好回過頭去問母親：她身上有便錢沒有。

「差多少呀？」旺記婆從樓梯口走出門邊來，左手捧住水煙筒，右手伸進襟頭裏邊掏着。

「十元的鈔票，賣一包高夫力，兌回九元五角五。這裏只有三張一元的鈔票，還差六塊錢，你有嗎？」

旺記婆把水煙筒信手放在香煙檔的桌子上面，把掏出來的一隻裹成糭子似的手帕包裹打開，抽出六張鈔票。阿貞接過手，把數目湊夠，遞給那個剛在香煙上點火的女人，旺記婆正要把水煙筒拿起來，卻有另一隻手比她快了一步伸過去：

「這隻水煙筒很精緻！」那個買香煙的女人拿了水煙筒很細心地端詳着。

一聽到讚賞，旺記婆就感着開心；垂下手來微笑着說：「是北平貨啦！」

「我知道。」那女人點點頭；把水煙筒仔細把玩着，「北平貨每部分琢磨得很有分寸。套合起來，非常完整。這是別的地方的貨色趕不上的。」

旺記婆用讚賞的眼光看着那女人：想不到她也識貨。只見那女人繼續問道：

「這種貨色不容易得到；你哪裏買來的，大姑？」

「這是人家送的。你是想買一隻嗎？」旺記婆望着那女人問道：一副彷彿「生意人」的神氣。

那女人搖搖頭；「不，我想你告訴我，是什麼人送給你的？」

「朋友呀！」

「你那朋友是幹什麼的？是男人還是女人？」

旺記婆感到這一問來得突兀，向阿貞看一眼。阿貞也奇怪；轉向那女人問道：

「是男人。你這問法是什麼意思呢，太太？」

那女人在冷硬的面容上扯出一絲很難看的笑意：「當然有意思啦，哪男人是幹什麼的？他住在哪裏？」

那女人愈問愈是離奇，使母女倆都感到惶惑。旺記婆下意識地想去抓回那隻水煙筒來再說。可是那女人卻握得牢牢不放。顯然事實是有點蹊蹺。旺記婆忍不住向阿貞問出一句：「什麼回事！」

「說出來，那男人幹什麼的？住在哪裏？」那女人重複的問着。

旺記婆急着要保存她的水煙筒，在茫然中答道：「他是……」

「媽！」阿貞截住了叫着：「為什麼要告訴她！她也不曾把查問的用意說出來。」說着用一種反感的眼色盯住對方。這女人開始買香煙的時候就叫她不痛快。

「我告訴你罷，這隻水煙筒是我的！」那女人指指水煙筒又指指自己。

這真是晴天霹靂！旺記婆卻顧不了什麼，忘形地叫出來：

「什麼話！是你的？你有什麼證據呀？」說罷本能地伸手去抓，卻落了空。

那女人稍微閃開一步，指住水煙筒的底面：「證據就在這裏，刻了一個『王』字的，三劃王。看罷！」一面把底面湊前去。旺記婆這一下可不敢去抓了。她根本不識字，從來也不曾留意過那裏刻有什麼字。隨便溜一眼，便招手叫阿貞看。阿貞湊近看一下，退回去，一句話也不說。可是那女人卻有話說了：

「怎麼？對了罷？」

「人有相似，物有相同，你怎會能說這就是你的？」阿貞心裏有些迷亂，口頭卻勉強這麼說。

「相同也同不到這個地步呀，姑娘！自己的東西一拿上手就知道，難道這是香煙，每包都是一個樣子的嗎？」

旺記婆眼巴巴的呆在那裏；看見阿貞的神氣和語氣，

就知道那隻水煙筒的確有了問題，但是仍舊爭持着說道：「再說，你的東西怎麼會落在我的手裏？」

「對了，這便是我要問你的？」那女人搶着說：「說出來呀，送給你的人是住在哪裏的？」

「住在哪裏有什麼關係？」阿貞倔強的反應一句。

「當然有關係。」那女人理直氣壯的說：「我要查察一下他是怎樣得來的。對你說也不妨，半個月前，我家裏失去了一批東西，總數一共值得四五百塊錢。這隻水煙筒便是其中的一件。現在，這件事有線索了！」

聽到那女人這一番的說明，旺記婆簡直發抖了。真是做夢也想不到這隻水煙筒竟會帶來這麼一場麻煩。她在惶惶然中儘是「真的嗎？真的嗎？」地問着來支持她的狼狽處境。那女人卻不理會；她一貫地說她自己的話：

「如果你不說出那個人的住處，便是有意袒護他；老實告訴你，我已經報過案，你不說，便有接贓嫌疑；你也不得了！」

阿貞不服氣的截住說：「笑話！人家有錢買不到東西嗎？」

「那麼，你為了什麼不肯說出來呢？你說呀！」那女人用追究的態度質問着。

「太太，他是住在四樓的。」旺記婆沒奈何的指着樓梯說出來。她害怕對方的「不得了」這句話。她一生人最怕上法庭，而最糟的卻是報了案！

「你同我上去找他！」那女人向樓梯看一眼，迫脅地走前一步。

旺記婆卻不肯同去。她怕事情牽涉到自己身上，巴不得把責任推開就了事。「這事和我沒有關係，你去找他罷，他的名字叫杜全。」

但是那女人卻不答應：「不，你一定得同我上去，你認識他，我卻不認識他。你不作證，鬼肯相信你胡說八道！」

「但是他此刻不在樓上，他上班去了。」旺記婆盡量想出理由，希望擺脫這個關係。

「我不管，你至少得同我上去證明的確有那個人。要不是，我追究你！」

旺記婆惶惶然的沒有了主意，那女人已經「去呀！去呀！」的威脅着。旺記婆露出求助的眼色望着阿貞。阿貞卻比她鎮定，低聲的鼓勵她：

「同她上去，怕什麼？反止杜全上了班。而且那水煙筒是杜全買來的，將來要對質也不會牽累你。」

旺記婆這才有了勇氣，沒奈何的移動了身子，領着女人上樓梯去。一邊走一邊求饒地道：「同我沒有關係的呵！同我沒有關係的呵！」

連環奇禍

　　四樓的門給敲開的時候，迎在那裏的竟是杜全。旺記婆意外地怔住了，破口叫出來：

　　「啊，原來你在這裏！」回頭向跟在背面的那女人指住杜全說：「就是他！就是他！」

　　杜全一見旺記婆已經張惶，看到那陌生女人，更是莫名其妙。還來不及弄清楚是什麼回事，旺記婆便狠狠地指住他罵道：

　　「杜全，你做的好事呀！你累死我了！你送給我的水煙筒原來是贓物，是人家失竊了的東西。現在這位太太認出來了。她要向你追究。究竟你是怎樣弄來的啦！老天爺，你告訴人家好了！不要牽累我呵！」

　　杜全明白她的來意之後，驟然感到驚慌，但他想起那並不是他直接經手弄來的，便立刻鎮定地說：「這同我有什麼關係，我是用錢去買來的！」

　　「在哪裏買來的呀？你說！」那女人這才等到機會

開口。

「向收買爛銅鐵的人買的。」杜全下意識地拿莫輪作對象。

「哪一個收買爛銅鐵的?」那女人一步一步的追問着。

「你問得奇怪,到處都有收買爛銅鐵的,誰能夠認得他!難道我買水煙筒的時候是準備你來查問的嗎?」杜全很有理由地反應着。

但是那女人卻不肯放鬆,她說:「你是推搪。如果你真是買來的,難道買的時候沒有議一下價錢嗎?難道你閉着眼付了錢就算事嗎?要不是,你沒有理由不認得那個人的相貌。如果你不負責尋出那個收買爛銅鐵的人來,老實說你便有嫌疑!」

面對着那來勢洶洶的氣焰,同時旺記婆又眼巴巴的站在旁邊,杜全的自尊心感到又羞辱又氣憤,他挺一挺胸口應道:「你真荒謬!你認為我是偷竊東西的人嗎?」

「我不知道你。總之你不負責尋出那個賣水煙筒的人來,你就得準備。」

「準備什麼?」杜全咆吼起來。

「準備坐監房!」那女人睜大了眼睛,彷彿要打起來的神氣。

旺記婆看到這個情景,怯怯的退開兩步,腳跟踏着一件東西,掉頭一看,是一隻「螺絲批」。視線一轉移,卻發覺到距離幾步的地方,擺了一張鋪着報紙的椅子,一副拆開了的機件和一隻鐘殼,凌亂地散開在那裏。那顯然是那個座鐘!她楞住了想一想,頓然醒悟到一些事情,

「唔，杜全，你這傢伙！」她想立即發作；可是不能夠。那一場糾紛還在那裏鬧得很兇 ——

「你不肯尋出那個人來，便證明你說用錢買來完全是假話！我同你到警署去！」那女人居然伸手要抓杜全。

杜全揮開那女人的手，叫道：「笑話！什麼理由我要同你到警署去！你說啦！」

「要說到警署去說！去呀！立即去！」

重複的話語，重複的抓，重複的揮開，……兩個人就這麼樣激動地纏在一起。那女人突然醒悟了什麼，伸手向襟頭裏掏出一隻警笛，塞進嘴裏「啡……」的吹起來。杜全不顧一切地一手抓過去，把她的警笛搶過手，正要向騎樓外邊拋出去；突然又縮手。因為白玫迎面走進來。……

原來白玫是正在騎樓洗衣服，聽到屋裏的騷動聲，便走進來看看。剛踏進門檻向屋裏一望，突然好像碰到什麼意外事。立刻轉身想退出去。可是一個叫聲牽住了她：「啊啊！你原來躲在這個地方！」那女人一眼瞥見白玫就叫出來，在目標轉移的一剎那，不期然的鬆弛了杜全的糾纏；只是盯着白玫不放鬆。在那一塊冷硬的方臉上面扯出一個獰笑；「哈哈！好呀！真是踏破鐵鞋無覓處，想不到今天竟然在這裏碰到你！」

白玫呆呆的站在門檻裏面，面色一片蒼白，彷彿着了寒一樣。

杜全和旺記婆也給這情景弄得呆了。事情竟又生出了這麼古怪的枝節，實在叫人迷惑！只見那女人走到白玫

的面前止住，舉手指住白玫的臉罵道：

「你這人賤格極了！你逃了出來，竟然同這些壞人住在一起，掉過頭來暗算自己人，真是忘恩負義，可惡萬分！好在上天有眼，神推鬼使的叫我來到這個賊巢碰到你。現在，你還能夠跑到哪裏去？」

「阿姐，你不能胡亂開罪人家！我沒有做出什麼對不住你的事，我只是在這裏做用人罷了。」白玫倔強的望住那女人說。

「你別說得這麼響亮！你知道我為什麼來到這裏嗎？」那女人點頭點腦的問道：「我便是為着追查一件失竊案來的。我的水煙筒會落在這裏，已經可疑，碰到了你，簡直不須研究了。白玫，除了你做『鬼頭』，誰會懂得門路去偷我的東西！你抵賴得來嗎？」

「我沒有做那樣的事，這裏也沒有人做那樣的事。我只是在這裏做用人。」

「不錯，做用人，替匪徒做用人。」

杜全已經聽得忍不下去，他兩步跑到那女人旁邊問道：「你說什麼？」

那女人白了他一眼：「我不同你說，我要同你到警署去說！」

旺記婆看到那女人始終不放鬆杜全的一種態度，預感着事情不會容易了結；而這叫做白玫的少女，在雙方面之間竟又有着這麼奇妙的聯繫，更顯出問題的複雜和嚴重。她愈想愈是驚慌；這時候已消失了站在旁邊探求這一幕戲劇內容的好奇心，覺得還是盡速離開這個是非圈子

要安全些。於是趁那女人糾纏着白玫的機會，立刻向杜全說：

「杜全，這件事究竟是怎樣搞法的，你自己才知道，不干我的事；你和這位太太去弄清楚好了。以後我也不再上你的當了。」說罷便轉身溜出去。

旺記婆的最後一句話使杜全感到了刺激；他明白這隻水煙筒的風波必然給了她一個大大的打擊，根本影響了她對他的印象和信心。假如不好好地設法補救，他和阿貞的戀愛收穫將要全部崩潰了。想到這一點，他急忙「五姑！五姑！」地叫着追出去。

那女人看見兩個人都走掉，不知道弄的什麼把戲，有些發急；可是放不下白玫，只好趕到門口，警告地大叫：

「喂，你們可不要走呀！你們是走不得的呀！」隨即轉回來向白玫繼續她的交涉。

「你用不着替這種人辯護；我也不同你多說。如果你還聰明，你便馬上跟我回去，不聽從我，老實說，你不會有好處！」

白玫站在那裏動也不動，也不回答。那女人給氣得很激動，一隻手向腰一叉，厲聲問道：

「怎樣？回去不回去，說一句！」

白玫堅決的搖頭：「不回去！死也不回去！」

「好！」那女人迸出了斷然的語氣，指頭向前一伸，點着白玫說：「你敢不回去！你放膽做去罷！別恃着你混上了這些流氓，有靠山保護。看哪，我到底要使得你回

「我告訴你，我不會放過你的！」

去！」說了，抓起布傘就轉身直走；到了門邊，又掉過頭
來加上一句：「我告訴你，我不會放過你的！」

白玫兩手掩上面孔，哭了起來。

## 冤哉枉也

「旺記」香煙檔前面聚攏着幾個閒人在那裏呆看，他們不知道發生了什麼事情。只見旺記婆滿面怒容，手指腳劃的怨罵着：

「用不着解釋了，杜全，你現在說什麼都沒有用處了。你何必這樣做呢？分明是沒有職業，卻自認在船廠做打磨；又對阿貞瞎扯有二百多塊薪金，實在全是騙局。怪不得羅二娘的用人說啦，上天台去晾衣服，好幾次看見你鬼鬼祟祟的在上面又來又去。現在我才明白你的把戲！分明是偷來的水煙筒，卻說是買來送給我的。你以為這樣出手段騙過我，我就胡亂讓阿貞嫁給你了嗎？真是笑話得很！……」

杜全給這一連串不留餘地的話壓得沒法翻身，他露出一副又焦躁又可憐的神氣站立在旺記婆旁邊。好容易才抓住了機會，懇求地說：

「我不是騙你，五姑，你聽我說……」

旺記婆卻不要聽，截住反駁他：「不是騙！你說啦，為什麼在上班時間你會在屋裏？說過那個鐘是放在船廠裏修的，為什麼無端會在屋裏的椅子上面？還有……」

「唉，你還是那麼樣想！」杜全嘆口氣搶着說，極力拿製造的理由來企圖挽救僵局：「我不是說今天是我休息的日子嗎？那個鐘我是順便帶回來修理的呵！」

但是旺記婆不住的搖手，譏刺地說道：「不錯，如果是昨天我還會相信你；但是今天搞出這件大事之後，什麼我都清楚了，杜全！」

「什麼大事？五姑，難道你認定那隻水煙筒是我偷來的嗎？唉，你真是冤枉好人。」

「好人好人！好人就不會騙我了啦！虧你還死硬着一張嘴！單看那個鐘就夠了，如果真會修的，至多是三兩天工夫，哪裏會修了個把月仍舊沒有頭緒！老實對你說，你把我的鐘拆得七零八落，如果不好好的原樣交回我，你得賠償我一個新的。別說我不聲明！」

杜全痛苦得說不出話。為了修鐘的事露出破綻，連帶着人格也蒙了冤屈：旺記婆已經肯定了那隻水煙筒是他偷來的。這是最悲慘的事情！他可以忍受欺騙的罪名，卻不能忍受偷竊的侮辱。可是在目前情形下卻沒法向旺記婆弄得清楚。他思索着該怎樣來辯白這件冤案，後面卻來了急促的腳步聲：那個四方臉的女人由樓梯落下來了。旺記婆一見她就迎上去說：

「太太呀，水煙筒的事完全同我沒有關係。我不過和這個姓杜的同一個門口進出，見面相識罷了。」

那女人站住答道：「你肯指證那水煙筒是他送的便得了。這件事我已經找到線索。樓上那個女的是我的妹妹，她不是好人，她是私自逃出來的。他們是串通了來做這件事情。」說到這裏，指住杜全警告：「我對你說，你是逃不得的呀！」

杜全一肚子鬱氣無從宣洩，給那女人一指，有如火上添油，激動地撥開她的手，拍拍胸口咆哮地說：「我為什麼要逃！難道我是偷東西的一流人嗎？」

「赫，你兜我就怕你了？」那女人睜大一雙凸出的眼射着他，「你認識我嗎？」

「我不認識你，但是我不怕你！」

「好，不怕就等着看罷！」

那女人怒氣沖沖的向前走，突然又折回來向旺記婆問一聲：什麼地方可以借用電話。

旺記婆正給那女人的「原告」身份嚇得心驚膽顫，難得有替她服務的機會；便立刻討好地說：

「有的有的。那邊拐個角的一家昌隆米店有電話，我很熟悉；讓我介紹你去打一打好嗎？」

旺記婆領着那女人走開了。看熱鬧的人也漸漸散開去。杜全盯住那女人的背影，狠然的吐一口涎沫。空氣靜了下來，只有一陣陣淒咽的聲音開始聽到。杜全這才記起阿貞；他轉身走近香煙檔。阿貞不知道什麼時候已經伏在桌子上哭了，並且哭得非常傷心的樣子。

看見阿貞聳動着的肩膊，杜全不知道該怎樣做的好。他遏抑着又羞慚又氣憤的雜亂情緒，提起勇氣輕輕的推一推她；低聲問道：「阿貞，有什麼值得你哭的？」

阿貞給這樣一問，好像更觸動了什麼，抽咽得更淒切，顫聲回答：「現在我有什麼面目見人呢？」

　　「犯不着這麼嚴重，你不要哭，你聽我解釋罷！」

　　阿貞搖一搖頭，拒絕地回答：「我不要聽！」

　　「唉，連你也是這樣子！你不聽怎麼會明白呢？」

　　阿貞搖動着肩膊，要擺脫杜全的手，提高了語調說着：「現在什麼話我都不要聽了。你離開我罷！你離開我罷！」

　　杜全感到困窘，沒奈何的縮回他的手。茫然的叫她幾聲，想繼續給她說些話；可是旺記婆卻迎面走回來了，他只好住嘴；稍微離開阿貞。

　　那女人並未同旺記婆一起回來。杜全的心輕鬆了一點；他還存着一個不死的希望：繼續向旺記婆說明白那隻水煙筒的事。不管這一回的事情會發展得怎樣，也必須使旺記婆相信：那隻水煙筒不是他偷來的。他準備硬着頭皮截住她說話，他叫了一聲「五姑」。可是旺記婆不睬睬；卻有意地朝向阿貞，大聲說：

　　「你這一生人不曾哭過是不是，阿貞？你傷心什麼？實在你正應該歡喜才是。一個女孩子有相有貌，還愁找不到一個好男人嗎？平日你總是說媽管束你，現在你該知道媽是對的了！」

　　杜全簡直感到刀尖刺進心窩似的難受。但是看見旺記婆走進屋裏，他又不顧一切地跟了她走進去。

　　高懷從外邊回來，走到門口，看見阿貞伏在那裏抽咽，他詫異地頓住腳步看一看她。但是聽到旺記婆在屋裏發脾氣的聲音，他便急忙跑上樓梯。

屋裏的大風暴

高懷一見到白玫就興沖沖的報告着說：

「白玫，版稅的通知信來了，從老李那裏收到的；我剛去找過他來。只是錢還沒有匯到。書店願意先付給我二百塊錢。」

白玫正在床邊執拾行李，故意避開高懷的視線，裝出愉快的語氣答道：「我替你歡喜！錢什麼時候可以到呢？」

高懷還未回答，便察覺到白玫的態度有些異樣，同時看見她把衣物放進皮箱裏去，更感着奇怪。

「你做什麼，白玫？」高懷歪過頭去看她的臉，發覺她眼沿的紅暈，「為什麼執拾這些東西？」

白玫知道不能隱諱，淡然的答：

「我要走了。」

「走？」高懷感到非常突兀，楞了一下才問出來：「為什麼？」

「我對你說過的那個大姊來找到我。……」

「要你回去嗎？」高懷截住問。

白玫點點頭：「她要我回去，我不肯答應。但是我知道她一定會再來麻煩我的。」

「既然你不回去，仍舊留在這裏，她奈你何！為什麼要走？」

「我要走，為的是不願牽累你們。」

「什麼道理？」高懷更加困惑，「你可是做過什麼對她過不去的事情嗎？」

「沒有！」

「那麼，你怕她幹嗎？」

白玫沉默了一會，說道：「我不是怕，但是我要避開她。因為大姊的丈夫是一個很強橫的人，他知道我的所在，一定要抓我回去才甘心。」

「強橫的人？」高懷不明白這話的意思，但是仍舊安慰她說：「你用不着害怕；這裏是法治地方，最強橫的人也不能損害別人，法律會保護你！」

但是白玫並不因高懷的話放心，她的意志還是那麼堅決，就像那一次在海邊拒絕他勸說的時候一樣；她毫不考慮地答道：「我還是走了的好，高懷，你不明白我的事情。」

「你走，你告訴我：你到哪裏去？」高懷耐不住地問她。

「離開了這裏再說。」

對着這堅決得近於固執的態度，高懷簡直感到痛

苦。他沒有忘記在霧夜的海邊，她現出這同樣的性格時他曾經怎樣地為她難過。而現在比那一次不同的地方卻是：他要轉移她的意志並非單純為着她，而是為着他自己；不單純基於道義和同情，更多的還是愛情 —— 他不能夠同她分開！但是有什麼辦法呢？高懷考慮了一下之後，終於提起勇氣這樣說出來了：

「白玫，我不明白你為了什麼堅決要這樣做；我也從來不知道你本身的事情，事實上你也不讓我去知道。我們始終是隔膜的。在這一點上，我似乎應該尊重你的行為。不過，我想問你一句話：你是愛我嗎？」

白玫毫不遲疑的答道：「就是因為愛你，所以不願牽累你！」

高懷心裏湧起一陣摻雜了痛苦的愉快。不期然的伸手搭上白玫的肩膊，一隻手扳轉她的臉對住他。

「就是因為你愛我，所以你應該信任我。我勸你不要走，我會保護你的！」高懷的眼睛射出一股深沉而又熱情的光，注視着她。

「我感謝你，高懷，」白玫也注視着他說，隨即移開了視線，搖搖頭：「不過，你要保護我也是保護不來的。」

「什麼道理？」

「因為 —— 在你出去了的時間，這屋裏發生了一件嚴重的事情；我不走，只有增加你們的麻煩。」

「嚴重的事情？」高懷疑惑地問道：「究竟是什麼，快告訴我！」

白玫剛要開口，外面突然有人「嘭嘭」的打門，打

得很沉重。白玫的神色顯得不安起來。她好像有了什麼預感，迅速地把她的床幃拉攏，遮掩住她在執拾中的衣物；便背着床幃站住了等待。

高懷把門打開了，進來的是那四方臉的女人。她用狠然的眼色向高懷注視着。

「你找誰？」高懷迎面就問她。

「找我的妹！」那女人向白玫一指，便閃過高懷的身邊，直跑前去。

高懷模糊地已經知道這是一件事情的延續，可是他了解得並不清楚，只好用冷靜的態度站在一邊。

那女人在白玫前面站住就厲聲的喝問：「怎樣？你打什麼主意？現在決定還不會遲的呀！」

「我已經說過了，我不回去！我做用人，不是隨便要走就走的！」

白玫倔強地回答；一面走開來，裝成見事做事的樣子。有着高懷同在一起，在心理上有了依傍，她已比剛才那一回鎮定得多。

那女人顯然為白玫那種不在乎的態度感到很不痛快。面孔扳得更難看，半晌才迸出一句話來：「做用人！唔，有工錢的嗎？」

「為什麼沒有？」高懷搶着插嘴，為的是恐怕白玫說出不適宜的話來。

那女人掉頭向高懷看一下，有點不高興，問道：

「你是這間屋子的主人嗎？」

「我們這裏是無所謂主人的，幾個人合夥同住。」

「哼，對呀，幾個人合夥同住；我想像得到。」那女人好像抓到了什麼隱秘似的點點頭，向各處打量了一眼。

高懷不明白她的意思，只好問她：「你到這裏來有什麼事情？」

「來找她。」那女人指住白玫說：「她是私逃出來的，我找了她許久，今天才知道她躲在這裏。我要她跟我回去！」

高懷向白玫看一眼。他現在才第一次聽到和她的行徑有關係的話，這是她從來不曾洩露過的。他有些疑惑。白玫好像怕高懷會誤會她，急忙搶白着：

「我不回去。我承認是私逃，但這是你壓迫我這樣做的！」

「你說什麼？」那女人向白玫迫近一步，顯出了她對於白玫那句說話的反感。

高懷看出了那女人的心虛；雖然還未清楚知道她們之間的糾葛，但是他信任白玫是對的。因此乘機問道：

「她怎樣壓迫你？白玫。」

那女人聽到這一問更反感，立刻暴躁起來申斥地說：「這是我的家事，和你不相干。總之我要她回來！」

高懷給那女人的態度挑撥得有些激動，應道：

「你的家事我可不管；不過我老實告訴你，我出了工錢僱來的用人，你是不能隨便叫她走的。」

「出了工錢嗎？」那女人帶着嘲諷的語氣問道。「你別說得那麼堂皇；實在，你們是什麼傢伙我完全清楚了。」

「你說什麼！」高懷叫着走前去。「你胡亂闖進來侮

辱別人，我可以控告你的！」

「赫赫！」那女人又嘲諷地冷笑一聲，「惡人先告狀，我還未控告你們算是給你賞面啦！不過我現在還不同你說這個。我首先要她回去！」說着，走過去抓白玫的手。

高懷喝止她：「不！你不能夠這樣做！你知道沒有得着同意，胡亂入屋騷擾別人是犯法的嗎？」

「她是我的人！我有權力要她回去！」

「但這是我的住屋，我有權力趕你出去！」

那女人不理會這些，重再去抓白玫；「我要你回去！我要你回去！」一面嚷着一面拉住她走。白玫沒有想到對方會有這舉動，驚惶地拚命掙脫，急步跑開。可是那女人卻瘋了似的追逐着。白玫到處閃避。那女人軀幹粗大，走動起來比不上白玫靈活；因此很難趕得上白玫。末了，她老羞成怒，舉起布傘來幫自己的忙。

高懷意識到牽進這個漩渦裏會造成不利於自己的口實。可是看見那女人的瘋狂舉動，卻沒法忍耐下去。他跑過去要想制止她；可是來不及：那傘柄已經向白玫身上打過去。白玫嘩叫起來，痛楚分散了她的反抗能力。那女人丟下了布傘一把抓住了白玫的頭髮。白玫拚命要推開她的手，可是沒有辦法。高懷在激動中顧不了什麼，他要幫助白玫：連忙握住那女人的臂膀使勁一捏，使她疼痛得鬆弛了腕力。白玫趁勢掙脫開來。高懷立即挺身遮住她，面對着那女人斥喝着：

「你要她回去也不能用這蠻橫手段，趕快離開！你不走，我叫警察！」

「看是誰叫警察，你別得意。」那女人氣喘喘的盯住高懷，一副痛恨的神色。

高懷還未反駁，門口那邊突然來了一聲一咳嗽。回頭一看：一個面目粗魯的陌生漢子站在那裏；戴着黑眼鏡，穿的是黑色的對襟衫褲，兩手叉在腰間。

「唉，你來得這麼遲！」那女人見到那漢子就叫着，「快來罷，抓她回去！」

那漢子於是昂然的舉起步子。高懷迎上去問他是誰。那女人搶着說：

「別理會他，來罷！」

那漢子一手撥開高懷就衝前去。白玫兩眼凝定地望着他，驚惶得唇皮抖顫；本能地向後退避，卻沒有想到那女人從後面攔腰把她抱住。白玫拚命掙扎；那漢子已經伸手抓住她的臂膀，強硬的拖着走。那女人也協助着拖。高懷不顧一切地撲前去，站在白玫的一邊同那漢子爭奪着。四個人纏在一起；拉拉扯扯的把白玫作了爭奪的核心。無論如何那漢子是佔着優勢，他的氣力比高懷大，而且是兩個人。高懷不肯放鬆他的糾纏；但是已經支持不住，一步一步地和白玫一起給拉近了門口。

恰好在這危急時刻，杜全由外面闖了回來。看見這個情形，他呆了一下。高懷急忙叫道：

「來幫忙呀！杜全！」

杜全是剛剛從旺記婆那裏出來的。他的解釋和辯白都不被接受，還遭了一番奚落；滿胸的悲憤無從宣洩；一見到那女人更加冒火，也不暇弄清高懷那個「幫忙」所指

一撲過去就朝那漢子亂揮拳頭。

的是什麼，一撲過去就朝那女人和那漢子亂揮拳頭。那漢子沒有料到這一着，馬上放下了白玫，轉過來反擊，和杜全纏在一起，兩人就打了起來。……

那女人意外地吃了杜全幾個亂拳，銳氣減低了一半；倒是白玫增加了反抗的氣力，加上高懷全力的幫助，終於從那女人的手裏掙脫出來。但是她已經極度疲乏，急忙退到窗門那邊，靠住牆壁喘氣。高懷用防衛的姿勢背了她站住。那女人廝纏得頭髮散亂，顎骨扯成兩個銳角，恍如一隻惡獸；眼光狠狠的盯住白玫，沒有一點辦法。這時候她才注意到另一邊翻來覆去地搏鬥着的同伴，已經給杜全打得招架不住；她連忙抓起地上的一把布傘去幫助那漢子的忙：舉起傘柄朝杜全的背脊拚命打着。杜全分出一隻手來

應付的時候，那漢子趁這情勢鬆弛的機會，從地上爬起來就慌忙溜了出去。那女人看見形勢惡劣，便也挾了布傘拚命衝出門口。

一個風暴過去了。杜全把門關上，揩着額頭的汗轉回來。白玫頹然的舉起步子，走到圓桌邊一把椅子坐下。高懷跟上去關切地問她：

「你沒有傷着什麼地方嗎，白玫？」

白玫搖頭答道：「沒有。」

高懷走到他的書桌那邊去給白玫斟一杯開水。杜全回到他的床前去換他濕了汗水的衣服：解着衣鈕的時候，才搭訕地問高懷：

「那傢伙是什麼人？」

「鬼才認識他 …… 他是在那女人之後來的。他們要拉白玫回去。」

「我知道：那女人已經來過一趟。」

「男的不是同來的嗎？」

「沒有。」

「那你怎麼會打他的？」高懷感着奇怪。

「同那女人一道，還會打錯了人嗎？」

「我恐怕這做法有些失策，你不該先向他動手，在法律上這會吃虧的。」

「吃虧再說，對付這種不識好歹的人，最有用處是拳頭。」

「怎樣不識好歹？」高懷不明白那句話的意思；他記起白玫提起過的「嚴重的事情」，便向杜全問道：

「是不是今天出過什麼事？」

「你不知道嗎？」

「知道了我還問你？我回來了不多久。」

「唔，一件氣煞人的事！」杜全換了衣服轉過身來，正要往下說，卻突然叫了起來：「哎喲！白姑娘怎樣了？」

高懷正打算把一杯開水拿給白玫，抬頭一看：白玫用手按住額頭正在向床位移動步子；身子搖搖擺擺好像支持不住。高懷急忙跑過去；還來不及把白玫扶住，她就突然倒了下去。

# 36

在三等病房中

　　白玫昏倒以後，高懷和杜全急忙抱起她放到床上。兩個人手忙腳亂的用藥油施救，仍然不能使她恢復知覺。在惶急中，高懷叫杜全馬上去打個電話請救傷車，把白玫送進就近的一家「公立醫院」。

　　在急救室裏打過了針，白玫才醒過來，人卻非常疲乏。醫生做了檢驗，發現她身上有着受過撞擊的傷痕；她本身卻又那麼虛弱：神經衰弱，心臟也有毛病：受不住過分的刺激。她的昏倒是和這一切有關係的。她至少也須在醫院裏休養一星期至十日，同時打針和吃藥，才能夠恢復健康。

　　白玫起先不願意留在醫院，她認為回去休息一下便會好的，她明白他們大家都沒有錢。可是高懷不肯答應：他勸她住下去再說。而且她住的是三等病房，房租每天只是兩塊錢。醫藥是免費的。反正錢是出醫院時才付，那時候他的版稅總該匯到了。

一星期以來，高懷天天抽出時間去看她。羅建每天有固定的事，但是也去過兩趟。莫輪在白玫進了醫院的第二天早上就去問候過了。他對於她的遭遇感到深深的歉意：好像白玫的不幸他應該負一份責任似的，要不是因為那水煙筒，哪裏會發生這件意外事情呢？這同樣的心理，使他對杜全尤其感到不安；他的好意好像變成了惡意。這結果真是做夢也想不到。事實上，那隻水煙筒是他很偶然地在老麥的雜架攤裏發現，用「行價」向老麥轉讓了來的，它怎樣落在老麥手裏，他不知道，也沒法查究。現在竟要杜全負個偷竊的罪名，是怎樣地不公平，怎樣地冤屈的事！

　　在出事那天的晚上，當他回來聽到杜全報告事情的經過以後，他就非常氣憤；拚命抓着頸項要找旺記婆理論。「豈有此理！我要去向她辯明一下，這樣誣捏有什麼道理？」

　　但是杜全阻止他去，他不贊成莫輪這樣做；理由是：「我已經承認了那隻水煙筒是我自己向收買佬買來的，你犯不着惹事上身，平白地多添枝節。而且，旺記婆對我已經不信任，你去解釋，只叫她想像這是替我轉圜的手段；這除了加重她的認定，對於事實沒有幫助。再說，現在問題也不在旺記婆，而是在於那個可惡的女人。因為發作這件事的是她！只要能夠根本推翻她的誣陷，旺記婆自然也沒有話說。現在只有看那女人的來勢，再作打算；你看對不對？」

　　莫輪想不到杜全會有這一番大道理；而對於因那隻水煙筒闖出這麼一件影響他戀愛的奇禍，更沒有半句怨恨

的言詞，尤其使他覺得意外。他打消了去找旺記婆的念頭的時候，有幾分激於義憤的樣子拍拍胸膛說：

「你不要怕，杜全，出錢買的東西會是犯法的嗎？如果那女人控告你，我出庭去作證！如果這也有罪的話，我替你坐監房！」

一星期以來，他們都擔着沉重的心事：等着看那水煙筒的事件有什麼發展。杜全整天沉默着，一副頹喪的樣子。大家都能夠想像到他的心境是多麼惡劣。誰也不去惹他。他不再去演那「上班」「下班」的把戲，也不再去研究那個壞鐘；他消失了那種興致，也沒有那樣做的目的。他有另一件工作。他向高懷要了幾張原稿紙，伏在床口那張椅子上面寫一封長信；這信是寫給阿貞的。他不敢到樓下去了；縱使不怕旺記婆那種冷嘲熱諷的詞色，也覺得難為情去見阿貞。他想最好還是設法遞一封信，把他要說的都寫在信上。她不會拒絕看他的信，他的話便能夠打進她的心。他要辯白那隻水煙筒的確不是偷來的，他要使阿貞相信他的人格；他要讓她明白他所以拿「有職業」一事來騙她們的苦衷，不外為了應付她的母親，而目的卻完全為了愛她。……但是他寫了又摔掉，又重新的再寫；這樣一遍一遍的摔着寫着，一直還是寫下去。

高懷的書接近完成了，一個一個新的事件卻影響了他的心情；他只好把他的工作暫時擱起。除了不斷的去打聽那一點匯款的消息，便是跑到醫院去看白玫。他思念她，不慣一天不看見她。他盡所能的送去一小束的花，幾本過時的畫報；並且在她旁邊躭擱得長些時間。

白玫的精神一天比一天好，傷痕不再作痛，面色也比進醫院之前的時期顯得健康。她關心着她離開以後，他們幾個人的生活。她希望提前出院；但是她知道高懷沒有可以拿出來結醫院費的錢。於是這一天下午，當高懷立在病床旁邊的時候，她發覺他好像滿懷心事似地帶着一張憂鬱的面容，她便試探地問他：

　　「版稅還未匯來麼？高懷。」

　　「沒有，我想很快會匯到的。」

　　「我想做一件事情，希望你不要阻止我好不好？」白玫商量地微笑着，把她內心的話說出來。

　　「什麼事情？」

　　白玫移動了身子，半躺半坐的靠住床欄，然後把早已握在手裏的一條金頸鍊向高懷遞出來：「我想請你替我做一件事，把這個拿去變一點錢。」

　　「為什麼這樣做？」高懷詫異地問。

　　「我可以出院了；這個可以變一點錢來結醫院賬。」

　　「不，為什麼這樣急着出院呢？你應該照醫生的吩咐，住上十天，把身體弄好。」

　　「現在已經夠好了。」

　　「但是即使出院，你也用不着這樣做。我會有辦法的。」高懷推回她的手。

　　但是白玫不肯改變主意，她說：「我知道你有辦法，但是我不願意你太吃力。你為我所費的力量已經太多了；那都是超乎金錢以上的。我請你剩下這一件事讓我自己做。」

「我明白你的心意，白玫，」高懷懇切的說：「不過你承認是愛我的，你就該聽我的話。三幾十塊錢的數目，用不着損害這件紀念物的保存意義。我不贊成這樣做。我相信我的版稅三兩日內總會匯到了，我可以應付這件事情。假如到你出院時還未匯來再作打算。你還是靜靜的休養多幾天罷！」說了，不管白玫同意不同意就拈起她手上的頸鍊，兩手把它張開了，說：「讓我替你戴回去。」

白玫感到這舉動有點甜蜜的味道，不自主地略微挺一挺身，讓高懷把頸鍊向她的頭上套下去。她自己把它藏進了衫襟裏面。

醫生和護士來了，他們要替白玫探測體溫和注射。高懷向醫生招呼一下就踱了開去。

幾分鐘後，高懷踱了回來。白玫察覺他的神色沒有改變，她剛才是摸錯了他的心事，證明他的憂鬱並不是為了錢的問題。那麼，為了什麼呢？

「今天，你好像大不痛快，是有了什麼心事嗎？是不是我的姊姊又去麻煩過你？」白玫不安地問出來。

「沒有什麼。她也沒有來過。」這樣答着，高懷便乘機抓住提起她姊姊這關鍵說下去：「如果這也算是一件心事，我倒願意讓你知道，我希望同你談一些話。」

「抓張椅子移過來罷，你想同我談些什麼？」白玫親切地低聲問着。

高懷把就近的一張椅子移近她的床邊；坐了下來，望着白玫說：

「幾天來我都想拿這個來問你，只是擔心影響你的

精神。今天，我想總可以開口了。——白玫，在我們的關係上說，到了現在，我相信你用不着對我還有應該保持的秘密。我想知道：你姊姊為什麼一定要你回去，而你和她之間又這麼對頭的呢？」

白玫把視線移向地面，自語地說：

「這件事說起來很長篇。但我首先要告訴你的是，那女人並不是我的姊姊。」

「怎麼？她不是你姊姊？」高懷感到突兀。

白玫搖搖頭：「真的不是。」

「那你為什麼一直拿姊姊稱呼她，她也拿妹妹稱呼你呢？」

「所以說起來很長篇。我本來不打算把我本身的事說出來；但是到了現在，我不說便對不起你，當我知道你同樣是愛上我，尤其是在那天發生了那樣一件不幸的事情以後。高懷，你先答應我，你只當作是別人的故事那樣去聽的。——」白玫說到這裏頓住了，等待着高懷的表示。

「說下去罷，我不會介意，難道你現在還不信任我麼？」

白玫於是沉下了視線，用追憶的神情說出她本身的故事來了。——

## 揭開身世秘密

「我生在一個中等家庭。我父親是個海員，在美國郵船上度過了大半生。他曾經利用種種可能賺錢的方法弄到了幾個錢，但是他具有一般海員共通的品性，到處花錢，到處享樂。我們的家原是在香港，父親兩三個月才在航期中回來一趟；而我母親又是個溫順的舊家女人，對於丈夫的行徑奈何不得。只有一件事情容忍不下去：當聽到我父親在上海有一個『外室』的時候，她便不能不管了。

「香港鬧着海員罷工的期間，我父親在船到上海時上了岸，滯留着不回來香港。我母親藉口躭心時局有什麼變亂，趁勢帶了三個兒女去上海找我父親，目的卻完全為了監視。我們的家便從此在上海安頓下來。四年後我便在那裏出世。這一切都是我後來知道的。

「不久之後，我父親失了業。那『外室』也因為我母親的干涉而疏淡了。我們一家便靠父親在幾種商業上投資的收益維持着生計。

「我本來有兩個哥哥，小的一個因腸熱症死去；大的一個在『九一八』事變後第四年，他才十九歲，留下了信說去東北參加義勇軍，一直沒有消息。我母親便因為憶思兩個兒子而憂傷成病，兩年後終於死去了。那時候我才十二歲哩。

「我母親是非常愛我的，她的死留給我的悲痛永久不能磨滅。而更悲慘的事卻是，我父親利便我母親已不在世，加上他生活上的需要，竟和那『外室』重續舊好，把那女人和她所生的兩個孩子接回來同住。那女人落得有這個機會，她可以在我們身上去報復我母親遺下的一份舊怨了。那些痛苦日子在我真是不堪想像的！假如我們姊妹之間能夠互相安慰倒也好，偏偏不能！我姊姊對我不但沒有親情，簡直也沒有感情。這便更使我忘記不了母親；我覺得沒有了母親，世界上便沒有一個愛我的又為我所愛的人了。

「為什麼我姊姊那樣對我呢？根源是很簡單的。由於我是四個兒女中最幼小的一個，母親對我特別疼愛。這似乎是一般母性的心理，沒法能夠解釋的事。可是便因為這一點，竟激起我姊姊的妒忌；在我母親面前，無論什麼事情她都表示和我對立的態度；她忘記了自己比我長了六年，比我多懂事了六年；忘記了在許多事情上應該給我讓步，因此常常使我陷於委屈而快意。我母親因為同情我便更偏袒我。無形中對於我姊姊又是一種刺激。這種情形相因相成的結果，她的心理作用便愈來愈厲害。終於由妒忌變為仇恨，並且在她的心上生了根。

「便是為了這一點生了根的仇恨，使我整個生命都陷於不幸了！

「母親死了兩年，我父親也因心臟病去世。斷氣之前，他囑咐那『外室』女人應該好好的關照我們。他所遺下的幾種商業股份上的收益，總可以維持一個平穩的家計。但這囑咐是沒有用處的。我們的處境只有更加難受。我姊姊的倔強和孤僻的性格同那女人融洽不來，結果她竟撇下了我獨自逃出家庭，一去無蹤；也不給我消息。她對我便是這麼無情的。

「姊姊走了以後，我的處境更加孤立。但是我年輕，性格也比姊姊柔弱，不敢反抗。而且我還唸着書，這是父親給我的權利，我不能夠放棄。我知道我一定要有了學識才能自立。我只好把一切忍受下去再說。

「太平洋戰事爆發的時候，我剛是初中畢業。戰事已不容許我有機會繼續唸書；而且我已經十七歲了；我相信自己可能自立。於是就趁那混亂的時期，脫離了那痛苦的家庭。

「但是在那樣的時期是很難分辨好人和壞人的。我年紀輕，沒有人事經驗，一投身在那黑暗的漩渦裏就碰了釘子。因為想找事做的心情過分急切，我竟上了一個男子的當。他拿介紹職業這個幌子來誘騙我和他接近。我盲目地信任了他。結果雖然憑了他的力量找到一份商店賣貨員的職位，但是我卻因此第一次失了身。

「由那個時期起，我的認識漸漸廣闊了些，各方面的關係也漸漸多了些，我便在各種職業上轉來轉去。總括一

句說，在整個戰爭期間，我做過女招待，做過電話接線生，做過舞女。總之一個像我這樣的女子可以自己維持生活的事，我什麼都幹，除了最壞的一種。

「亂世是最容易叫人想起和自己有關係的人的。因此我也有機會想起我的姊姊。儘管她曾經怎樣仇恨我，我對她始終還是好的；因為她究竟是我在世界上唯一的親人。但是我沒法知道她的下落。事情是這麼湊巧：在戰事剛結束的時候，在舞客中我認識了一個政客模樣的中年人；在一個時期內他每晚到舞場消遣，而且對我特別親熱。他是為了出席南京的什麼會議而經過上海的。在閒談中，他說出了我有些地方像他在廣州的一個太太，我好奇地問他太太的姓名：原來竟是我的姊姊。經過詳細查問之後，都證明沒有錯誤。我的驚喜使我全不顧慮到那些舊怨。我想着，時間會改變一切，何況一場大戰麼？我決心去找尋她重敍。我對那舞客道出了真實情形，在他離開上海之前，我向他要了他的廣州的住址。

「一個月後，我手頭準備了一筆盤費，便一個人莽莽撞撞的跑到廣州。按着地址找到的，果然是我姊姊。她已經成為身份高貴的官太太了。她從丈夫由南京的來信中，知道我會來找她。但是她的冷落樣子立刻使我失望。我找她的熱情迅速低降了。她對我的感情不但沒有因變亂和時間而好轉，相反的，更憑着她的身份和地位，作為向我驕傲的本錢。她好像把我看作一個落難的人，而她卻樂得看見這個日子似的。這情形真使我痛心！我只好無可奈何地回去我所駐足的小客店，悄悄的哭了一場。

「第二天我硬着頭皮再去找她。我卑屈地提出兩點要求：借給我一筆盤費回上海去，或是憑她丈夫的人事關係替我找一點事做。她接納了後一個。叫我暫時在旅店住着等消息，二三日內她丈夫便回來，她會給我通知。結果呢，我等了一個星期，半點消息都沒有，我只好再去找她，但是三次都會不着她；用人一見到是我，便在門口擋住，扳起面孔說『太太出去了』。這麼一來，我已知道她是有意和我完全隔絕了！

「但是在這個境地，我怎樣處置自己好呢？惶急兩個字實在不能形容我這時候的心境。我手頭帶着的錢快要用盡，旅店房租的數目已經超過了我的支付能力。幸而我的衣裝和儀表還可以遮掩我的窘迫，緩和了旁人的眼光。為着盡量節省用度，我已不敢吃旅店的飯，每日兩餐，只好溜到一家廉價的飯店去。這樣在茫茫然中過着一天又一天。

「在這樣的狀況下，我碰上另一件事情。一個到那家飯店吃飯的陌生婦人，在連續三四天都碰見我以後，她和我招呼而且搭訕起來。也許我的衣裝和飯店的環境不大配合，所以引起她的好奇心，她客氣地探問我是哪裏來的。我說是由上海來廣州找親戚的，因為不曾找得到，便停留下來等待機會找事做。我的動機也實在想透露一點意思，希望隨處打些交情，或者能夠碰到什麼意想不到的收穫。那婦人聽了我的自白，她勸我何不到香港去！香港的婦女職業很多，很容易找事做。接着她又說出她自己是做『水客』，常常來來去去；戰後她不知道碰到過多少像我一樣

想找事做的女子，她都慫恿她們到香港去，結果都有了辦法。如果像我長着這樣好的面貌，不愁找不到一份出色的職業。我因為不熟悉香港情形，我的心便給她打動了。到了這地步，我竟不能自已地說出我目前的困難處境，恐怕一時不容易走得動。她慷慨地表示她可以幫我的忙，包括旅店的逾期房租和去香港的車費；她說我暫時住在她的家裏不成問題，她的丈夫是出門去了的；她還可以設法為我找一份好職業。她說完全為着同情我才這樣做；只要我將來有好處不忘記她。

「我完全給她的話迷惑住了。這大半也是我姊姊那種態度所激成的結果。我並未理智地考慮一下，只急着要找一條出路來向她吐吐氣。因此我完全同意了。第二天，那婦人居然到旅店來替我付了房租，和替我摒當好一切。我便毫不遲疑的跟她來香港；她把我帶到油麻地她的住居安頓下來。她對人說我是由內地來的妹妹，叫我同樣認她作姊姊：說這是為了共同住得利便的緣故……」

「說明白一點，那婦人對你是心存不軌的，是嗎？」高懷忍不住插口問道。

「你不要急，聽下去你自然會知道的。」白玫保留地應了他：「—— 在她家裏住下來之後，我才知道她並不是『水客』，也不知道她做的是什麼行業。白天經常有好些年青的女子來找她，送給她一點錢。那些女子穿着得還整齊，可是面容很疲倦，很難看。而她自己總是晚上出去，深夜才回來，這一切都使我覺得惶惑。但是我不方便問她。我關心的是我的職業；每次問她，她總是說已經

託人進行着了；叫我耐心等消息。同時她阻止我出外面走動，說香港壞人很多，女人不熟悉情形亂走亂闖是很危險的，她不放心；而且介紹職業的人隨時會來，假如碰不着，機會便溜走了。

「這樣過了兩個星期，我表示不耐煩了。我希望她給我一個決斷：她是不是真有辦法幫我的忙。大概她認為時機到了，便狡猾的對我說：她所能幫忙我的職業只有一種：『接客』！並且說，那些來找她的女子都是受了她的幫忙，並且由她管理的……這些話把我嚇呆了。我才恍然明白了我所看到的一切。這完全是個騙局！我不肯答應，我願意離開她！經過一番勸說，卻看見我的態度還是那麼堅決的時候，她的態度也變了。她威脅着說：我離開也可以，但是必須立刻還她一筆錢：旅店房租，來港的車費，還有這些日子的伙食費！她開了一條大數目。否則她便要控告我，送我進監房。末了，她給我一晚的時間想一想。這時候，我才知道我已經落在牢籠裏，我打算覷着她晚上出外去了的機會，不顧一切地逃出來，再作打算。但是走不動。原來同居的人都是和她合作的：她們監視着我的行動。我已完全失卻了自由。

「事情到了這個地步，還有什麼好說呢？在經過了反反覆覆的內心交戰之後，我結果還是屈服了，但只是有限度的屈服。我打算把她那筆錢還了她，我便離開她的圈套，不管前途怎樣！使我願意遷就她底安排的理由，只是這一點：我老早已經是失了身的女子了；我沒有值得保持的貞潔了。

他露出一副可怕的獰笑向我湊近了來。

「於是我決心用麻木的意志度過這一段可怕的生活！

「但是那種生活我實在過不下去的；還不到一星期，
我疲勞得支持不住了。很困難才要求到休息一晚的許可，
我連晚飯也不願吃就躺在床上。大約八九點鐘光景，我
在矇矓中給一種騷動擾醒過來，發覺一個大漢立在我的床
邊，眼光貪饞地射着我。我沒有見過這個漢子；但是我立
刻記起擺在房裏櫃枱上面的那張照片；我知道他就是那婦
人的丈夫 —— 也許從什麼地方回來了。這時候，他露出
一副可怕的獰笑向我湊近了來，我聞到一股濃厚的酒味，
我知道他要做什麼；我急忙起身閃避了他；他撲過來抓住

了我；我驚叫着和他糾纏起來。正在危險當中，那婦人回來了。她一面罵着她的男人，一面走過來假裝幫忙我脫身，其實是暗裏幫忙她的男人把我牽掣。我拚命的掙脫了身子，就朝門口直跑出去。

「跑到街上，我怕他們隨後追來；同時也是驚慌得過度，糊裏糊途的鑽上一輛停站的公共汽車。直到我知道自己已經脫離了被迫的危險，才在一個車站下了車。我沒有去處，浪浪蕩蕩走到海邊，才坐下來喘一口氣。在四顧茫茫之中，我突然哭起來了。

「在痛哭中，我想起我的母親，想起我的身世，想起自己的孤零無助，想起沒有人性的無情的姊姊，想起一切的不幸；一種絕望的情緒佔據了我的心。我突然消失了活下去的意志。只有一個單純的念頭：死！

「但是我的決心被阻止了，你把我挽救起來……」

高懷沉默地聽白玫講完了她的事情，把他的感情藏在心裏，只冷靜的問道：「我從你的故事裏找不出你需要隱諱的地方，為什麼你一向總不肯告訴我呢？」

「因為我覺得自己是這麼不幸的人，而且做過那麼卑賤的事，你卻對我那麼好；我不願在你心中留一個太壞的印象，而且就心你會鄙視我。」

「你錯了，白玫，你以為我是那樣的人麼？你的不幸並不是你的罪過，我有什麼理由鄙視你呢？」

「你太好！我知道該怎樣感謝你的。」白玫輕輕的說，一面從領口裏抽出她的頸鍊：「這條頸鍊便是我母親臨死的時候吩咐了留給我的；我對它比對什麼還珍貴；在

我陷於絕境的時候，也沒有讓它離開過我的身。」隨即打開了那隻小相盒遞給高懷：「這個便是我的母親。」

高懷把相盒裏的照像看了一會，問道：「為什麼你以前又說這是你的愛人呢？」

白玫微笑着瞟他一眼：「我是故意那樣說的；為的是免得你愛上我這麼卑賤的人。我也不敢愛上你。」

「現在怎樣？」高懷遞回那隻相盒時打趣地問她。

白玫把她的頭向高懷的肩膊一靠，羞澀地答道：「現在沒有辦法了。」

# 38

## 化妝品推銷員

　　白玫離開醫院的前二日，高懷的版稅匯到了。就在白玫在醫院裏住滿十日的那天中午，他到醫院去結算了房租，辦好了出院手續，就陪伴她回到住居裏來。

　　屋裏的一切，在白玫的感覺中都顯出久別重逢的親切意味。她的床鋪仍舊是她離開時候的那個樣子；那天打算走而執拾得零亂的衣物，和打開了的衣箱，使她想起當時的心境和現在的心境是截然兩種狀態。那時候她還只是一個不安定的客人，現在卻是主人一分子了，她決定不走，而且永遠不走了。她是身心都有所屬的人了。

　　把自己的東西安排好以後，她便預備動手去做其他的事務。但是高懷卻勸阻她：他認為她應該多休息一下才好，因為才養好了病回來，是不適宜馬上又操作的。

　　「假如我幾天前回來了，現在不是操作着了麼？」白玫現出一副活潑的笑容，一面捲着她的衣袖。

　　「但是事實上你今天才回來呢。」

「不要緊的，我太高興，我不找些事做，便沒法打發我高興的心情。」

「為什麼你會這麼高興呢？」高懷知道勸阻不來，便打趣地問。

白玫現出一個含蓄的微笑，睨他一眼，應道：「我不知道。」

但高懷是知道的，根本他自己也有同樣的心境。十日前，他和她還只是比較親熱的朋友，今天重再在這屋裏共同生活，卻是一對愛侶了。他知道該怎樣珍重這一種情緒。他不願勉強阻止白玫，也正如不願阻止他自己一樣。因為他也急着要出外邊去辦一件事情：採買一些送給白玫的東西。這是他許久以來的一個心願。他恐怕手上的一點錢開銷完了便會辦不成功，而容許他這樣做的機會卻不常有。經過十日特別情形下的親近和關切，結果又互相坦白了彼此的愛情，更使他平添一份帶有甜味的興奮。好像不立刻給白玫一種表示，便也不能平靜他過分緊張的情緒。

「好罷，你高興做便做；不過你得適可而上，太勞神是不行的。我出去走走，很快就回來。」

「知道了。可是你不要出去太久，一個人留在屋裏，我害怕！」

白玫的神情像撒嬌又像憂慮。高懷忍不住走到她身邊拍拍她的肩膊，安慰她說：「別這麼傻，你還擔心那兩個壞蛋會來麼？現在沒有誰能夠拿什麼理由來麻煩你的。你信賴我好了。」

送了高懷出門以後，白玫便動手去做一切瑣碎的事

務：整理各人的床鋪，抹窗子，抹地面，打掃廚房，洗滌炊具和所有在十日內停止動用的東西。她對一切工作都做得非常愉快。

當她從廚房出來的時候，發覺有一個似乎是陌生的人在屋裏踱步，突然驚得跳起；細看一下：竟是杜全。她正要開口，杜全已經轉過身來，一看見她，立刻愉快地叫道：

「白姑娘你回來了，恭喜恭喜！」一面伸出手來同白玫的握着，滿臉笑容地說：「你的面色好看得多了。」

「真的嗎？我倒應該感謝你呵，杜先生；高懷告訴我：那天是你和他伴送我進醫院的。」白玫說着，才開始注意到杜全儀表上的異樣。他穿的是嶄新的黃斜襯衫和栗色絨長褲，頭髮是剪過了的，並且梳得整齊；臉上一直堆着笑容。她想：怪不得剛才一下子認不出來了。

「高懷有告訴你關於我的事情嗎？」杜全察覺白玫的驚奇眼色，便這樣問她。

「沒有，也許他不曾記起。可是什麼事情？」

「我已經找到職業了啦，」杜全揭曉出來：「在一家化妝品公司當推銷員。是《大中日報》那位老李介紹的。昨天開始上工了。」

白玫才恍然明白了一切，連忙說：「我倒要恭喜你啦！杜先生，這消息真使我歡喜。待遇還好罷？」

「月薪暫時一百五十元，推銷成績達到某種程度以上，還有佣金。」杜全現出一副滿足的神氣。

「這也不錯了，只要有職業便應該慶幸。」到這裏，

白玫突然想起：「貞姑娘怎樣了？她知道了沒有？」

「她知道了，我告訴了她。前些時為了那隻水煙筒的事，她因為誤會和我鬧翻了，她媽媽恨得我要死。後來我偷偷的寫了一封信給阿貞，向她說清楚了一切，她才回心轉意，託莫輪帶上來一張字條。但是必須我真正有了職業才好去見她，否則她媽媽不高興……」

「現在她媽媽方面也不成問題了罷？」白玫截住問道。

「現在沒有問題了。我相信阿貞看了我的信，一定在她媽媽面前替我做過辯白工夫；而且那隻水煙筒的事也再沒有什麼下文，她會知道我是被冤屈的。」杜全說得很得意的樣子，又繼續下去道：「呃，說起來也很氣人，那天高懷從報紙上面發現老李登在那裏的代郵：叫我即日去找他。高懷把報紙交給我看。我知道老李找我一定是職業有希望。一時興奮起來，忘記照阿貞囑咐的那樣做，就拿了報紙跑到樓下去告訴她媽媽，並且把代郵唸給她聽。你猜她怎麼樣？她不肯相信，竟說：有什麼稀奇？報紙上登着同姓同名的人不知道有多少！……」

白玫忍不住笑出來，聽杜全說下去：

「我沒法同她說得清楚，只好讓她看事實。我預支一點錢買了這一套衣服，昨天穿着去正式上班，她看見了才不能不信，居然對我笑起來。你看，這世界就是這樣的！」

白玫聽杜全一連串說着自己的事，她知道他的心裏是多麼快樂，便迎合他的心情說：「不要管它什麼罷，只要有了事做，不就可以吐一口氣了麼？至少你和貞姑娘的

問題是樂觀的。我要祝福你啦！」

杜全聽到提起他和阿貞的名字聯繫一起就感到開心，笑着向白玫道謝過了，回報一句：

「我也祝福你呢，白姑娘。」

「我有什麼值得祝福的呵！」白玫信口的應道。

「不要瞞我了。老高前晚已經向我們宣佈：他準備和你訂婚了呢。」

白玫這才明白他的「祝福」所指的是什麼，腼腆的不知道怎樣說的好。高懷竟然把他們的事公開了，多麼難為情！好在另一件事打斷了這個話題。羅建和莫輪一同回來了。白玫一見到他們就迎了過去，和他們熱烈的打招呼。空氣立刻熱鬧起來。

「白姑娘，你完全好了？」羅建一隻手提着眼鏡向白玫端詳了一下。

「謝謝你；實在我並沒有什麼特別事情。本來早就想出院的，只是高懷偏要我多住幾天才讓我出來。」白玫笑着說。

「多休養幾天當然是好的，不過你不在這裏，我們真有些不慣啦！」莫輪接着說，拐着步子把他的麻袋放下來。

「我也十分不慣，」白玫應道：「我總是惦記着你們的生活不知道怎麼樣。」

「現在好了，你回來，我們不再寂寞了啦！」羅建一邊說一邊把挾着的課卷包裹放到他床頭的衣箱上面，提着一隻紙包又轉了過來，說道：

「白姑娘，你在醫院的時候我沒有什麼東西送給你

吃；但是有禮不怕遲，這裏是幾隻橙子，不成敬意；請你收了，病後吃吃也有點益處的。」

白玫瞪着眼看那紙包，一時還說不出話；莫輪已經拐到她的面前，又遞出一隻尖角的包裹，接上去說：

「白姑娘，我這裏是少少的幾隻雞蛋，病後吃吃也很營養的，請你一起收了罷！」

白玫沒有防備他們有這一套，驚喜得有點失措，不禁叫出來：

「唉，這是什麼意思！你們為我用錢，我怎能夠受得起呢？」

「拿了罷，不成敬意的呀！」

白玫連續的說着「太感謝了，太感謝了」，高興地接過那兩隻包裹。接住卻又來了杜全。他一面向自己身上各個口袋摸索着；末了，從褲子後袋裏掏出一件東西，是兩隻小小的圓盒子。他笑着遞給她。

「什麼東西？」白玫注視着那盒子；她簡直應接不暇，連忙把兩隻包裹抱在胸前，才把它接過手：「嗯，杜先生，連你也這麼客氣。」

「他們的是吃的，我這個是用的。希望你很快用得着它。」

白玫不明白杜全那句話的含意，仔細一看，原來是一盒面粉和一盒胭脂膏；她有幾分羞赧，連忙遞了回去。「杜先生，我領情算了；你送給貞姑娘去罷。」

「不，我要送給你；」杜全堅持着：「實在抱歉得很，我事前未準備什麼東西；讓我就拿這現成的東西作禮物好

了。難道你這也不賞臉麼？這只是作宣傳品的貨樣，就算要送給阿貞，改天我還可以向公司去要的。」

白玫只好道謝了接受下來，笑着說：「我真難過，我病的時候你們那麼關切，病好了又送我這許多東西。你們太好了。」

「算得什麼呢？只要你好起來，已經值得大家歡喜；這麼一點東西，實在表達不了我們十分一的心意呢。」

莫輪也跟着羅建後頭說：「唉，白姑娘，如果我們不這麼窮，也不致做得這麼寒酸了。」

白玫咬住嘴唇，仍然遏抑不住自己的激動，她的眼眶湧出了淚水。夥伴們那種深厚的友情深深感動了她！她怕給他們看見了難為情，急忙捧了那些東西走回她的床位去。

有人在外面重重地打門，幾個人都疑惑地互相看一眼。杜全跑過去，問是誰。外面不回答，仍舊是打着門。他遲疑了一下，還是把門打開了。

## 不怕鬼的租客

　　進來的是雌老虎，背後是一個穿灰緞棉袍的陌生人，身材矮矮胖胖的禿頭漢子，外省人模樣，咬着油光的煙斗，揮着一根粗重的手杖；一進了門，就仰起那像橙皮一般又圓又赤的面孔，向周圍看看望望，一副目中無人的神氣。

　　幾個人都望住這橙皮臉的傢伙，有些惶惑。一聽到雌老虎開口，大家才知道是什麼回事。

　　「就是這一間呀，先生。你看，這樣的屋子還不夠大嗎？『單邊』樓，兩面幾個大窗，光線充足，空氣通爽；間上三個房子，還有個大廳可用。嗯，由這裏出去是一個闊大的走馬騎樓，繞過半邊屋子；你還愁不夠地方用嗎？什麼跳舞會宴會開不來啦！……」

　　雌老虎像背台詞一樣，指手劃腳地領着那個來客在屋裏看。那傢伙托住煙斗，仰起那張橙皮臉四處打量；一面用手杖敲敲牆壁，又敲敲地磚，好像總想找出一些什麼

缺點來的樣子:「屋子也不錯,可惜太舊了。」

雌老虎揚手一撥,急忙接上了說:「這個不是問題呀,先生,只要把它粉飾一下,還不是新屋一樣?老實說,這屋子是戰前造的才有這麼寬闊通爽哩!」

看見對方沒有反應,雌老虎有幾分發急,馬上找個新題目:「還有一點呢,廚房是由騎樓進去的,和屋內不相連,火煙不會飛進屋裏。你看……」

雌老虎自顧自地說着,向廚房走去。可是橙皮臉還在通出騎樓的門口站住,向屋裏打量着。杜全抓住這機會,走到他的面前,低聲問道:

「先生,你信鬼的嗎?」

橙皮臉莫名其妙地看看他,答道:「我信上帝。」

「鬼呢,你怕嗎?」

「信上帝的人是什麼鬼都不怕的!」

杜全只好說句「對不起」,退回來,暗裏向呆在那裏的羅建聳聳肩。

「先生,你不看看廚房嗎?」雌老虎轉回來問道。

「我是來租屋,不是來租廚房的。」橙皮臉冷然地道,仍舊仰起面孔看來看去。

雌老虎感到沒趣,討好地賠着笑臉,轉了話題問道:「怎麼呢,先生?你愜意嗎?」

「多少租錢?」橙皮臉掉頭向她問。

雌老虎豎出兩隻手指:「很相宜,二千塊頂手費,二百塊月租:鞋金免掉好了。」

橙皮臉用疑問的語氣「唔?」了一聲。雌老虎摸不

着他的意思，追問道：

「愜意嗎？」

橙皮臉搖搖頭：「太厲害的價錢。」

「不算厲害呀！難道你老先生還不知道現在租屋的行情嗎？有不少的外來人像你老先生這樣的，出幾千塊錢還找不到一間愜意的樓房呢！」看見橙皮臉不作表示，並且開始移動步子的情勢，雌老虎心裏焦躁起來，急忙纏住他作讓步表示：「先生，你且還個價，總有商量的。」

橙皮臉在門口頓住了腳步，說：「我會還個價，但不是現在。我不過先來看看，等待我的家人由上海來到之後，再來商量。」

雌老虎放了心：事情還有希望。但是還得說句：

「這個倒不要緊，不過希望時間不要拖得太久；你知道啦，隨時有人來看房子的，萬一你老先生再來時房子租出去了，那是對不起了呢！」

「這也聽你便，我不能要你等的。」橙皮臉不在乎地說着，跨出門口。

雌老虎連忙跟上去，一面走一面說：「當然呵，不過我總希望能夠租給你老先生的呀！」

杜全跑過去關上了門，轉過頭來就研究地問道：「雌老虎搞什麼鬼的！老高前幾天收到版稅的時候不是付過租錢嗎？」

「這有什麼用處？」羅建搭訕着說，坐在床沿上抽紙煙：「儘任你每個月依期付給她，總還是拖着三個月的舊欠。你忘記她那個聲明嗎？不付清了那三個月的欠數，她

隨時有權把屋子租給別人。」

「我想，我們這兩個月還住得安定，完全因為她還不曾碰到一個出得高價的租客。」白玫也加進來說。她在那橙皮臉看房子的時候，一直是背過身子朝向床裏，胡亂做些瑣事。現在才從床位那裏走出來。

「你以為這個傢伙會租成功嗎？羅老哥。」莫輪也加入討論。他老早就沉默地蹲在他的床口，處理他收買籮裏的東西，心不在焉地問出來。

「這有什麼出奇？那傢伙看樣子是很有錢的。」

「很有錢的嗎？」白玫好奇地問着。手上提了一隻厚紙皮袋子，準備出去買小菜。

「怎麼會沒有錢呵，腦滿腸肥的；這種大亨人物，多的是帶着金條來香港作寓公的。把香港弄得寸金尺土的還不是這些傢伙嗎？」

「怎麼？白姑娘，你剛才沒有看見他？」杜全踱着步子，詫異地問。

「我沒有多大注意。一知道是來看房子的，我便一眼也不再多看了；我憎恨這種人，不管他是大亨小亨，總之他們的出現對於我們不會有好處；不是嗎？」

羅建給白玫那麼孩子氣的話引得發笑。杜全攤開兩隻手做個無法可想的表情：「最糟的是那傢伙不怕鬼，簡直沒法挽救。」

白玫忍不住嗤的笑出來。羅建指出杜全的失敗：「你弄錯了對象，應該等他太太來了的時候去問她才是辦法。」

「怕的是那時候已經太遲了呢!」

「聽天由命,別管他罷!這幾個月來我們擔心得也夠了,還不是一樣過下來?」莫輪滿口不在乎的語氣插嘴,一面從他的麻袋裏掏出一件報紙包裹的東西。站立起來朝後面暗裏望一眼,看見白玫挽着紙袋開門出去了,才向羅建叫道:「羅老哥,還是來看看我這件寶貝罷!」

「什麼好傢伙?」羅建站起身信口問道,隨即醒悟起來:「我猜中了,是不是那個古董買到手了?」

莫輪只招招手說:「你來看。」便拿了包裹拐呀拐的走到圓桌邊,珍珍重重的放在桌上。杜全看到莫輪那個古怪樣子,也聚攏在一起等着看。

「什麼寶貝犯得着這樣詭秘的?」羅建提一提眼鏡,好奇地等莫輪揭曉。

「我對你說罷,這個東西是不方便當着白姑娘的面前拿出來的,所以我等她出去了才給你看。」隨說隨解開了包裹的報紙,立即出現了一隻磁器東西。

羅建拿上手一看,原來是一件磁質的小擺設。長度大約五寸,塑的是人物:一個全身裸露的女人,只裹了一條褪到股部的彩褲;身子扭成了誘惑的姿態,偃臥在一張彩色圖案的涼蓆上面;右肘擱住一隻漆枕,手上搖一把宮扇;左手撫着一個小孩子,這小孩子正從她的腰背扳到前面吮住她一隻乳頭。女人的面上呈現一種媚惑的神態。由於彩色部分的深沉氣氛,特別顯出肉體部分的白皙和豐腴的曲線。這是一個色情意味濃厚的玩物。下面嵌住一隻托盤式的柚木座子。脫出來看看:底面有個長方形的小印

章，印的是「康熙年製」字樣。

「你看，康熙年製的。」莫輪指住那印章，有幾分得意的神氣；接着問道：「隔現在多久了？有一千年罷？還是二千年？」

羅建聽他一說，禁不住笑出口，把那座子套了回去，答道：

「莫老哥，你連歷史也不懂，還買什麼古董呢？康熙不過是滿清年代，隔現在不但沒有一千年，三百年也不到。」

「三百年也算古了啦！」莫輪有幾分難為情，自解地說。

「最怕是三百年也沒有呀！」杜全插上一嘴。

「你不懂別亂說！」莫輪堵住杜全的嘴，轉向羅建注意他的表示：他認為羅建是教書先生，他懂得多些。因此他信任他。

羅建「唔」了一聲，他已經捧住那個「古董」摸摸看看的研究了一頓；點頭點腦的說：「別給杜全說中了，我看這個東西的確有問題。」

「有問題？」莫輪瞪着眼望住他，「怎麼說的？」

「我先問你買了多少錢。」

莫輪豎了五隻手指：「五塊錢，值得罷？」

「莫老哥，五塊錢真是冤哉枉也，這一次你又上當了！」

「怎麼？你說它是假的？」莫輪患得患失的望望羅建，又看看那個「古董」。

「即使不是假的也決不是真的。」羅建幽默地答着。

莫輪有些困惑，抓抓頸項：「我不明白你的話。」

「我給你說罷，這個東西決不是康熙年造的。當時是不是有過這樣的東西，我不知道；可是這一個是冒充的古董，卻是看得出來的了。」

聽到「冒充」這字眼，莫輪彷彿冷水澆背，頸項給抓得更厲害，茫然地問道：「怎樣看出來？怎樣看出來？」

羅建捧起那「古董」向莫輪指點着說：「我告訴你罷：但凡磁器經過長久時間，多少也有點變化。像這女人的身體部分，如果真是經過兩三百年的話，總該有點近於象牙差不多的淡黃色澤才是；但是這個你看：白得像雪一般，簡直是原色。這是一點。其次，加過釉彩的磁器，時間久了它的圖案筆劃自然會微微凸起的，用手一摸便感覺到；現在你試摸摸這涼蓆和褲子的圖案，平滑得全無所覺。顯然是新造的。這又是一點。……」

莫輪像受催眠似地，放下抓頸項的手，伸過去摸摸。杜全也不期然照樣來一下。羅建還有議論：

「這以外，還有個很大的破綻哪。這磁像的女人戴的是雙重的耳環，這在滿清時代是貴冑婦人才配得上的裝飾；但是拿滿洲女人塑成赤身露體的樣子，在那專制時代會被看作侮辱的舉動，簡直會招殺頭大禍；這樣大的罪是沒有人敢冒犯的。這耳環在磁像上並非必要卻偏偏要，便證明那造假貨的人弄巧反拙：為着要冒充那時代的出品，卻忽略了犯上一個錯誤。不信你且看看 ── 」

莫輪從羅建手上接過磁像，湊前去看。這動作在他

只成了無可奈何的手續。實在羅建這一番觀察和理論，已經使他佩服得無話好說。他沮喪地捧住那磁像，自語地沉吟着：

「那麼，那麼，這簡直一錢不值了啦！」

「所以，莫老哥，我勸告你還是把這些冤枉錢儲蓄起來，娶個老婆要好得多。」

莫輪又羞又氣，兩手抖顫地舉起那磁像再看一下，突然一聲「他媽的」，就把它拚命一摔 ——「嘭」！破碎的磁片散開了一地。

「今後發誓不買古董！」

## 送上門的仇人

　　畢竟來了這樣的一天。

　　屋裏瀰漫着不曾有過的一股喜氣；每個人的心上都有一種特異的感覺：愉快的，又是新奇的。大家都在迎接着一椿共同生活中的大事。—— 高懷同白玫訂婚。

　　這是經過選擇才決定了日期的禮拜天。羅建和杜全都是休假日子；莫輪原是沒有所謂假期，但是他願意為這個日子放棄半天的生意。

　　羅建在清早就出外面去，買回來一匹鮮紅色的縐紙。早飯後，和杜全合作把縐紙切成一寸寬度的許多小節段，然後牽成一條一條的長帶，扭成了波浪形，把它們在半空裏縱橫地掛起來：給屋裏平添一種鮮明的氣象。

　　隨後，兩個人又一同出去買鮮花，買酒，買花生米；又到附近的館子裏去買了些點心。由於這是一回不常有的喜慶，縱然是非常簡單的採辦手續，他們也懷着好玩的心情故意造成忙碌的情形。而這一度的開銷，是三個人共同

負擔的。羅建和莫輪各自設法拿出五塊錢，替杜全墊出一份：為的是他暫時拿不出錢來。

這時候是一切都安排好了。莫輪回來了。阿貞也給請上來了。她是唯一的賓客；杜全在前一天就費了一番唇舌工夫，向旺記婆商量好了允許她來參加。

現在只等待儀式！

白玫大半天都躲在她的床幃裏邊，有幾分難為情地怕露面；好像感覺到自己就是做新人似的。她很早就穿上她的一件黑色旗袍，那是最初遇到高懷的那個晚上所穿着的：她覺得在這一天穿起來很有意思。同時薄薄的擦了一點杜全送給她的面粉和唇膏。對了小鏡子端詳自己的時候，想着今天就拿這樣的儀表踏入人生一個新的階段，好像自己也不敢相信會有這樣一個日子。在一陣感情激動之下，她竟然哭了起來。

「白玫，準備好沒有？」高懷掀開她的床幃走進去，看見她的模樣，詫異地問道：「你又怎麼了？」

白玫立刻展出笑臉迎着他；淚水卻堆在眼眶裏。「我太歡喜。高懷，我希望我不是在做夢。」

「為什麼你要這樣想？這決不是夢。」

「就因為不是夢，所以我歡喜得哭了！」

說了，她向高懷的胸前投過去。高懷張開兩手抱住她；在她的耳邊低聲問道：

「你真的不會後悔，願意跟我捱苦嗎？」

「我願意，我決不後悔。」

「假如有一天，我變了叫化子的時候呢？」

兩個人從床幃裏出來的時候，一陣掌聲包圍了他們。

「我也同你在一起。」

高懷把白玫的臉扳向了自己，正要把他的吻湊前去，羅建卻在外面叫了起來：

「請未婚夫婦入席！」儼然是司儀人的口吻。

白玫急忙離開高懷的擁抱，笑一笑說：「出去了罷？」便拿了手帕輕輕揩了淚漬，對了小鏡子整理一下面容，立刻推高懷走在她的前頭。

兩個人從床幃裏出來的時候，一陣拍掌聲包圍了他

們。這便使高懷也感到幾分侷促；白玫簡直兩頰也紅透了。幾個夥伴已經站在圓桌邊等待着。圓桌中心擺着一束插在玻璃水杯裏的鮮花；四邊放着兩盆窩麵，和兩碟堆得整齊的點心；沿住桌邊陳列了六杯斟了一半的酒和六份碗箸。座位也安排好了：高懷和白玫並在一起，杜全和阿貞也給排做一堆。

大家跟着高懷倆就座之後紛紛坐下。每個人的面容都顯示了一份共同的愉快；但是卻多少有一種觀念上的拘束；因此在愉快中也帶有一點莊重的成分。羅建首先站起身來講話，緩和了那近於嚴肅的空氣。

「今天是高懷和白玫姑娘訂婚的日子，也是我們在這裏生活了幾個月以來第一件值得高興的事。我們幾個人都是份屬老友，本來應該送些禮物致賀致賀；但倒霉的是，第一因為窮，第二因為苦，沒法讓我們如願做到。所以只好合夥辦了這個簡單的茶會，—— 實在只能說是茶會，請兩位未婚夫婦吃一餐；藉此表示我們的賀意。人家訂婚是主人請客，我們都是客請主人。這是我們值得誇耀的特色。根本在我們平日的生活上，就沒有所謂主人和客人的分別。現在，讓我們向未婚夫婦敬一杯 ——」

羅建儼然是演說的模樣講完這一番話，就領導大家一齊舉杯，對了高懷白玫兩人紛紛祝福。大家剛剛坐下，高懷又拉一拉白玫一齊站立起來，說道：「對於老友們今天的盛意，我和白玫都非常感謝。現在讓我們回敬一杯！」

於是大家又舉杯應酬了一番。跟着便開始吃點心。

大家隨便的吃着喝着，說說笑笑，空氣又輕鬆又熱烈，完全解脫了什麼觀念上的拘束。在這裏面，只有阿貞是矜持的；她不曾參加過他們的場合，因此舉動顯得非常客氣。羅建感覺到了，索性給杜全造個機會，慫恿他應該招待阿貞。大家也隨聲附和。杜全落得利便這公開的鼓勵獻一番慇懃：不斷地替阿貞拿點心放到她的碗裏去。阿貞暗裏阻止他；同時因為杜全這個態度而感到難為情。白玫便趁勢來一個提議：

「我想，我們應該趁這機會，和杜先生貞姑娘喝一杯，祝他倆早日也請我們喝酒。」

一陣附和的喧聲揚起來了。阿貞羞得臉紅紅的，侷促着不知如何是好。杜全倒感到一道甜甜的快意溜上心頭；暗裏推動阿貞。她終於難為情地跟他提起酒杯，同大家對飲。於是全桌響起一陣掌聲。阿貞羞得抬不起頭來。

「真高興，今天是值得多喝一杯的！」

羅建說着，替大家添一回酒。高懷說：

「今天本來是準備由我請客的，可是大家既然這麼賞臉，不讓我做，我只好領情；不過禮尚往來，我也得回答一下才夠高興；我想等一會由我請看一部電影，五點場的，散了席就去。兩個節日連接一起才能算得盡歡，大家贊成罷？」

不待別人的反應，羅建便接住開口：

「有電影看我想決沒有人反對；這個是不成問題。我倒有另一個提議。俗語有一句所謂喜事重重；因此我有個想法，我覺得高懷同白姑娘既然相愛得這麼熱烈，有情

人終竟要成眷屬；那麼，為什麼不可以提前實現呢？我的意思便認為，他倆不妨索性就在今天成婚也沒有關係。反正這裏全是自己人，實在用不着拘論什麼。大家認為對不對？」

莫輪首先鼓起掌來，杜全也附和着。白玫倒感到難為情了，她微笑着向高懷看一眼。高懷也感到些困窘，立刻答道：

「羅老哥的好意我們是感謝的，不過成婚不成婚只是形式問題；但是至少在目前，我相信白姑娘也和我一樣，沒有這樣做的需要。」

「老高，你只是相信罷了，你怎能夠肯定白姑娘的意思是和你一樣的？你問問杜全他們同不同意你這個說法！」

羅建這故意開玩笑的挑挖，激動了杜全和莫輪都鼓噪起來。高懷更加困窘。白玫立刻出來解圍：

「高懷的話是對的；不過我還有我自己的意見。我覺得，假如我們就這樣成婚了，我便變成只屬於一個人的了。但是我怎能夠捨得你們呢？所以在大家的生活還未搞得好之前，我實在不願這樣做，因為我還要為大家服務的哪！」

「說得好！說得好！」莫輪忘形地鼓掌叫起來。

羅建的提議給推翻了，他點頭點腦的表示他的佩服。白玫那幾句話實在感動了他。他提起杯來說：「值得為白姑娘的話喝一杯，不是嗎？」

「值得值得！」

在一片喧聲裏，全體舉起杯來了。但是一陣隆隆的響聲打斷了喝這杯酒的豪興。有人在外邊打門。

「會不會是雌老虎？」羅建和高懷互相看一眼，研究地問道。

高懷躊躇了一下。「不管它，來了再說。」這樣說着便放下酒杯跑過去開門。

站在門口的，竟是個體格粗壯的漢子；穿短衣褲，戴黑眼鏡，氊帽子壓到眉頭，兩手叉腰；一副不懷好意的神態。高懷立刻認出了這傢伙是誰；正要詢問他的來意，他就指住高懷厲聲說：

「聽着，我現在來通知你：如果白玫在三天內還不回去，你們全體都受窩藏少女的控告！識相一點！這是最後的警告，別說我不留情！」

站在門口的是個體格粗壯的漢子。

不讓高懷表示什麼，那傢伙轉身便走。

屋裏的熱烈空氣給這件突如其來的事情沖散了。幾個人面面相覷的呆在那裏。但是莫輪卻渾身抖顫，拚命抓着頸項，緊張地繃着面孔，兩眼露出火一般的光；憤怒地罵道：

「混賬！」便一顛一蹎的向門口直衝過去。

高懷迎面攔住了他，喝着：「不要暴躁，莫老哥！他要控告，我們應該商量個應付辦法才是。」

「不要怕！」莫輪激昂地叫道：「我先控告他！他自己送上門來，我決不讓他逃脫！」

「他是誰？」高懷抓住他的臂膀問着。

「他……他……他……」莫輪情緒激動，很困難才掙出了一句話：「他就是王大牛！……」

像瘋了一般的掙脫高懷的手，莫輪就一拐一拐的奔出去。

大家都感到了驚愕，瞪着眼說不出話來。事情竟是這麼奇巧！

高懷轉回來詫異地看看白玫：

「王大牛就是他嗎？為什麼一向不見你說起過？」

白玫彷彿着了魔卻突然給喚醒了似的，迷惘地答道：「他是王大牛連我也覺得意外。我的確不知道。正如他的女人有着那隻水煙筒我也不知道一樣。我記得那婦人對我說過，她丈夫似乎是姓徐的。」

「這個不必研究了，老高，」羅建了然一切的樣子，說道：「這些傢伙有所忌諱，改名換姓是當然的事；白姑

娘不知道並不奇怪。現在我們有理由可以安心，他剛才只是恐嚇，卻未必敢真的控告我們的。他本身也有問題，難道還敢出面惹什麼麻煩嗎？」

羅建這個想法很有道理。如果那個漢子的確是王大牛，他們實在沒有理由害怕他。這個心理緩和了剛才的緊張感覺。同時高懷也不願今天這一場高興因這件意外事情受着打擊，尤其是不願白玫的情緒受到困擾；他應該使事情盡可能變得平淡；便舉起杯興奮地說：

「不要管它！今朝有酒今朝醉，光是為着莫輪碰見仇人，已經值得我們乾一杯了。來罷，喝完了我們一樣看電影去！」

大家熱烈地附和着，又繼續喝了起來。

# 41

「喜事重重」

　　莫輪在晚上八點鐘以後才回到住處。屋裏冷清清的沒有一個人。他把所有的幾盞火油燈都點着了；好像到處都得有點光亮，才能配合他這時候的心境。他就在這光亮裏拐着步子走來走去；恍如要找尋什麼，事實上卻並不找尋什麼。

　　他已經完成了一件大事，這件事幾個月來在觀念上成為他生活的唯一目標。現在目標達到了，沒有比這個更痛快的時辰！他的身心上脹滿着說不出的興奮，他需要打發一下才舒服，他需要動；他安靜不來。他可惜自己不能像杜全那樣會唱歌，否則他要唱起來的。……

　　差不多九點鐘光景，四個夥伴從戲院回來了。莫輪一見了他們就帶着快意的聲音叫出來：

　　「天有眼哪！天有眼哪！」

　　「怎樣呢，莫老哥？我們一晚都惦記着你，不知道你會弄出什麼結果。」

高懷急切地問他。大家都關心地等着聽莫輪的報告。

「什麼結果？警署把他扣留了啦！」

「扣留了？那傢伙的確是王大牛麼？」羅建搶着問道。

「怎麼會不的確？他化了灰我也認得他，不怕他戴上黑眼鏡。」

「說一說，你怎麼樣抓到了他的？」

莫輪歪一歪唇皮，扯出一個滿意的笑容，開始說：「赫，說起來像演一套戲。我由這裏追出街外已經見不到他，我想像他或者趁車去了，便一直跑到巴士站。果然在一羣人中發現他站在那裏等車，我便若無其事的也加進人堆裏去。他不會留心我 —— 你知道，他害的人多，未必每一個都記得起。車來了，他上車，我也上車。到了佐頓道附近，也就是我前次碰見他那個地點的一個車站，我在另一道車門和他同時落下來。我暗裏跟在他後頭。這一次我是一條空身子，走動得自然比前次方便。我一直跟蹤他轉進一條橫街，注意他閃進去的那個門口。我迅速的打從那門口走過，瞥見他站在二樓敲門。記起前次他就是在這附近失了蹤的；我斷定他是住在這個地方。於是我記好那個號數，馬上跑往警署去。」

「我對值日警官說要告發一個躲藏的罪犯：淪陷時期的惡霸。警察們看見我的模樣和氣急樣子，以為我是瘋的。後來我指住我的腳給他們看，證明我自己是個受害人；並且說出王大牛的名字。他們才不再懷疑；馬上派了兩個人叫我領着同去查探。到了那間樓房，應聲來開門的是個女人。一聽到找王大牛，她便似乎明白了來意，極力

否認有姓王的住客，不信可以進去查看。我們走進屋裏，那是一間只住兩三夥人家的普通住宅。在住客中果然尋不出那傢伙，也查不出一點痕跡。警探看看我，有幾分懷疑我的告發。我急死了！……」莫輪抓抓頸項頓了一下。

「後來怎樣尋到他？」杜全急急問着。

「後來嗎？我死不了一條心，尤其是察覺那女人的一副張惶神氣，更使我不肯就這樣放過。最糟的是沒有人證，怎麼辦呢？呃，果然皇天不負有心人，神推鬼使的，我的眼落在櫃頭一張照片上面：一看就認出了那個殺千刀！我指住照片向警探報告。他們馬上抓住它向那女人查問。她承認那片中的人是她的丈夫；但他是姓徐的。—— 徐什麼我記不得了。她說是剛剛出外面去了，說不定什麼時候回來。我極力指證那個人是王大牛；我要求警探留着等他；免給他知道風聲逃跑了。警探同意我的話，並且禁止屋裏的人離開。大約半個鐘頭光景有人敲門。那女人想去應門，卻給警探阻止。他們拔出手槍去開了門。果然是王大牛回來了。警探要他脫下黑眼鏡，對照了那張照片之後，立刻抓住他。那傢伙還想抵賴，裝呆扮懵的說不知王大牛是什麼人。那女人也在旁邊幫忙一嘴。但是我極力指證他。那傢伙便沒奈何的給警探押到警署去。就是這樣抓到了他的。」

「現在怎麼辦？」高懷問道。

「怎麼辦？當然是扣留了啦！警探說，等待搜集了證據就把他控告；那時候會傳我去做證人。我是讓他們寫下我的住址才回來的。」

莫輪報告了這件事的經過，深深喘一口氣，好像一股興奮情緒這才有了交代。

「莫先生，真想不到，你連同我的仇也一齊報了。」白玫這時候才等到機會說話，「如果我早知那個壞蛋是王大牛，你便省下許多工夫了呢！」

「莫老哥注定走枉路，沒有辦法。」羅建揶揄地說：「買古董固然枉花了錢，找王大牛也枉花了時間。前些時未知道他和白姑娘的關係，自然無話可說；今天，你分明可以從白姑娘那裏查出他的所在了啦，卻還拚命的追出去跟蹤，你看多麼糊塗！」

莫輪現出尷尬的笑面抓抓頸項：「哎，一下子心急起來簡直也想不起這一點。」隨即又自解地說：「其實只要抓到了他，辛苦一下又算得什麼！」

「我還算對得起老友罷，莫輪？」杜全乘機賣賣人情：「在你還未抓到王大牛之前，我已經替你打他一頓！」

「我會報答你的，老哥！」

「別說這許多了，你已經吃過飯沒有？我們倒喝過咖啡才回來的！」高懷關心地問他。

「我哪裏有空吃飯？跑來跑去簡直沒有記起這回事。你現在提起我倒覺得有點餓了。」莫輪按按肚子說。

「我替你去買些什麼點心好嗎，莫先生？」白玫急忙問道。

莫輪搖搖手：「用不着，白姑娘，我自己會打算的。」

「不，你奔波得太多了，你不要再走動了。我換了衣服就替你去買。」

白玫鑽進她的床幃裏邊去。這時候，人家才注意到杜全已經在騎樓外面唱歌了：

> 風……淒淒……雨……淋淋
> 花……亂落……葉……飄零
> 在這……漫漫的黑……夜裏
> 誰同我等待着天……明
> 誰同我等待……着天……明……
> 我影兒是鬼似的猙獰
> 心兒是鐵石似的堅……貞
> 我……只要一息尚……存
> 誓和……那封建的魔……王抗戰
> 呵……姑……娘……

「今晚最開心的，除了老莫便是杜全了；你聽他唱得多麼起勁。」羅建一邊說一邊把準備修改的一疊學生習作簿放到圓桌上。

「當然啦，難得白姑娘今天勸飲了那杯酒，無形中肯定了他和阿貞的姻緣，為什麼不開心！」莫輪搭訕着，正在撿拾他的床鋪。

白玫已經換過了衣服，跑到莫輪面前問道：「莫先生，你想吃什麼東西？」

「太麻煩你了罷，白姑娘，你真的要替我去買麼？」莫輪仍舊有點不大願意的樣子。

高懷在他的書桌那邊插嘴道：「有什麼關係呢？難道你的枉路還未走夠嗎？」

莫輪這才轉過意思來：「好罷，你不怕麻煩，就替我隨便買兩隻麵包好了。」

白玫拉開了門走出去，突然「哇」的驚喊一聲退回來。原來兩個穿了黑色衣服的漢子迎面站在那裏。一道電筒的光射着她。

「你找誰？」白玫鎮定下來大聲問道。

「找杜全！誰是杜全？」拿電筒的問，一面把電筒向屋裏掃射。

高懷給白玫的叫聲驚動了走前去，還未弄清楚是什麼回事，就給一個聲音喝問着；

「你是杜全嗎？」

「不。誰找他？」高懷驚訝地反問他。

「我們是警探。他在哪裏？」

高懷楞了一下，向白玫低聲說：「你去通知他。」

白玫慌忙跑出騎樓去。一會之後，杜全的歌停止了，隨即和白玫走到門口。羅建和莫輪也跟住走過去。

「你是杜全嗎？」拿電筒的警探喝問道。

「是的。什麼事情？」杜全惶惑的看着那兩個人。

「警署偵探部要你去問話！」

「問話？」杜全有些迷惘，「什麼事情？」

「當然有事情才要你去啦！走罷！」那警探揮一揮手。

杜全向夥伴們看一眼，有些遲疑；另一個警探已經扳開一對手鐐向他喝着；「來！」便把它套進杜全的手。

一個漢子扳開一對手鐐向他喝道：「來！」便把它套
上杜全的手。

隨後兩個警探便夾住杜全走下樓梯。

　　腳步聲聽不到了。高懷把門慢慢的關上去。白玫惶
惑的看看夥伴們，忍不住叫出來；

　　「什麼回事呵？」

　　沒有誰給她回答。大家都莫名其妙地在那裏。羅建
卻抬起頭發出一聲狂笑；

　　「哈哈！……今天真是喜事重重了！」

報
復
行
動

　事情很快就弄明白了。

　　第二天早上，高懷就跑到警署去打聽到結果，知道
杜全是為着那隻水煙筒的事被告發，說是和那樁盜竊案涉
有嫌疑，因而把他扣留的。很清楚看得出來，這是一個報
復行動。因為那隻水煙筒所鬧出的糾紛已是一個月前的
事，現在才來追究，顯然是由於王大牛給莫輪告發這事所
挑起的。王大牛的女人對於杜全早已痛恨，因此利用這樁
案件來洩憤。先前是因王大牛本身是有問題的人物，多少
有點顧忌，不便發作什麼；到了王大牛的隱蔽已被揭發的
現在，她不怕和他們敵對了。這是可以想像出來的事實。

　　「不怕她！」莫輪憤激地拍拍胸膛說：「我對杜全說
過了：如果那女人控告他，我出庭做證人；如果有罪的
話，我替他坐監房！」

　　但是大家都相信，這報復是沒有什麼結果的。事實
就是事實，杜全只要坦白作供，便可以辯明一切。他決不

致有罪。因此他們準備冷靜的等着看這椿案件的進行和結束。

案件在杜全被捕後的第二日提堂，押候三日才正式提審。恰巧同一個時間，王大牛案件也在隔海的另一個法庭裏第一次提堂；莫輪因為是證人之一的身份，得親自到庭預備傳訊；抽不出機會去聽杜全案件的提審。他打算第二次續審的時候才去聽聽。但是第二天的日報上面，卻登出這樣一段新聞；

### 化妝品推銷員
### 杜全犯接贓罪
#### 水煙筒不明來歷
#### 被判入獄三星期

（本報訊）自認化妝品公司推銷員之男子杜全（二十九歲），住九龍地區木杉街八十四號四樓，被原告婦人徐梁氏控告，指其有盜竊嫌疑。今晨在××法庭由×司提訊。因盜竊證據不足，改控接贓罪名，結果判決罰款五十元。但被告自言無款可繳，遂改判入獄三星期作抵。

查此案發生經過，緣於原告之家在月前某夜，被人撬門入屋行竊，損失衣物一批，約值百數十元。迄未查出端倪。詎事有湊巧，最近某日，原告行經木杉街，偶在八十四號門前一香煙檔購買香煙，竟認出該檔老闆娘手持之水煙筒係自己之失物；查詢來歷，據云乃四樓

住客杜全所贈者。原告當即登樓查究，反遭被告毆辱。事後原告不值被告所為，於是報警將被告拘拿，控之於案。今晨提訊時，被告否認該水煙筒係盜竊得來。法官亦以證據不足，將原控撤銷，而改控以接贓罪名。被告俯首認罪。法官乃判處如上。

當高懷在早上打開報紙，發現了這一段新聞立即報告出來的時候，人家都驚愕起來了。幾個人聚攏了來把新聞看一遍，一時說不出話來。這樁案件了結得出乎意料的快，尤其叫人迷惑的地方，是杜全的「認罪」。

「真奇怪，即使是接贓罪名，也應該可以洗脫的，為什麼杜全竟承認了呢？」莫輪凝神望着幾個夥伴，希望找出一個答案。

「這一點我也想不通。」高懷沉思地說，幾隻指頭在桌上剝喙着。

「是不是因為沒有人替他做證呢？」白玫插上一個疑問：「他要否認也否認不來的。」

羅建卻否定地搖一搖頭：「也不一定，有沒有證人他同樣可以否認的；根本他不是接贓呀，法官會根據他所供的事實情形來判斷的呢！」

高懷突然觸起什麼似的抓住那張報紙說：「我們得注意這幾個字，被告俯首認罪。—— 假如事實的確是這樣子，顯然的是，杜全連一句辯白的話都沒有說了。奇怪便奇怪在這個地方。」

莫輪可不懂得這種咬文嚼字的分析，他的思想一直是牽在白玫所說的「證人」這字眼上頭。一種內疚的痛苦囓住他的心，他開始不安地搖動着身子，拐起腳步踏來踏去；把頸項抓得幾乎要破損的程度，自言自語的說：「偏是這麼湊巧，那殺千刀的王大牛要不是昨天開堂，我無論如何都去聽聽，替杜全講幾句話。唉，我累了他！我累了他！」

高懷和羅建都在困惑中沉默着。莫輪卻焦躁得簡直是痛苦。白玫看到他的樣子，心裏十分難過；她安慰他：「這是說不得誰累誰的呵，莫先生，事情是自然形成了這個結果，有什麼辦法呢？」

好像什麼解釋都是徒然的了；莫輪仍然是自顧自地怨嘆；「那隻水煙筒是我送給他的，想不到會弄出這樣一件大事；我應該去替他洗脫罪名，卻又不能夠做到；真是天注定了！」

「就當作是天注定好了罷，莫老哥！」羅建搭訕了一句，走開了。

「說什麼天注定都是可憐的想法，」高懷把額頭的髮梢向後一撥，捏了拳頭向桌上一敲便站立起來，「一切的悲劇歸結說起來不外一件事；只因為我們窮！」

將要吃早飯的時候，莫輪忽然走進廚房裏通知白玫不必等他吃飯。

「你急着要到哪裏去呀，莫先生？」白玫奇怪問他。

「我要到警署去，打聽一下杜全的事。」

「用過飯去不是一樣的麼？」

「你不知道我的意思了，白姑娘，我還希望能夠見一見杜全。判了監的犯人不一定立刻送進監房去的，有時會齊了整批的監犯才一同送進去。也許他此刻還在警署的拘留所等着解押；我趕快去，說不定還來得及見到他。」

看見莫輪那一副呈現了真誠，幻想和希望的神情，白玫很受感動。她不願意阻止他，只說：「莫先生，很難得；你真夠朋友！不過，你即使見得着杜先生，有什麼用處？你再也不能夠幫他什麼忙。」

「我知道，」莫輪沉下了眼說：「要幫忙他也是將來的話；我一定要幫忙他的！現在想見他，是為着要問他；為什麼認罪？為什麼不把水煙筒的來歷推到我身上來？這件事一日弄不清楚，我也一日不會安樂的。」

「那麼，假如還能夠見到杜先生的話，請你說句，我們都為他難過，都思念他。」

「我會的，我會的。」莫輪點點頭，便拐起腳步離開廚房。

# 43

火
上
加
油

　　莫輪剛剛出了大門口走了幾步，旺記婆就從對面大
興店裏邊衝出來，手裏拿了一張報紙。連跑帶跳的回到她
的香煙檔，還未站定腳跟就氣喘喘的報告着說：

　　「貞呀，貞，你看糟不糟，杜全坐監房了！坐監房
了！」

　　阿貞正在注意做手工，幻想着前頭的好日子；不提
防這個晴天霹靂迎面劈來，一陣迷惘之後，惶惑地抬起
頭，眼前已經擋住一張報紙。

　　「你看你看，報紙上登出來了。」旺記婆把報紙交給
了阿貞便繼續說：「我從大興店裏借來的。楊大嫂給我說
得很細。你看，就是因為那隻水煙筒的事呀！人家不放
過他。……」

　　阿貞把手工推在一旁，兩隻手微微顫抖着端住那張
報紙，眼睛落在那段關於杜全的新聞上面。一面仔細的
看，她的胸脯便一面加促地起落。旺記婆神經緊張得忘

形，好像她也懂得的樣子，伸長頸項和阿貞一齊看；嘴裏自言自語的咕嚕着：

「怪不得幾天沒有看見他啦！那幾個傢伙還替他隱瞞，問起他們就說他工作忙，不曾回來；實在給『差館』扣留了是真的。阿貞，還虧你說，那隻水煙筒的事已經過去，沒有問題。現在過什麼？人家損失了東西肯干休的？不過遲一步發作罷了。要不是證據確鑿，他會坐監房嗎？唉，杜全這個人呀！……」

「這裏只說他接贓。」阿貞茫然的對了報紙說。

「你還替他說好話！」旺記婆眼睛離開報紙，轉過來盯住女兒，「你真糊塗，阿貞，他給你上的當還是第一次嗎？」

「法官也是照接贓定罪的。」阿貞機械地應着。

「嗯，你真是！接贓不接贓有什麼分別？總之要坐監房便不是好名譽。阿貞，你別以為杜全這傢伙是好人，我從來就不信任他，只是你不聽我的話。你敢保證他不做偷竊的勾當？你想想罷，他送那隻水煙筒給我的時候，說是他買來的；但是後來拆穿了他那時候實在失業，試問他哪裏有錢買水煙筒？單是這一件就夠你思索了啦！……」

儘任母親在旁邊嘮叨着，阿貞卻像一個蠟像一般，木然地盯住手上那張報紙；但並不曾看在眼裏。這一件太突兀的打擊使她一時間不知怎樣抵擋。一團複雜的情緒在她的心裏湧動：一面不同意她母親那種太偏見的說法，一面又覺得那偏見是有道理的。她愛杜全，可是又恨他太不爭氣：一次一次的弄出那麼可羞的事情。現在是最壞的事

情也發生了：怎樣也想像不到！以前，杜全雖然騙過她，但是末了她還是信任他。現在什麼都崩潰，他已經在她面前毀了他自己。單是那隻水煙筒來歷的曖昧這一點，已經足夠推翻了她對他的信任，並且喚起了她對他的人格的懷疑。「總之要坐監房便不是好名譽。」即使不為了母親的阻梗，她還有面目再同他說什麼愛情嗎？簡直是絕望！

阿貞的眼裏漸漸湧出淚水。她從那一團複雜情緒中理出了一個「自己」：眼看是一份稱心適意的姻緣，想不到結果還是落空。多麼倒霉的命運呀！心裏一陣酸痛，她自傷地哭了出來。把報紙一丟就離開香煙檔，低了頭跑進屋裏去。

旺記婆給阿貞這舉動驚了一下；「哼，這樣的人！」咕嚕着從地面拾起那張報紙。她明白阿貞的心事；她想追進屋裏去勸慰她一下。恰巧樓梯上面有人落下來，旺記婆抬頭一望：是雌老虎；她便頓住了腳步，搖着手上的報紙迎住雌老虎報告：

「三姑，你知道這件事嗎？杜全那壞東西給人家抓去坐監房了。今天的報紙登載了出來，人家控告他接贓呀！看，就是這一段啦！」

旺記婆指住報紙上那段新聞；雌老虎同她一樣不識字，她沒有看；一手撥開了就擺出訴苦的嘴臉說道：

「我今天便為着這件事氣得要死了，五姑。我的房客一早看見報紙就告訴我這件新聞。他們說，所有報紙都載的有；把杜全的名字登得臭氣薰天。王爺呀，他臭是他的事，他卻刻毒得連他住的街名門牌都直供出來。五姑，你

知道這房子是我包租的，叫我的面子放在哪裏好？這不是累死我嗎？」

「說起來，我又不是給他累死嗎？」旺記婆搶着接上口，好像造成相同的遭遇是很榮幸的事，「他接的贓就是送給我的水煙筒，你不是見過了麼？他說是他買來送給我的。誰知人家來買煙的時候認出了是失去的東西，這才拆穿他的謊話；幾乎惹得我一身麻煩。好在那女人知道我是沒有關係的，要不是，叫我怎麼下台！三姑呀，俗語說的好，生不入衙門，死不入地獄；我就算沒有罪，可是在法庭上把我扯出扯進，真是叫我去死還好過些！你看杜全那東西壞不壞！」

「實在呢，我早就知道那幾個傢伙都不是好東西，而且一直又拖欠了三個月屋租，……」

「什麼話！拖欠了三個月屋租？」旺記婆截住問，一副隱藏了討好動機而故意裝得嚴重其事的神氣，「為什麼不叫他們搬走呢？」

「你聽我說呀，我不是不希望他們搬走，只為了高懷口口聲聲的答應由他負責交租，而且我覺得高懷這人也斯文可靠，所以遷就一下，等待有適合的住客租成了再說。誰會想到竟弄出杜全這件大事！」

旺記婆伸手拍拍雌老虎的臂腕：「唉，你太好了，三姑，換上了別人，他們老早就該睡街頭了啦！說起又說，你以為高懷便可靠了麼？還不是半斤八兩！你還記得嗎？那個女子，他們叫她白玫的那個呀，初來的時候，高懷不是對你承認是他的妹妹嗎？你說過的。後來我無意中間起

杜全那傢伙，他卻又說那是他們僱來的用人。前一會子，聽說高懷又和她訂婚，阿貞還去吃過他們的茶會。你看古怪不古怪！」

「怎麼！她真的不是高懷的妹妹嗎？該死呀，我一直還蒙在鼓裏哪！」雌老虎驚訝地睜大了一雙眼。

「什麼妹妹！全是瞎說！」旺記婆揮動一下報紙，好像要加強她肯定的語氣。她樂得雌老虎不知底細，好讓她有機會報告一番。

「那麼，究竟是什麼人呀？」

旺記婆豎起一隻手掌，做個「且聽我道來」的表示姿勢，開始說道：「讓我告訴你罷，三姑，原來那個女子不知是因什麼事情由家裏逃出來的；不知怎的給高懷碰到了，便帶了她回來。來歷不光明，怎能不說謊呀！誰知天眼昭昭，原來失去水煙筒的那個女人就是她的姊姊。那天，那個女人上樓去找杜全查問水煙筒的來歷，竟同時發現她的妹妹的蹤跡；這才把事情穿崩了。」

「那麼，這件事情怎樣交代？」雌老虎在恍然之下喚起了好奇心。

「這個我也不知道。只是，單是這樣一回事就夠看出那幾個傢伙是好是壞了。你想想看，一個女子和四個男人住在一起，成什麼世界？嗯，說起來也羞家呀！」

雌老虎鄙屑地搖一搖頭：「唉，真是烏煙瘴氣，連我的屋都住臭了！」

「所以我勸你還是叫他們滾蛋好啦，三姑！」旺記婆來一個結論的語氣，好像她的報導已經邀到了功的樣子。

「這年頭，有屋還愁沒有人租麼？你再讓他們住下去，不知道還要搞出什麼更糟的事來哩！」

「你別擔心，今天我有主意了。我現在便打算去找昌隆米店的老闆。他曾經介紹過一個外省人來看過四樓。他嫌價錢太高一點，不過還得等他太太由上海來了才決定。現在十多日還不見有消息，我想去打聽一下。如果他還合意，我也寧願相就一下，倒好過給那些壞東西再住下去啦！」

「對了，三姑，就這樣辦好了。快去罷，我不阻礙你的時間了！」

雌老虎於是離開旺記婆，匆匆忙忙的向前頭走。旺記婆站在那裏想着，她的煽動工夫做得多麼好。只要那班傢伙給趕走了，阿貞便沒有再和杜全接近的機會，不由她不對他斷念頭。那麼，她不須急着向阿貞作什麼規勸了。於是她轉進香煙檔裏坐下來，順便收拾阿貞剛才丟在那裏的手工。

# 44

恩恩相報

　　羅建去了上課以後，像平日一樣，剩下高懷和白玫
看守着寂寞的屋子。但是這一天卻不像平日那樣的安靜。
杜全的事情把他們的心弄得很不舒服，像有一塊沉重的石
頭壓住胸口一般。高懷勉強拿寫作來遏抑他的情緒。白玫
沉默的做着她日常的瑣事，可是總是意不屬的樣子。她的
情感是那麼脆弱，除了感着漠然的不安，還添了一層由同
情生出來的憐憫：一想到從這一天起，杜全就得在另一個
截然不同的地方過日子；那裏的生活是那麼苦：吃拌水的
粗飯，還得做工。一陣心酸，眼淚便忍不住湧出來。

　　中午時分，她悄悄的坐在高懷旁邊。

　　「高懷，坐監是做些什麼工夫的？有人說，是扛石頭
的；是不是？」

　　高懷覺得她問的天真，便一面寫着一面搭訕地答她：
「別這麼傻，監房裏哪裏來的許多石頭呢？」

　　「那麼，監房的工作當然也是很辛苦的了。」

高懷明瞭白玫的女性心理，總愛從壞的一面去想像事情，便安慰她說：「你用不着擔心，杜全是不怕辛苦的；你知道他是當兵出身的哩！」

白玫沉默了一會，她聯想起好些事情。轉過話題說道：「你早上說的真不錯：一切悲劇都歸結在我們窮。唉，如果有五十塊錢，杜全就不須捱這一段辛苦的日子了呢！」

「哪裏需要五十塊？只要有五塊錢修好那個鐘，根本就不致發生這些事情了。」

「窮真是可怕。」白玫凝神望着地面，自語地說：「什麼時候我們大家都能夠有些錢就好了。」

有人在外面敲門。白玫迅速站起來，一面跑過去一面叫道：「一定是莫先生回來啦！他最慣忘記帶門匙的。」

但在門口出現的竟是雌老虎，高懷擱下筆站起來，立刻迎過去招呼。雌老虎不讓他說什麼，就斬釘截鐵的先開了口：

「你們做的好事，高懷！你們究竟怎樣搞法的？欠租不付，又弄出那許多的臭事。你們不要面子，我卻要面子的呀！我不是老早對你說過嗎？我包了十多年的租，我的房子從來是乾淨的。現在你們卻一連串的搞出那些臭事，試問怎樣對得住我，你說啦！」

不須多餘地反問她，也知道是杜全的案件給抓住了話柄。高懷只好從辯論上做工夫，用稍微溫和的態度說：「三姑呀，欠你的屋租是一回事，發生了什麼問題又是另一回事。但是我高懷敢拿人格向你擔保，我們幾個決不是

壞人！」

雌老虎什麼話也不肯接受，決絕地應道：「鬼才相信你的擔保呀！高懷，你有擔保的本領，為什麼不去擔保杜全不坐監房呢？還虧你說！」

「唉，三姑，這些事你一下子是很難明白的。你坐下來罷，我給你詳細的說一下。」

雌老虎不斷的搖頭擺手，現出一副拒絕的神氣大聲說：「我不用明白了！搞什麼是你們的事。總之我通知你，我的地方不是給壞蛋住的，一個星期內，如果還不付清欠租，你們全體都得搬走！不須多說！」

雌老虎說罷便走。高懷帶着一股無從申訴的苦悶轉回屋裏。他不能夠再在書桌前面坐下去了，只是在屋裏踱來踱去；手指揑得的的地響；暗暗地嘆一口氣。

白玫看見高懷那個樣子自己很覺痛苦；她知道再也不能向雌老虎要求什麼了的；只好安慰他說：「慢慢的想辦法緩和罷，高懷，不要為這事過分煩惱。」明知這樣的話對於他是多麼不濟，可是她不能不說。這是她的責任：她愛他。

「還能夠怎樣緩和！」高懷自語地說：「壓住三個月租錢已經夠糟了，最壞的是我們又不爭氣，無端發生了她認為羞家的事情，平白地製造了她要趕走我們的藉口。」

「我想，雌老虎的目的未必真要迫我們搬走的：她不過拿一個大題目來威脅，好叫我們加緊籌錢交租罷了。在還沒有住客看中這房子之前，我們給趕走了總是她的損失：至少我們一日住着便一日也掛一條欠數。要不是，她

老早就該趕走我們了呢！你看是不是？」白玫研究地說出她的看法，希望減輕高懷的煩愁。

「我看也不一定。」高懷答道：「杜全的事件發生以後，雌老虎已經認定我們幾個人都是壞蛋了；你不是聽到剛才的口吻麼？她未必會像過去那樣的肯遷就。即使退一步說，她一下不致迫我們走，但是隨時都有威脅的藉口了；整天來囉嗦就夠麻煩。」

白玫覺得高懷說的也對。她沉思了半晌才說道：「只要有辦法緩和一下，她就做不出什麼來的。我們不可以像過去一樣付着一個月租錢嗎？這種人見錢開眼，我相信她未必不接納。高懷，這次讓我去想法子。」

「怎樣去想法子？」

白玫睇着高懷露出一絲隱秘的笑意：「你不要管我好不好？」

高懷看到她那種神氣和口吻，立刻醒悟了她的意思；點點頭揭穿了她：「我知道了，你又想拿你的頸鍊去變錢，是不是？」

「我說你不要管的。」白玫知道高懷不贊成她那樣做，只好仍舊這樣說。

「不行！」高懷堅決地搖頭：「我不許你這樣做。這責任應該由我來負。要付一個月租錢去緩和的話，我也會找到辦法。」

「又去找《大中日報》的李先生嗎？」

高懷點一點頭；「至少這是一條解決的路。而且我還有一件事要找找老李，關於杜全的。」

「但是你下次領稿費時得扣還他，生活會受影響的。」白玫顧慮地說：她總想能夠說服他不阻止她的計劃。

「但是到那時候我希望我的書會寫好了，生活便可以接濟了。」

「寫好了便可以換到錢的嗎？我不大懂得這些事情。」

「當然的。寫好了便去找個出版家，他肯印出來，我就可以領到一筆稿費，生活多少也有些補助了。」

白玫的顧慮難不倒他。她沉默了一會，便又問道：「那麼，你剛才的嘆氣又為的什麼呢？」

「我是想起我們這幾個人的處境感到煩惱。」高懷踱着步子心有所思地：「我覺得我們實在不能夠長久這樣過活下去。」

「對了，高懷，我也這樣想。」白玫好像觸動了什麼念頭，立刻接上了說：「每次看見雌老虎來了，我便會連帶想起許多事情，總是替大家難受。我總覺得你們的生活能夠改變一下才好。但是你知道，我懂得的太少，我不敢提出來說；事實上我也不知道怎樣才能改變。」

「是的，我們要改變，」高懷好像討論似地沉吟着：「我們要改變得好些。但不是在目前這樣的生活狀態下去改變，我們根本得換一個環境。」

「換一個環境？」白玫迷惑地問出來，「高懷，你不是說過，因為要換環境才到香港來的？」

「是的，那是短時期的計劃。我主要目的還是在於利用這個短時期來寫成我的書。」

「那麼，你的書寫成了之後又怎麼樣呢？」白玫留意

地看着他。

「也許我會離開這裏，到別的地方去。我們是有前途的！」

「到哪裏去？」

「到哪可以去的，遙遠一些的地方。但這是將來的事，至少也得等我的書能夠出版，換到了錢作旅費才行。」

白玫落在困惑之中。她對於高懷的話不很明白。她沉默地望住他。

「白玫，」高懷突然轉過來看着她：「假如有一天，我離開這裏到別個地方，你願意同我一起去嗎？」

「你去，我怎能夠不跟你去呵！」

「我說，你願意嗎？」高懷一邊問一邊走近她。

白玫對他點點頭：「願意，你到哪裏去我都願意跟你去。」

「假如仍舊是捱苦的呢？」

「有你同在一起，我是什麼都不怕，什麼都願意的！」

接觸着那一雙在深情中蘊藏了堅定和信賴的眼光，高懷的情感有點激動，忍不住伸手去握白玫的手，注視着她，隨即把她拉近了抱起來。白玫倚在他的胸前，仰起了臉。高懷把他的吻湊近了她。可是一陣門鎖的扭動聲打斷了兩個人的情致，他們急忙鬆下了手分開了。

進門的是羅建。他手上拈了一封信，滿懷心事的一面走一面撕信封；在他的床沿坐下來就抽出了信看。

「鄉下來的嗎？」

高懷隨口問着，回到他的書桌邊去。

羅建「唔」地應了一聲，隨即自語地說：「信一到手就覺得是凶多吉少。」

「沒有什麼事罷，羅先生？」白玫關心地問他；她察覺羅建的一副沉鬱的面容。

「我老婆恐怕會死了！」羅建茫然的說。

白玫驚了一下：「真是這樣嗎？」

羅建又是「唔」了一聲，意不屬地摺好那封信，茫然地望着地面。

高懷也給羅建報告的消息壓住了，他掉頭問道：「你怎麼辦？」

「這封信叫我回去。」羅建仍舊茫然地答。

「既然是這樣，你應該回去的呀！」

「我現在便是考慮着這件事情，」羅建沉吟地道，無意識地把信封敲着床沿，「不回去不行，要回去又不容易。我的兒子回不得老家，小女兒不中用；萬一有了什麼不測，有誰料理後事呢？真是為難！」

「你不能不回去的，羅先生，」白玫勸說道：「不管太太怎樣，你也總得回去看看她的呵！」她的心裏開始感着悽戚，她實在捨不得共同生活的夥伴。但又不能不鼓勵他，她想到他太太的可憐。這個矛盾心理很使她難受。

「唔，回去，真是談何容易呀！」羅建沉思地說：「我的薪水不但借光了，而且還借過了額。辭了職，別說沒有一個錢帶回家去，就是盤費也成問題。」接着輕輕嘆一

口氣。

「多少錢才夠盤費？」高懷問道。

「至少得有二三十塊錢左右：一度火車，一度船，搭船之前還得住一晚客棧。」

「如果有了盤費，你就馬上可以回去嗎？羅先生。」白玫接住問道，她又動起一個希望能夠幫忙他的念頭了。

「這很難說，」羅建搖搖頭，「我馬上要辭職也有困難；學校未必肯讓我走。第一，薪水支過了額；其次，一下子不容易找到一個人接任我的缺。這事真是尷尬得很！」

「但是事情總該解決的，不是嗎？」

「也不一定呀，如果問題解決不來，我只好硬着心腸不回去，由她要死便死好了；也不管她什麼後事不後事了。否則有什麼辦法？事情就是這個樣子的。」羅建的語氣有幾分無可奈何的氣憤。

「羅老哥！」

高懷叫一聲。羅建的視線從地面抬起來。高懷已經踱到他的面前，用了稍微嚴肅的神氣說：

「我想，不管問題怎樣去解決，你還是決心回去好。第一，你老婆的情形需要你回去，你硬着心腸，將來會後悔的。其次呢，我們在這個環境下的生活實在也過不下去。這幾個月的情形還看不清楚麼？不但沒有好處，簡直愈弄愈糟。看樣子，我們遲早總有一天要離開的。早走一步便早一步上算，寧可離開了這裏再作打算。而且，這屋子我們也不會住得多久，雌老虎剛才又來過了，杜全的事

情使她很不高興，又借題發揮地下逐客令。你看還有什麼值得留戀的？」

羅建在沉思中點點頭；隨即問道：「你也打算走麼，老高？」

「我要走的，不過我先得寫完我的書。」

「你到哪裏去？」

「決定了走的時候再說。」

「莫先生他們怎麼樣呢？如果我們都走了。」白玫從高懷和羅建的對話裏感到了悵惘。她總是關心着夥伴。

「莫輪和我們不同，他是一直在香港生活下來的，而且有行業做着；他不需要走。至於杜全，……」高懷還未說完就給敲門聲打斷了話柄，他頓住了。

白玫跑去開門。看見進來的是莫輪，大家的情緒立刻給轉移了，白玫迎頭就急急問着：

「怎樣？見到了杜先生嗎？」

莫輪一面搖頭，一面拐起步子走進屋裏，一副疲倦的神情答道：「沒有見到，他一早就給解押走了。」

「我早就知道你是白走的。」高懷說道。

「也不算白走呀；見不到他，倒見到他的一張字條。」

「一張字條？」

大家都給莫輪那句話攝住了；只見莫輪側了身子挨在圓桌邊，探手向衣袋裏掏着。

「我不知道他究竟用什麼方法做了這件事；他在解押之前，偷偷的交託了拘留所裏一個雜役，請他便中把字條送到這裏。我去拘留所查問杜全的時候，從那雜役那裏知

道了這件事。我給了他一點茶錢，他便把字條交給我。」
莫輪說了，把字條掏了出來。

高懷把字條抓過手。白玫和羅建急忙聚攏了去一齊
看。那是一張拆開的香煙包紙皮，在空白的底面潦草的寫
了幾行鉛筆字：

莫輪兄：

　　我認了罪。我不讓事情牽涉到你身上，為的是免得
使你麻煩，讓你可以全力去對付王大牛的案件。我知道
這一次你必然抓得住他。你的事情比我的重要，所以我
這樣做了。我是想過了的，而且是自願的。你不須為我
難過。再會罷！

　　　　　　　　　　　　　　　　　　　　　　　杜全

看了杜全的字條，大家都沉默着說不出話。抬起頭
的時候，看見莫輪坐在他的床沿，垂着頭搖了幾下，自語
地道：

「杜全這個人，真想不到！真想不到！」

# 45

不調和的悲喜

三個星期！在對時間發生了特別觀念的人，好像一段無盡長的日子。

自從杜全入獄以後，幾個夥伴都有着一種共同的心理：把三個星期的期間作為一個期待的目標。他們都希望杜全快些滿期出來。自從明瞭了他所以「認罪」的原因之後，大家對於他平日為人的印象完全改變了。便是因為這個緣故，那個期待更顯得是一份沉重的心事了。

在隔了一個星期的第一回「探監」日子，高懷、白玫，和莫輪三個人，都到監房去看過他一次，送去兩包香煙。在警員監視下，隔了鐵絲網和杜全相見了五分鐘。杜全給剪短了頭髮，人也消瘦了一些；見到夥伴之後的一點喜悅神色，卻掩不住他的精神上的疲勞樣子。這一切都叫他們感着難過；尤其是白玫，她的心是那麼軟弱，簡直不知道該怎樣說句安慰他的話，只讓淚水去說出她的情緒。

在日曆裏邊，白玫把杜全出獄日期的那一頁摺了起

來，做一個記號。每次撕了一張日曆，她就用減數計算一次：還有幾多天，還有幾多天……

但是杜全出獄以後又怎麼樣呢？大家對於這一點都很模糊，似乎也沒有誰去設想這方面的事。只有高懷和白玫的心裏，除了期待還擔負了一點東西。當杜全案件的新聞在報紙上登出的第二天，高懷趁過海找《大中日報》的老李借錢付屋租的時候，打算拜託他，設法向那家化妝品公司說明案情原委，要求保留着杜全的職位，才知道已沒有希望。因為化妝品公司的老闆在看到新聞之後，已用電話通知老李：他們不需要一個「名譽不好」的職員，決定把杜全解僱了。這件事已經沒法轉圜。還能夠為杜全做點工夫的只有一件事，那是關於阿貞方面的。這事除了白玫沒有人能勝任：只有白玫才方便去接觸阿貞，——向她清清楚楚的說明一切，使她認識杜全的人格和了解他愛她的一片癡情；目的希望挽住她的心。

但是白玫碰不到一個適當的時機。自從杜全的事件發生以後，阿貞的生活好像也變了；她不常坐香煙檔，多的是躲在屋裏。偶然碰見她在香煙檔出現，也是低頭做手工，態度冷然的，眼皮總是哭過似的浮腫着。最糟的是旺記婆一步也不離開女兒；當看見白玫的時候又總是露出敵意的面孔。白玫不但不方便停留，連打個招呼也沒有勇氣了。

「算了罷，讓杜全出來再說好了。反正在這裏住不長久，說不定將來根本換了一個環境時，杜全便自然會淡漠了的。如果可能的話，我們可以邀他一齊走的呢。」看見白玫因為不能和阿貞講話而顯得焦躁的時候，高懷便這樣

說着來平靜她。

因為有了準備走的決心，高懷已不再為着長久的生活計劃打算，只是集中精神在他那本書的寫作上。在兩個星期左右的時間，他的書終於寫好了。他寫了十五萬字光景。只要花幾天時間把原稿從頭整理一遍，這件工作便全部完畢，他便可以去找一位出版家。至於能不能出版得成功，這問題還不放在心上；只要看見花了幾個月斷斷續續的精神去從事的工作，到底達到完成的目的，他感到放下了一個重擔，有一種非常輕鬆的心情。

不曾輕鬆的，應該是羅建了。他已經向學校提出了辭職，遺缺也不成問題；校長已經找到一個人接任。只為了他借長一個月的薪水，必須上足這一個月的課才許可他離開。幸而鄉下繼續有信來報告：他的妻已經給扛到祠堂裏躺着，還不曾死去；似乎還可以支持一些日子。

「不消說，她是等我了！」羅建這麼地說。因為有了這個想法，倒叫他在憂鬱中還有一種出於無奈何的安定心境。還有使他非安定不可的理由，便是：即使離得開學校，他也不能夠立刻回家去，因為盤費還沒有着落。

莫輪卻是興奮的。杜全的行為雖然使他感到難過，但是他既然那樣做了，除了接受也沒有其他辦法。他只有自己許願；等待杜全出獄以後才設法報答他那一份情意。杜全是值得報答的，不是嗎？如果那隻水煙筒案件牽涉到他，那麼，他的被告身份便可能影響他在王大牛案件中的合法地位；在審訊王大牛的最初幾堂，他便不能順利地到法庭去作證。而現在，由於杜全的道義上的幫助，在兩個

星期內的幾次審訊中，他的供詞很快就被徵集完畢了。雖然有十個以上被傳訊的受害人，他們的供詞還得依次陳述；但是照各方面指控的有力，和進行的順利這些情況看來，王大牛難逃一死的結局，卻是可以推斷的事。天有眼哪！……

每次湧起「天有眼哪！」這個思想，莫輪便感着一種報仇雪恨的痛快，因而對於杜全的感謝心理，也連帶地變得濃厚起來。他私下裏想着：杜全出獄的時候，他應該最先為他做些什麼。但是想不出結果來。「等他出來了再說罷！」

而日期也快要滿了！

「哦，還有一天，杜先生便回來了！」

當白玫撕掉只隔一張便是摺頁的那張日曆時，她有了三星期以來不曾有過的興奮。就在這一天，她把杜全的被褥，和摔在床尾的襯衫和一件工人裝都洗滌乾淨，又把床鋪整頓一番；好像準備招待什麼遠來的嘉賓一般。她覺得她所能為他做的，只是這一件事情。而這卻會使杜全歡喜的。

「白姑娘，你真周到，一看見你對我們這幾個朋友的熱心，我便有點捨不得走開；我怕將來會過不慣了呢！」

羅建看見白玫在杜全的床位忙着安排的樣子，帶了幾分感慨的語氣說出來。他在前一天起便開始閒在屋裏，他上課的期限已經滿了。整天把兩隻手攏進袖口裏，坐在床邊發呆。

「你說得這麼好，羅先生，這算得什麼熱心呢？一切

工夫都是我應該做的。說到不慣，我想也不一定，你回到家裏，有太太，有女兒，大家團聚，不是比在這裏好得多麼？」

「老婆快死了，也許已經死了，還說得什麼團聚呵！」羅建說得簡直是感傷：「就算她不死，我也不會慣的：我捨不得這裏的生活。雖然窮得苦，可是我們有感情，有樂趣，尤其是你同我們在一起以後的日子。」

「也許是的。但是我想，我們的分離或者只是暫時的事罷了，誰能說得定將來大家不會再次聚在一起呢？莫先生說的好，山水有相逢；他的仇人也會碰頭，何況我們是朋友麼？」白玫故意說得輕鬆和平淡，為的使羅建好過些。實在她自己的情感和說話卻不調和；一觸到別離這個思想，她已經感着難受。

「怎樣？羅老哥，盤費解決了？」高懷伏在書桌上整理着原稿，突然插嘴問道。

「哪裏？解決了我還坐在這裏等什麼？」

「但是你說什麼捨得捨不得，好像馬上就走的樣子。」

「職已經辭掉，終歸要走的呀！」羅建說了，又換上嘆氣的語調：「唉，三十塊錢！—— 以前是杜全，現在問題卻輪到我了。」

「如果你能夠等的話，我可以幫你的忙；但是必須我這本書找到出版家才有辦法。」

「我可以等的，怕的是我老婆不能夠等了呢！」

白玫避開了臉，急忙走了開去。羅建的話使她驟然心酸起來。

## 燒過元寶才許入屋

「五姑呀！五姑呀！」

雌老虎氣急地大叫；手上挽了一隻菜籃，急腳向旺記香煙檔走來。旺記婆伴着阿貞，坐在門口揩擦着麻雀牌，聽到叫聲便抬起頭問什麼事。

「那傢伙出監了！杜全那壞蛋呀！」雌老虎站住了報告着，一副惶急的神色。

「怎麼？這麼快就三個禮拜了嗎？」旺記婆停下工作，半思索半懷疑的表情。

「我剛剛由街市出來，遠遠地便望見他走近來了。剃了頭，不知像個什麼鬼樣，可是我認得他的。」

聽到雌老虎這個報告，旺記婆就連忙向阿貞叮囑道：「阿貞，你記住，不要瞅睬他呀！不要瞅睬他呀！」隨說隨鞠起半身，把她的小櫈子移在一邊，剩出一個通行的缺口。

「你別讓那傢伙胡亂踏進門口呀！五姑，讓我去大興

店拿兩塊元寶來！」雌老虎說着，把她的菜籃遞給了旺記婆，便急腳跑開去。

旺記婆把菜籃放在身邊，裝模作樣的又把麻雀牌揩擦起來，嘴裏咕嚕地咒罵着：「這麼快就放他出來真便宜了他；如果我是法官，判他坐三年監更好。阿貞，你一眼也不要看他！那樣的人，碰一下都臭的！」

阿貞的神志有些茫茫然。一聽到杜全回來的報告，她就想躲進屋裏，她怕見到他。可是她覺得那是不夠大方，至少這舉動會顯出她在心理上還和杜全發生關係。她不應該那樣做。結果她還是鎮靜着自己，仍舊坐在香煙檔裏不動；裝成做手工的樣子。

杜全沿了騎樓底走近來了。他的身上穿了滿是縐紋的黃斜襯衫和栗色絨長褲，是他被拘捕的那一晚穿着的。面色有些憔悴，頭髮短得不成樣子。他的儀表和三個星期之前是截然兩個模樣。也許因為這個緣故，走近香煙檔的時候，他便顯示了在自卑中而又勉強裝腔的尷尬神情。站住了稍微大聲的打個招呼：

「五姑！阿貞！你們都好嗎？」

旺記婆和阿貞頭也不抬，照樣地各做各事。杜全有點困窘。這情景似乎是意中事，又似乎太意外了。他突然感覺到一陣淒楚湧上心頭，便迅速舉起步子向門口走。

「站住！」旺記婆突然迸出一聲叫喊，隨即掉頭向着杜全擺出一副嚴厲的面色，說道：「你不要踏進門口，等三姑拿元寶來燒過了，你才踏得進去！」

杜全還未弄清這是什麼把戲，雌老虎已經跑前來，

「跨過去呀！跨過去呀！」

手上拿了幾塊元寶。旺記婆急手急腳的幫忙着，向香煙檔上抓一盒火柴，劃了一根，替雌老虎燃着了元寶；雌老虎把它放在門口的石階上面。兩個人命令地同聲叫道：

「跨過去呀！跨過去呀！」

杜全好像給什麼壓迫着，機械地舉起腳來從那元寶的火堆上跨了過去。兩個執行儀式的女人便急口唸着：「大吉大利！大吉大利！」

看見杜全上了樓梯，雌老虎便向旺記婆做個鬼臉，說道：「你看像鬼不像！」

「何止像呀！簡直就是鬼啦！」旺記婆在奉承的心理下裝個刻毒的表情應道；隨即挽了菜籃遞回雌老虎，繼續說：「三姑呀，不怕你說我愛管閒事：你還是快些趕走那一班鬼好了。善心着雷劈，你還姑息他們幹嗎呢？我真看

不慣你這一套！」

「唉，五姑你不明白啦！」雌老虎欲行又止的站住說：「你以為我真是這麼好心腸姑息他們嗎？來來去去還不是為着那三個月屋租！我一趕走他們，那筆欠租便白白斷送了。反過來，……」

「但是讓他們住着不是一樣斷送嗎？」旺記婆搶白着說：「三姑，你想想看，那班窮鬼哪裏去弄一筆大錢付給你呢？我勸你寧可不要那筆欠租也得趕走他們。早些租給一夥新住客對你還有好處。要不是，任他們一個月一個月的敷衍着，結果你只有給他們拖死的呀！」旺記婆說得手指腳劃，好像比雌老虎還着急些。「再說……」

雌老虎揚一揚手要爭回一個講話機會：「我有主意的，五姑，你聽我說完了罷！我並非不願趕走他們，只是在屋子沒有租出之前，讓他們住着，至少目前的每個月租錢還可以拿到，免得由自己白頂屋租罷了。我前時對你說過的那個外省人，就是昌隆米店介紹的那個呀，他已經答應租這間屋子；聽說他的太太在這最近期內會到了，太太一到他們就可以進伙的。所以租出已經不成問題。我已經通知高懷，限一個禮拜內付清那筆欠租，今天恰滿期限。等一會我便上去追討。如果沒有結果，明天便滾他們的蛋！」雌老虎把手一揮結束了她的話，便挽了菜籃踏進門口。

旺記婆的「再說 —— 」已經沒有機會，只好在雌老虎後頭隨便接上一句：

「對了，三姑，滾他們的蛋罷！阿彌陀佛，愈快愈

好囉！」

　　雌老虎才上樓梯，香煙檔裏立刻迸出一聲遏制不住的淒咽。阿貞伏在那裏哭起來了。

# 47

錢
、
錢
、
錢
、
錢

　　杜全的回來所帶給幾個夥伴的，並不是那種在長久
期待後所應有的興奮和喜悅；卻是一種非常不和諧的情
緒。一看見他，幾個人都因為他的神態而立刻感染着一
種淒愁味道。原始在情感裏潛伏着的一股熱流無形地消散
了。沒有人能夠想像到他為什麼沮喪得那個樣子。這和他
的自願入獄似乎是不調和的。

　　他機械地和幾個人握一握手，便像夢遊病人一般走
到他的床邊坐下去，兩隻把肘子攔在膝蓋的手掩住額角，
手指插進那短短的頭髮裏面，一聲不響的坐在那裏，凝住
一對茫然的眼光。

　　大家面面相覷的，不知道該怎樣做的好。彷彿有些
什麼東西在壓迫他們保持沉默。空氣是凝結的、沉重的。

　　白玫耐不住了。她要打開這一股惡劣的氣氛，於是
走近了杜全。

　　「杜先生，你要吃一點什麼嗎？我給你去買好不

好？」這樣問着他。

「我不需要，白姑娘。」杜全沉聲回答。

「你很疲倦是嗎？躺着休息一下不比坐着好麼？——杜先生，你床上所有的東西我都給你洗乾淨了呢。」白玫故意用天真的語氣說，希望逗起他的興致。

杜全下意識地向床鋪瞥一眼，沉聲答道：「謝謝你，白姑娘。洗得太乾淨了。」停了一會，又搖搖頭，自語地說：「但是，我沒有辦法洗乾淨我的身！」

白玫聽出他這句話的意思，一時不知道怎樣給他回答。她看看高懷，希望他能夠幫幫忙。高懷在杜全床邊站住。他落得有個同他說話的關鍵，使用了溫和的語氣說道：

「杜全，我知道你很難過，但是我不知道你為什麼還要難過。你這一次做了一件十分英勇的事情，你為着朋友來委屈自己——或者說，犧牲自己；這種光榮的行為，在做人意義上是非常有價值的。不但你自己值得為這件事驕傲，就是我們這幾個人，也因為有你這樣一個朋友而感到光榮。」

「真的，杜先生，」白玫從旁加進了說：「你這樣做使我們非常感動，尤其是莫先生，他還沒有看到那張字條之前，就跑去拘留所想見見你。這三個禮拜以來，我們是天天想着你的。因為你做得太好了！你使我們覺得光榮。」

「光榮！」杜全沉吟着，微微地搖頭：「旁人不會這樣想的，也不會這樣看的。」

「可是你為什麼理會旁人呢？」高懷的語氣嚴肅起來：「一個人做事只要合道理，只要對得住良心，旁人怎樣看法怎樣想法都不必管。即使我們的行為永遠不被人認識和了解，但是只要做得對，那麼，它本身的意義和價值卻是永遠存在的。我們所安慰的就在這一點。其實我們在這社會做人，首先就得打好一個底子，準備受環境打擊，準備受世俗的人誤會。否則簡直活不下去，更說不上奮鬥下去！你說對不對，羅老哥？」高懷愈講愈昂奮，為了要打動杜全的心，他掉頭向羅建那邊找個助力。

羅建攏住兩隻手坐在他的床邊，頻頻點頭，應道：「對極了，對極了。——實在，現在也沒有旁人說什麼話呀！」

「如果沒有，我就不會這麼難受了。」杜全自白地說出來。

高懷追問道：「誰？」

「旺記婆，雌老虎，——阿貞。我見到她們。我受不住她們的侮辱。」

高懷和羅建互相看一眼；他摸着杜全沮喪的原由，立刻說：「這值得重視嗎？杜全？這些庸俗的女人，根本不值得放在眼內。那樣的三姑六婆之流曉得什麼！而且……」

「曉得追欠租囉！曉得什麼！」——一個插進來的聲音打斷了高懷的話。大家都驚愕地向門口一望：雌老虎站在那裏，一副兇神惡煞的表情。

白玫向高懷看一眼，低聲自語道：「真糟，門沒有關

攏。」高懷有點狼狽，卻極力裝出冷靜的態度來應付局面。

「不錯，我是三姑六婆，你們又是什麼東西呢，高懷？不過我現在不和你商量這些問題。我要問的是今天是什麼日子了？」

「是你要我們付屋租的日子，我記得的。」高懷索性直截了當的回答，他知道在這境界下不會有商量餘地了。

「記得便好了，」雌老虎點點頭，「那麼，準備了沒有？」

「老實說，三姑，如果你一下子要我付清三個月的欠租，至少三幾天後才辦得到。你看，我的書還未弄好，弄好了才賣得到錢的。」高懷指一指書桌上面的一堆原稿。除了這個證物，便沒有取信的東西。

雌老虎望一眼，說道：「我不懂！但是我老早對你說過今天是期限的呀！」

「不錯，這只是你給我的期限，可不是我答應你的期限呵！」

雌老虎給高懷難倒了一下，卻立刻轉了念頭：「我不同你說誰給誰的期限。既然付全數今天辦不到，那麼，分次交付也行。」攤出一隻手掌：「拿來罷，先付着兩個月的，如何？」

這一下是高懷為難了：「三姑，有辦法時全數可以付，沒有辦法時少數也是付不出的。」

羅建也插嘴說：「三幾天算得什麼呢？三姑，到時一筆付清不是更好麼？」

雌老虎全不動心的樣子，豎起兩隻指頭：「兩個月！」

「我剛才不是說過嗎？……」

雌老虎擺手擋住高懷的話：「至少也須付一個月。這是最通融的了。今晚之前不解決，限期明天搬走！不必多說。」說罷掉頭便走。

高懷趕到門口，大聲叫着「三姑！三姑！」，雌老虎頭也不回，只聽到她決絕的語氣應道：

「沒有人情好說了！你們準備和警察說罷！」

高懷沒奈何的轉回來，心裏很不痛快。白玫迎在那裏說道：

「你看我說的對不對，高懷，這種人見錢開眼。三個月的欠租收不到手，兩個月的租錢也要了。看那樣子，恐怕不想方法應付便不行了呢！」

高懷不說什麼，低頭踱到圓桌邊站住，忽然捏了拳頭連續地打着桌面；激動地大叫：「錢！錢！錢！錢！錢！錢！」

羅建給嚇得一跳，眼巴巴的呆住了。只見高懷轉身跑去床前抓了帽子，隨即瘋了似的拉開門就跑出去。

感到那幾下拳頭彷彿打在自己心上的白玫，惶惑得不知怎樣的好。她急忙追出去，但是趕不上了。她在一個轉念之下折回來。她決心去做一件事。

「唉，苦了老高！我想他又是找老李去了。」羅建在搖頭嘆着氣。

「他未必有結果的。十日前才去找過他一趟，那點錢還不曾還他。」

白玫搭訕着羅建的話，便走進她的床幃裏邊。兩分

鐘後又走出來。手上揑了一隻手帕的小包裹，匆匆忙忙的
走出門去。

　　落到了最後一段樓梯拐彎處的時候，白玫聽到旺記
婆一陣喧嘈的聲音。她頓住了步子。只聽得旺記婆嚷道：

　　「你想一想，你們搬走了我從哪裏去追討呀？我肯這
樣白受損失嗎？你對他說：無論如何，如果他不能照原樣
還給我，就得賠償我一隻新鐘！」

　　「得了，五姑，如果他不能賠償你，這件事就包在我
身上，由我替他賠償便是。滿意了罷？」

　　答話的是莫輪。白玫明白這是什麼回事；她便裝成
若無其事的樣子落下去了。

# 48

最後一着

　　白玫到外邊去做了一件事情。她實行了許久被阻止的一個計劃。懷着償了一種心願的輕快情緒回到屋裏的時候，她看見莫輪和杜全對面坐着，露出非常親切的神氣向杜全講話。杜全仍舊是那樣一副麻木樣子，坐在床邊不動。

　　她不願意打擾他們，可是又遏抑不住自己；終於拿着帶回來的東西走過去。

　　「杜先生，我沒有什麼東西歡迎你，這是一罐紅金龍，請你要了罷！」說着把一罐香煙遞給他。

　　杜全稍微昂起頭看着白玫：「你真客氣，白姑娘，為什麼要為我用錢呢？」

　　「不成敬意的；不過希望你抽枝煙解解悶氣罷了。」

　　杜全接過那罐香煙放在身邊，嘆息地道：「白姑娘，阿貞像你一半就好了。」

　　「你看，你總是不聽勸告，死也不肯拋開阿貞。」莫

莫輪和杜全對坐着，露出非常親切的神氣向杜全講話。

輪帶着怨意責備地說。

　　杜全重再用手按住額角，沉聲應道：「我實在拋不開她，沒有辦法。」

　　「世界上不止是一個女人呵，杜全。」莫輪的樣子有些不耐煩，搖一搖頭「嗯！」了一聲。

　　「杜先生，現在貞姑娘未必不愛你呢。」白玫安慰他說。

　　杜全搖頭：「不，我知道她不再愛我了。」

　　「不一定的，也許她因為不曾明白你這一次的事實，不免有些誤會；同時又在她母親監視下，不敢向你表示什麼。我想，只要你找個機會，背了她母親向她解釋一下，她的態度便不同了。你試一試看。」

杜全似乎從白玫的話裏聽出一點道理，顯出沉思的樣子。白玫趁勢說：「好，你們談話罷！」便走開來，轉到羅建那邊去。羅建好像老僧入定一樣，靜靜的坐在床邊想着什麼。白玫站在他的面前，向他說：

　　「羅先生，有一件事情我想請你大量的容許我做一做。」

　　羅建在驟然的惶惑中提一提眼鏡，望住白玫問道：「什麼事呀？」

　　白玫裝出很隨便的態度說：「沒有什麼。我剛才到外邊去籌到一點錢，我想送三十塊錢給你作回家的盤費。就是這麼簡單的一回事。」

　　羅建驚訝地叫出「怎麼？」兩個字，白玫已經把捏在手裏的鈔票遞到他面前：「請你不要嫌少，收了罷！」

　　羅建的身子往後一偃，好像不提防碰到這麼突兀的事情，隨即說道：「你從哪裏去籌到錢呢？白姑娘。不行的，我哪裏能夠要你的錢呀！」

　　「你要了罷，羅先生，當作我對你的小小的幫助。」

　　「不，你還是給高懷付屋租罷！」羅建推拒着白玫的手。白玫還是一樣遞給他，同時說：

　　「我已經付了屋租了。」

　　「你付過屋租了？」羅建意外地問道。「那麼，你留着自己用好啦！」

　　「不要緊的，羅先生。你知道我自己不需要用錢。但你正是需要用錢的時候，你一定得回去看看你的太太呵！」

但是羅建仍舊不肯接受：「白姑娘，這哪裏好意思的！讓我領情算了罷。要了你的錢我的心會不安樂的。」

「可是你回不得你的家，我的心也是不安樂的呵，索性收了罷，大家的心都安樂了。」

羅建在躊躇着。高懷扭開門回來了。他把帽子向床上一拋就叫着白玫。她趁勢把鈔票向羅建手上一塞便跑開去。

羅建看着那一疊鈔票，他的手因為心裏的激動抖得很厲害。不自禁地低叫出來：「白姑娘，你真好了，你真好了。」

抬起頭的時候，他的眼給淚水遮住了。

白玫跟着高懷走出騎樓外面。高懷立刻問道：

「你給雌老虎付了一個月屋租，是嗎？」

「你怎麼知道？」

高懷從衣袋裏掏出一張字條：「她在下面截住給我這張租單。我想一定是你做的事。你哪裏弄的錢來？」

「你借到了嗎？」白玫拿側面的話問他。

「沒有。」高懷搖搖頭。

「那麼，你不要怪我這樣做了。我早就猜你未必有結果的。」

高懷皺皺眉頭：「不要瞞我，你當了你的頸鍊是不是？」

白玫含笑望着高懷，點一點頭。

「為什麼你這樣做？你應該保存着來紀念你的媽媽。我曾經阻止過你了。」高懷有幾分不高興的樣子。

「我知道。但是你們為得我太多了，我為大家盡一次力量不是應該的嗎？大家的處境這麼困苦的時候，假如我還不拿它去換點錢來解救一下，我媽媽也不會原諒我的。」

「那個相盒呢，也一起當了？」

「不一起當了還留着它幹麼？」

高懷有點不舒服：覺得這是一個缺陷：連嵌着她母親照片的相盒也不能保留。白玫看出他的心理，淡然地微笑着說：

「把那個照片留起來不是夠了？而且 —— 連相盒一起當可以多一點錢。」

「當了多少錢？」

「他出八十塊，我要九十塊。結果八十五塊成事。」

「為什麼要當這樣大的數目呢？當低一點將來贖回來容易些。」

「我告訴你我是怎樣分配的罷：付一個月租五十塊；我送了三十塊給羅先生，好讓他能夠回家去；你不知道我看見他天天坐在那裏為着盤費發愁多麼難過！剩下五塊，買了一罐香煙送給杜先生，讓他高興一下。還有兩塊多錢，留給晚飯時加餸。」

看見白玫說得那麼爽快和有計劃，高懷想不出什麼話來反對她；只好沒奈何地苦笑着。

「那麼，你自己一個錢也不要嗎？」

「我有什麼需要用錢的呢？我又不是什麼小姐身份，你知道的。」

「既然是這樣做了，也算了罷。不過 ── 」對於這無可挽回的既成事實，高懷只好提出一個要求：「當票你得交給我。」

「沒有當票的。」白玫有意作弄地笑着。

「不要開玩笑，快交給我。讓我遲一會子給你贖回來。」

「我自己保存不是一樣麼？」

「我不放心。你告訴我，你放在哪裏。」高懷斤斤的追問她。

白玫商量地問道：「你答應我，容許我自己保存的，好不好？」

「你說。」

白玫帶着幾分狡猾的笑意答道：「放在我床底衣箱裏的一隻糖果盒子裏面。── 滿意了罷？」

高懷笑着點一點頭。白玫好像怕他再纏下去，改轉了話題說：

「好了，高懷，現在你至少可以安心去做工作了，雌老虎不會來的。我想早些去買小菜燒飯，杜先生一定餓了呢！」說了，便急忙走進屋裏去。

晚飯吃得並沒有如白玫希望的那麼好。雖然她加了兩塊錢的餚，說是歡迎杜全和給羅建餞別的；但是空氣並不熱烈。大部分原因是為了杜全的不開心。白天在樓下所受到的刺激，彷彿把他全部的神經都麻痺了。甚至連食慾都振奮不起來。他吃得並不起勁，而且是心不在焉的樣子。在這情形下，使得幾個人都彷彿默契地保持着沉默；

誰也不敢挑起他的心事來說些什麼勸慰的話，更不敢問起他所說的「侮辱」是怎樣一回事；免得更喚起他的難受。因此在話題上，差不多全讓莫輪出了風頭。他說着今天去法庭聽王大牛案續審的經過，說着王大牛一次比一次出庭顯得更頹喪。一頓晚飯才給他打發得不致太枯寂。

但是無論如何，這個晚上大體總算得很安靜的。杜全洗了澡就沉默地躺到床上去了，沒有人知道他的心裏想什麼。但是幾個人之間生活上曾經有過的缺口，總算恢復了完整。屋租也付過了。羅建苦惱了好些日子的盤費問題已經得到解決。莫輪的仇恨眼看着接近了申雪的時候。白玫也償到了許久以來要幫忙夥伴的一個心願。這一切都在不同的心境中，無形地鋪上一種舒泰的和諧意味。

高懷幾天來都睡得很晚，他要加緊整理他的書的原稿。而今夜，在照常工作中卻懷了一椿小小的心事——白玫的當票。

差不多午夜以後，他聽到每一個人都打鼾了。白玫在夢中發着模糊的囈語。他擱下了工作，提了他的火油燈，悄悄的走近白玫的床前站住。

聽清楚了白玫是安靜地睡着，高懷便把燈光捻得半暗，輕輕掀開了她的床幃閃進去。把燈放在床口的地面，便蹲下身子向床底去摸白玫那隻皮箱子。它沒有上鎖，小心地一扳鎖扣，很容易就開了。他伸手在皮箱裏面的衣堆中摸索着，果然在角落裏摸出一隻馬口鐵的扁盒子，湊近燈前一看，意外地發現盒蓋上面貼了一張小字條，寫了四個字：「當票在此。」高懷忍住了笑，把盒子拿上手，提

了燈退出來，輕輕的回去他的書桌。捻亮了燈火才把那盒子打開，裏面只有一個小小的紙包，解開了一看，包着的竟是一撮紙灰，在那張包紙的底面，又發現了一行字，寫的是：「不必找尋了，當票已經燒掉了。」

# 49

茫茫然的人

　　羅建決定了明天起程回鄉下去。一吃過早飯他就出門，打算去同鄉會走走，看看有沒有同伴；同時去買一點東西給他的女兒。

　　莫輪也很早出去。這一天仍然是王大牛案續審的日期，可是他不打算去旁聽了。他要去做一天生意。他有一件心事：急着為杜全做一件事情。他希望多些時間便可以多走幾個地方。

　　高懷的稿件整理得差不多了，他整天是埋頭在書桌上，捏了筆桿在原稿紙上面改寫着；思索着；塗抹一些，又加上一些。

　　白玫照常坐在高懷桌邊做針線工夫。她替羅建縫補着一張預備作包袱用的被單。她覺得今天不知道為什麼，工夫做得很不順利；有好幾回指頭給針尖刺着，使她不住地停下手來，用嘴去啜那指頭迸出來的血珠。眼光便停滯在窗外的天空上。……

天空是一片灰色。幾天來已經看不見陽光，今天卻更加陰沉，還開始落着稀疏的細雨。這樣的雨一落起來就不知道落到什麼時候，叫人預感着，繼續下去將有一串沉悶的日子。

這種天氣上的感應，一整天都在加重白玫的愁思。尤其是在縫着被單的時候，她更有一團紊亂的情緒。她為着羅建的離去感着惜別的悵惘，又為着杜全回來了以後的日子擔愁。她不能夠好好地把意志集中在她的工夫上面。

杜全大半天躺在他的床上，兩手交疊托住後腦，呆呆的凝視着屋頂。沒有人知道他思想着什麼。有些時候好像給什麼問題困擾着似的，突然豎起身子，沉下眼睛長時間地注視地面，可是並不是看望什麼東西。隨後是站立起來踱步，一直踱出騎樓外邊，便在那裏踱來踱去。一會之後，仍舊踱回屋裏，又照先前的樣子躺到床上去。好像周圍的一切都不存在他的意識裏，存在的只是他的思想裏的某種幻象；而他的活動便好像一個夢遊病的人一般。

差不多一整天，杜全都是在這樣的狀態下過着時辰。

白玫在靜默中察看杜全的樣子，心裏非常不安，她思索着能夠給他做些什麼。突然有了一個主意，她把還未縫好的被單擱下，說是要去買一組麻線，便跑了出去。回來的時候，帶點興奮的神氣走到杜全面前，低聲地告訴他說：「杜先生，五姑不在香煙檔，你為什麼不趁這個時候去向貞姑娘講幾句話呢？」

杜全茫然望着白玫，隨後才坐起來，問道：「阿貞一個人在那裏嗎？」

「是的，我去買東西出進兩次都只見着她；快下去罷，五姑在那裏就不方便。」白玫慫恿着說。

杜全想一想，立刻站立起來，匆匆的走出去。

白玫又在原處坐下，繼續她不曾做完的工夫。她的心感到一種愉快：她的想法居然沒有落空 —— 替杜全找到一個機會。

「你叫杜全去找阿貞？」高懷問她。

「是的，旺記婆不在那裏。」

「你真好心腸，白玫。」

「有什麼辦法呢？看見杜全那個樣子，我覺得很可怕。我不能不替他找個機會，讓他自己直接和阿貞講幾句話也好；否則他心裏整天鬱結着一件事，我擔心他會病起來了。」

「他怎能不病起來呢？不肯拋開阿貞，又不聽人家的開解和勸告。永遠固執着一個觀念，這是最致命的地方。」

「你打算邀他一齊到別處去，這話你對他說過了沒有？」

「沒有。在他的心還這麼沉迷在阿貞問題的時候，對他說那樣的話是不適宜的；他會不考慮就要拒絕。除非他對阿貞完全絕望以後，給他提出才有用處。」

「那麼，我想這一回的談話總會知道了。高懷，你猜杜全的解釋會有些結果嗎？」

「結果可能有的，只在乎是好是壞。」

「我指的是好的結果。」

高懷「唔」了一聲，末了說道：「希望是那樣罷，可是誰知道呢？」

一
聲
尖
叫

　　杜全落到了樓下，果然看見只是阿貞一個人坐在香煙檔裏，照常一樣低頭做她的手工。他向各處注意了一下，看看沒有別人，便鼓起勇氣移動步子，在阿貞的背面偏側地站住。

　　「阿貞，給我幾分鐘和你說幾句話。」這樣怯怯地開了口。

　　阿貞只是低頭向杜全站立的地方睇一眼，動也不動地照舊做她的工夫。

　　杜全困窘地望着她。他知道不硬着頭皮忍耐着一切，便不容易有機會。

　　「你真是連幾句話也不肯再和我說麼？只是幾句，阿貞，就算是最後一次 ── 」

　　「還有什麼好說呀！」阿貞用決絕的語氣答出一句話來，「你現在說什麼我都不會相信的了！我相信得太多了！」

杜全雖然感到阿貞的語氣使他失望，可是她肯瞅睬他，總比完全不理會他要好一點。她究竟是和他對起話來了，他的意思便有憑藉表達出來。於是接上了說道：

　　「你不相信是有道理的。我承認我做了好些對不住你的事情。不過，我是有我自己的苦衷的。不管我怎樣對不住你也好，一切都不外為了一個目的 —— 我愛你！」

　　「愛我？」阿貞用追究的神氣應道，稍微偏側了臉，「別講得這麼好聽，你如果真的愛我，就不會使我那麼難堪！」

　　「那麼，你認定了我是不愛你的嗎？阿貞。」

　　「我相信你！為什麼我不相信你呢？」阿貞諷刺地反應着，「但是，現在我已經不需要這樣的愛情！請你不要再提這些事好了！」

　　杜全感受着打擊，他看出了前頭的暗淡，卻不願就這樣放下轉圜的希望，他懇求地叫着：「阿貞……」還想再說些下文，卻給阿貞攔頭拒絕了：

　　「好了，好了，不要多說了。等一會給我媽媽碰着了便要麻煩。」

　　「你為什麼一定要怕你媽媽呢？」杜全趁勢拉上這個話題，希望有方法壓低她對母親的恐懼心理，也許能夠抓住一點轉機。

　　可是阿貞卻不作正面的回答，她貫徹着她原來的態度冷硬的說：「我現在不怕我媽媽，我怕的是你！」

　　杜全一陣傷心，還不曾找到一句可以說的話，驀然卻飛來一個吆喝：

「赫！你站在這裏幹嗎？」

杜全不敢回頭看，卻又不得不作一個回頭的表示：旺記婆兩手握着掃帚，正在沿住屋內的通道把一堆垃圾向門口掃出來。他在狼狽中感到驟然襲來的一種絕望的悲哀：完了！但是他勉強鎮靜下來，裝出平淡的語氣打個招呼：

「沒有什麼，五姑，我來問候你們罷了。」

「這麼好心！」旺記婆冷硬地應一句，仍舊揮着掃帚向門口掃來；高聲喝道：「滾開呀！不要把我的地方站臭了！」隨即把垃圾故意向門口拚命一撥。杜全急急閃在一邊。旺記婆提起掃帚在杜全站立過的地方拚命擦幾下，嘴裏咕嚕着：

「擦去了臭氣！」

杜全像一根木杉一樣站在那裏，有一種殘酷的東西在絞着他的心。他忍受不住了，旋轉了腳跟就向門口裏邊走。旺記婆忽然想起一件事，大聲叫道：

「杜全！我的鐘你打定主意賠償呀！你不賠償我不會放過你的呀！」

「我賣身都會賠償你的，五姑。」杜全背了旺記婆回答。

「我不管你賣什麼，總之，你去死都得死出一個鐘來！」

杜全慢慢地踏上樓梯，好像一個衰弱得失去了腿力的病人，簡直支持不住自己身子的重量一樣。

白玫給杜全開了門，迎面便問道：「怎樣？見過貞姑

娘了嗎？」

杜全沒有回答。白玫的熱情立刻減低了。她發覺杜全的表情非常難看：他的眼光沉滯，面色蒼白，沒有一點活氣，一種深重的憂鬱壓住了他。她心裏一驚，立刻走開；回到高懷的桌邊坐下來。她的心覺得很不寧靜。

杜全慢慢的回去他的床位，他顯得比出去之前更頹喪，更消沉。躺在床上的時候，眼光仍舊盯住屋頂，像一個死人一樣。

「一切都到了總結的時候了！」這樣一個模糊的思想掠過了他的腦子。於是一些斷片似的幻象，便不由他抗拒地給那個思想拉起來，錯綜地在他的眼前湧現着：—— 阿貞那一雙水汪汪的眼睛 …… 低頭抽紗時的側面輪廓 …… 靜夜裏的散步 …… 石上抱吻的迷醉 …… 阿貞動情地勾上他頸項的手 …… 高懷訂婚茶會裏阿貞的嬌羞 …… 旺記婆的笑容：「今晚放工後來吃一餐便飯呀！」…… 旺記婆的兇惡面孔：「站住！」…… 一團火，「跨過去呀！跨過去呀！」…… 一個座鐘愈放愈大，鐘面的羅馬字和指針都變成了旺記婆追索的嘴臉：「你去死也得死出一個鐘來呀！」…… 阿貞的冰冷的臉 ……「我已經不需要這樣的愛情！」……

杜全擺一擺頭，要趕去那些東西，幻象立刻消滅了，卻化出一團黑色的煙霧遮閉了他的眼。

「一切都沒有辦法，什麼都完了！」從牙縫裏叫出這一句只有他自己聽到的話，他爬起身來，挨住牆壁坐着。隨後抓了鉛筆，從蓆底裏抽出一張碎紙，就擱在膝蓋上

面寫字。然後，他站起身子，在屋裏茫茫然的徘徊着。末了，又茫茫然的踱出騎樓去。

「高懷，看杜全的樣子，找阿貞解釋的事一定沒有結果了。」看見杜全從屋裏踱了出去，白玫才開始向高懷說這句話。

「這結果不是可以想像到的麼？我剛才不過不忍心給你說。杜全最聰明的辦法是死了對阿貞的癡心；其實他是把花種在石頭上，有什麼收穫！不死了心，他的痛苦便沒有了期。」

「不過，」白玫希望避開理論上的說法，先做點目前需要做的事情：「他這次的打擊的確太大了：剛在監房裏出來，又碰着阿貞變了心。他是受不了的，你看他的樣子便知道。」

「你以為我們能夠怎樣辦？」高懷徵求白玫的意見。他的全部原稿剛剛整理完畢，有了和她討論這件事的鬆弛心情。

「我想，在能夠向他提出一齊到別處去的意思之前，我們不妨再給他一些勸解，一些安慰；儘管沒有效果也好，總比較讓他自己一味痛苦好得多。我實在想對他說些有力量打動他的話，可惜我不知道怎樣說，也不會說。還是你跟他說罷，好嗎？高懷，你是能夠說得很好很好的！」

事實上高懷也準備繼續向杜全做些規勸工夫，企圖把他的思想改變過來。現在白玫提出要求，也只好利用這個時候去做這件事。

高懷擱下了筆，正要把稿件收拾起來，白玫突然像觸電一樣，對住窗口發出一聲尖叫。高懷向窗外一望，看見杜全跨上騎樓的欄杆，站在上面搖搖擺擺。……

　　「杜全！杜全！」高懷瘋狂地大叫，一面向騎樓飛奔出去。

## 為什麼這樣做

　　高懷來不及了。他還未撲到欄杆，便聽到一種堅實而又沉重的物體落在地面的聲音；隨即有人大聲叫喊：

　　「跳樓呀！有人跳樓呀！」

　　一陣警笛聲夾着喧嘈的音浪，在街上洶湧了起來。

　　高懷不須向下面看了。他慌忙轉回屋裏，向呆在那裏的白玫說了一句話：「慘極了，杜全！」便奔向門口。白玫拉住他的手，她要跟他去。高懷阻止她：

　　「你留在屋裏好了，白玫，反正你去看也不濟事。你會受不住的。」說了，高懷撇下白玫便向樓梯跑下去。

　　街上在騷動着，擠滿了各式各樣的人們，向着一個中心圍成了圈子。到處是議論紛紜的人聲。高懷穿過了人堆鑽進那個中心點去，沉默地看着地面。

　　杜全仰身躺在那裏，動也不動；兩腿直伸着；一隻手腕擱在胸前，另一隻反常地扭轉：因為肘骨折斷了。他是倒頭撞到地上的，因此腦殼已經破裂；腦漿和血水在破

腦殼已經破裂，腦漿和血水在破口中湧出來。

口中湧出來又濺開去，在附近的地面塗上斑斑的血痕。他的眼睛凝定地睜開着，好像還在搜尋什麼東西。嘴也是張開的，血水在嘴角湧出來，和腦殼的血水匯流在一起，在貼身的地方染紅了一大塊。他躺在上面，就彷彿是一個倒在戰地的武士一般。——不過他的仗是打敗了！

一陣淒傷湧上高懷的心頭。他彎下身去移開杜全的手，探手摸摸他的胸口，覺得還有一點餘溫，但是已經斷氣了。

人堆裏鑽進了莫輪和羅建，慌慌張張的走攏了來。

「遠遠看見這個情景，心就突突地跳，知道不會是好事情，果然對了！」羅建搖頭嘆息着說。

莫輪把他的麻袋丟在一邊，面上現出了挽救無及的痛苦神情；一面抓頸項一面頓足叫道：「杜全，為什麼要這樣做呢？為什麼要這樣做呢？」

兩個人都蹲了下去，向杜全的面孔注視了一會。羅建感慨地搖搖頭：

「唉，這樣就完結了！」

高懷掏出他的白手帕，蓋上杜全那副難看的面孔。

幾個警員趕到現場，向死者的情況作一番手續上的調查之後，杜全的屍體便給裝進一隻「黑箱」裏搬走。隨後，高懷他們又陪了警員們到樓上，又是一番照例的調查和錄取口供的手續。他們都一致證實杜全是自殺的！

警員們離開以後，屋裏就給一種新的愁慘氣氛充塞住了。沒有誰說一句話，彷彿大家的喉嚨都給什麼東西梗塞了似的。誰都怕說什麼，也不知道該說些什麼。沒有一

種東西能夠表達他們這一刻的複雜感情。

只有一陣低微的抽咽聲音，點綴着屋裏的靜默：白玫一直是伏在她的床上傷心地哭着。

杜全的床位仍舊是他離開之前的模樣：被條捽作一團堆在床頭；工人裝寂寞地掛在壁上。還有一個用一根繩子縛住了掛在那裏的報紙包裹：那是給拆開了機件卻始終不能修好的座鐘。

高懷在杜全的床前站立了一會，發現枕頭底下面露出一張寫了字的紙片。他抽出來一看，禁不住叫出來：「杜全寫下了字條。」

羅建和莫輪急忙走過去，白玫也揩着眼睛走出來，傍住高懷的肩膊站住，一齊看那張紙片。在那上面，寫了這幾個歪歪斜斜的鉛筆字：

「朋友們：我們是有前途的！但是我活不下去了。原諒我罷！」

白玫惋惜地搖搖頭：「唉，如果早知他寫的是什麼就好了；我是曾經察覺他寫字的。」

「早知也不一定有用處，」羅建加進了說：「他要那樣做，終歸還是那樣做的！」

「對了，」高懷點一點頭說：「對於杜全的死，我們當然很痛心；不過這也是意料中的事。我有這樣的看法：生活是戰鬥，人生也是一種戰鬥，一個人首先不能夠戰勝自己，便說不上戰勝生活！杜全拋不開本身的苦惱，還給苦惱壓倒；他在對自己的戰鬥中已經敗退下來，自然也消失了生活的勇氣。他走上這樣的一條路，可以說是必然的

莫輪雙手捧着那個鐘，一面搖頭嘆息，白玫「哇」的
一聲哭出來了。

結局。」

　　大家又重新靜下來，對於杜全的事好像再也沒有什
麼好說的了。突然間，一聲「嗚！——」的長嘯劃破了
沉寂：那是船廠下班的汽笛聲。它給了幾個人的神經一個
強烈的震動。大家都記起往日這個時候，杜全便要忙着穿
上工人裝去演他的喜劇；現在，他卻拿悲劇來結果了他
自己！

　　莫輪卻觸起另一件事情。他蹲下身子，解開剛才揹
回來的麻袋，從那些收買了的什物裏摸出一件東西來：那
是一個座鐘。它和旺記婆的那個鐘的模樣差不多，但卻是
會走動的好鐘。

　　莫輪雙手棒住那個鐘，滿懷心事的樣子向它看，一

面搖頭嘆息。

座鐘的機器「的的」地響着，白玫突然有了感觸，「哇」的一聲哭出來了。

# 52

要看的是路

　　羅建沒有因為杜全的變故影響行期，就在事後第二天走了。前一夜他便把行李撿拾好，並且和高懷他們說了許多在分手之前要說的話。在遭遇了杜全那樣一件大事之後，這個別離反而變得平淡，大家都好像抽不出一份惜別的愁情了。

　　羅建這一天很早就起來，他趁的是最早的一班火車。高懷，白玫和莫輪三個人都去送行。隨便吃了一些東西當作早餐，三個人便伴着羅建起程；他們並且幫忙他挽行李。

　　到了火車站，好像因為那場面的騷亂，使他們的心也感着騷亂，他們才開始有些悵惘的感覺。白玫傍住高懷，默然地不說一句話。在票房附近，情景更加紛擾，旅客們在輪次上爭先恐後，鐵路局職員和搬運工人在那裏穿來穿去，在一片沸騰的喧鬧氣氛裏，夾雜着報販的賣報聲，他們拿刺激的社會事件用誇張的語氣叫喊着。

「姑娘，買一份報紙罷，你們已經停止訂我的報紙了呢！」

白玫向身邊一看，一個小童向她揚起報紙，她認出了是前些時向她收報費的小傢伙。腦海裏迅速湧起那天事情的記憶，心裏一陣難受。但是也只好向他買一份報紙，遞給高懷。高懷隨便打開一看，只見當地新聞版上，並排着兩段用刺眼的大字標題着的新聞 ——

第一段是：

## 虎倀王大牛案審結
## 罪名成立詳枭定讞
### 惡貫滿盈終將難逃一死

第二段是：

### 惡劣環境下的犧牲者
## 杜全跳樓自盡
### 失業失戀刺激重重
### 四樓躍下了卻半生

羅建從售票處的人堆裏穿出來。他給高懷他們買了三張月台票。高懷把報紙摺起來，三個人伴送羅建進月台裏去。在火車旁邊的走道上，高懷把報紙交給羅建，請他在火車上看。羅建接過報紙，隨即放下行李，空出手來和

他們握別：

「白姑娘，再會了。我感謝你，也祝福你。願你和高懷好好地過日子！」

「謝謝，祝你順風，羅先生；請替我 —— 問候你的太太，並且祝她 —— 。」白玫好像喉嚨給梗塞着，話說了一半就避開了臉。

「莫老哥，再會，我臨走覺得最安慰的事，是你的仇恨終於報成功了。天是有眼的，大家不要灰心！」

「不錯，不錯。順風呀，羅老哥！」莫輪抓着頸項回答。

「老高，謝謝你給我許多幫忙，給我許多勇氣；我不會忘記。希望將來大家還有同在一起的日子。」

「我相信會，因為你和我都相信我們是有前途的。」高懷露出混和着苦味的笑容，把羅建的手緊握一下。

「不錯，希望這場惡夢醒過來的時候是個好日子！」

「好了，你們回去罷！」羅建揚一揚手，又繼續說：「過去的一切不如意的事，大家都當作一場惡夢一般由它過去算了！」

高懷點一點頭，接上口應道：「不錯，希望這場惡夢醒過來的時候是個好日子！」

羅建挽了行李鑽進火車裏，第一聲汽笛便響起來。

一直等到火車開動，三個人才離開月台。回到住處的時候，發覺屋門開着一道縫：門鎖給人弄開了。他們覺得很詫異。高懷急忙推開了門一看，大家都驟然驚愕起來。

原來雌老虎和一個陌生人正在屋裏進行着什麼交易。一疊鈔票擺在圓桌上移到她的手。白玫望見那陌生人的一張橙皮一般的面孔，便模糊地記起是不久以前曾經來看過房子的外省人。

雌老虎一見到高懷，便撇下那橙皮臉轉過來，神氣十足地說：「高懷，我通知你，這間屋子已經由這位先生租成功了。你們馬上就得搬出去！」

這真是晴天霹靂，簡直把三個人打落不辨方向的深淵。大家面面相覷的走進屋裏。莫輪如夢初醒似的，把頸項抓了半晌才問出一句話來：

「今天就要搬嗎？」

雌老虎扳起一副冷然的嘴臉應道：「你想得太好了，莫輪，我說馬上搬呀！聽清楚沒有？」

莫輪惶惑了一下：「馬上就要搬嗎？三姑，你即使要這樣做，也得留些地步讓我們想想法子呵，一下子說搬就搬，你叫我們到哪裏去好？」

「到哪裏去是你們的事！總之我要你們搬就得搬！」

莫輪扯起一張苦臉看着高懷。高懷氣憤得心裏冒火，他再也不能沉默了，厲聲地叫出來：「三姑，你知道你這樣做是不合情理的嗎？」

雌老虎反駁道：「我怎樣不合情理！你說！我屢次聲明過，你們的欠租一日不付清，我便有權隨時把這間屋子出租！現在誰合情理呀！」

「前天不是先付過你一個月租錢嗎？」

「就算你付兩個月，也還不是付清呀！誰叫你不一起付給我呢？現在說什麼都是多餘的了！」

「不管你怎樣說都是不合情理，你不能未經預先通知就迫我們搬走！」

「得啦！我叫警察通知你！」雌老虎從衣袋裏掏出了警笛。

高懷給氣得冒火，他有了用個動作來發洩的衝動，捏起拳頭就向雌老虎撲過去；卻給白玫拖住，暗裏說：「別這麼傻，你會吃虧的。」高懷才放下了手。

「來呀！我不怕你。」雌老虎搖着手上的警笛，向高懷作出威脅樣子。「我把這個一吹，自然有人替我通知你馬上搬！」

「我們可以搬，但是不能馬上就搬。這是對我們的侮辱！」高懷仍舊下不了一口氣，倔強地說。

「沒有辦法，」雌老虎決絕的神氣搖搖頭：「這位先生由今天開始付租，這間屋的居住權已經是他的了。」

那個橙皮臉一直就用了一種置身事外的態度站在那

裏，一隻手掌托住煙斗，昂起頭左望右望。這時候給雌老虎提到了，他便歪了頭向下一點，作個承認的表示；然後眼睛又射到半天去。

高懷沉默地忍住了一切，想了一會，毅然地叫出來：「好，走就走罷！白玫，撿好你的東西。」

雌老虎又來一個聲明：「我對你們說，除了隨身行李之外，一切的東西都不能搬出門口；這是規矩！」

高懷和白玫分頭去撿拾他們的隨身行李。莫輪也只好照樣做。雌老虎兩手叉腰，裝個監視的姿勢；隨後換了一副面孔轉過橙皮臉那邊，用了奉承的態度和他討論屋內應該如何裝修如何擺佈的事情。

不消二十分鐘，高懷和白玫的必要的衣物都撿拾好了。莫輪還在他自己的床位裏摩挲着這樣那樣。他在茫無主意之中，簡直決不定什麼是應該要，什麼是應該不要的。高懷走前去，問他準備往哪裏去。

「我想到老麥那裏去，暫時找個住處再說。你呢，老高？」

「我出去了再打算。」

「有住處時去找找我呵，老高。老麥的店子是在嚤囉街，號數我記不得了，你只要找到麥田記便是。」

高懷答應了他。莫輪又說：「你和白玫姑娘先走一步罷，不用等我，我的東西是很瑣碎的。還有一件事我得做妥了才走：我要把那個座鐘送去替杜全賠償給旺記婆。」

白玫在高懷的通知之後，走到莫輪那邊，匆促的告了別，便挽了行李跟着高懷一齊離開。她心裏有一股說不

出的淒酸情緒；她捨不得離開這屋子：它曾經給她的生命那麼多的溫暖，那麼多的快樂，又那麼多的哀傷！跨出門口的時候，她不期然地止住步子，轉身向屋裏再看一下。高懷伸手扳轉她的頭，說道：

「不要回頭看了，要看的是路！」

兩個人到了街上，挽住臂膀浪蕩地走着。另一隻手各自挽一隻衣箱。高懷的腋下還挾了一大卷東西：那是他剛剛寫成的一本書的原稿。他的衣箱給書籍塞得滿滿，放不進多一點的東西。他們的手是重沉沉的，心也是重沉沉的，—— 那上面所承受的東西是太多了。白玫緊緊的倚傍着高懷，好像生命愈是不幸，大家就愈是要靠得攏些；而世界上也沒有任何打擊能夠把他們分開了。

但是這個時候，白玫的心裏卻覺得有點茫茫然。她不知道現在是到哪裏去，也不敢問高懷到哪裏去；怕的是在他還沒有主意的時候，他會為着不能回答她而痛苦。她不願損傷他的心！她只願在沉默中信賴他；他的腳步走得多麼沉着，多麼堅定！她願把自己的信心暗暗地放在這上頭。

由街口跨過了馬路，走到那成為十字路的交叉點的一座小教堂門前，高懷在那枝街燈柱子下面頓住腳步，考慮地向四處看望一下。白玫想起這裏正是高懷曾經尋到她的地方；那時候她是在這裏徘徊着。一種類似淒涼的感觸驀然湧上心頭。現在他們又是站在這裏 —— 還是徘徊麼？…… 一陣軟弱的情感使她終於問出來：

「我們現在到哪裏去呢？」話一說出口，眼淚已忍不住湧出來了。

高懷用他深沉的眼睛看着她，在微微翹起的嘴角掛了一點笑意；一面舉起一隻指頭把她眼沿的淚水輕輕抹去，這才答道：

　　「跟着我，向前頭去罷！你忘記我的話麼？ —— 我們是有前途的！」

## 附：初版後記

　　一九四八年夏季，我着手寫這部小說，同時一面寫一面在一個報紙副刊上發表。一個月後，因為報館改組，人事上有了變動，而我的小說又不能在新編者所希望的短期間內全部刊完，我只好自動把它停止。

　　我是不能把寫作當作職業，而事實上又被迫着形成了職業的人；一部二十萬字的作品要一口氣的寫成，在我的生活狀態下是沒有可能的事。有許多為着生活而必須應付的事情，不斷地分去我的精力和時間；因此這部小說的寫作進行便時作時輟，甚至往往在長時期擱置之中，我在精神上所負擔的重量，簡直比負一筆債還要痛苦！但是，正如我從不肯在任何打擊之下氣餒一樣，我驕傲着我不曾放下要把它完成的決心，縱然它是失敗的。

　　現在，我終於寫到最後一個字了。

　　當這部小說接近完成的時候，恰值文淵書店創辦，需要出版一些新的作品。這部二十萬字的小說，便慶幸有

印出來的機會。

　　在這部小說之前，我從未寫過長篇，我知道自己還缺乏這方面的才氣和魄力。而這部只是一個嘗試。因此我對這部作品不敢寄予怎樣大的希望；自然也沒有什麼大的目的。我只是本着平日的創作態度，去表現一些卑微的小人物的悲喜。也許題材和風格和我以往的作品有了不同的地方，這也只是一個忠於自己的作者自然發展的現象，原不值得怎樣驚異的罷？

　　時代在進展之中，許多事情都成為陳跡了。然而我相信，在地面的某種角落裏，像這裏所記錄着的社會現象，是依然存在的。因此，我毫不遲疑地讓這部作品面世了。


　　　　　　　　　　　　　　——一九五二年一月·香港

香港文蹤

責任編輯——許正旺

書籍設計——陳德峰 (tomsonchan.com)

書　　名——窮巷

著　　者——侶倫

出　　版——三聯書店（香港）有限公司

　　　　　香港北角英皇道 499 號北角工業大廈 20 樓

　　　　　Joint Publishing (H.K.) Co., Ltd.

　　　　　20/F., North Point Industrial Building,

　　　　　499 King's Road, North Point, Hong Kong

香港發行——香港聯合書刊物流有限公司

　　　　　香港新界大埔汀麗路 36 號 3 字樓

印　　刷——美雅印刷製本有限公司

　　　　　香港九龍觀塘榮業街 6 號 4 樓 A 室

版　　次——2019 年 6 月香港第一版第一次印刷

規　　格——大 32 開（140mm×200mm）364 面

國際書號——ISBN 978-962-04-3521-8

三聯書店網址：
www.jointpublishing.com

Facebook 搜尋：
三聯書店 Joint Publishing

WeChat 帳號：
jointpublishinghk